臺灣原住民文學選集

散文

一

孫大川 主編

目錄

總序：文學做為一種民族防禦

文／孫大川 paelabang danapan

一

介入書寫世界應該是臺灣原住民近半個世紀以來，最突出的文化現象。藉由文字書寫的形式，原住民終於能以第一人稱主體的身分說話，與主流社會對抗、溝通甚而干擾、豐富彼此的內涵，這實在是整體臺灣千百年來最值得讚嘆的事。我們終於能擺脫「半調子」的本土化口號，與島嶼的「山海世界」面對面的相遇。

原住民嘗試使用文字符號進行書寫，當然並不是現在才開始，早在和西班牙、荷蘭接觸的時代，即以拉丁羅馬拼音符號翻譯、記錄自己的族語。清代的漢語、日據時代的假名，甚至戰後初期國語注音的使用，都曾經是原住民試圖介入臺灣主流社會，渴望和外來者彼此認識、溝通的手段。可惜這些努力，都沒有形成一種結構性的力量，讓原住民的主體世界真實敞開。

對原住民或所謂少數民族而言，「介入」之所以困難，主要是因為介入的行動是兩面刃，是藉由離開自己來找回自己的一種冒險。原住民或少數者的聲音要被聽見，必須用主流「他者」的語言或符號來說話才行。說它是冒險，是因為這樣的介入極可能要付出自己文化、語言和認同流失的代價，清代的平埔族群就是明顯的例子，當代臺灣原住民面對著同樣的挑戰。不同的是，清代「土牛」界線的漢番隔離，以及日據時代特殊化的理蕃政策，使廣泛的中央山脈一帶和花東地區的原住民各族，即使到戰後，雖面對許多同化力量的衝擊，但仍大致保留了各自的族語、祭儀和風習。「介入」的風險雖然巨大，但底氣猶存。如何掌握臺灣內部政治、經濟、社會、文化和意識型態的變遷，以及國際大環境總體趨勢的發展，在夾縫中找回自己民族的能動性和創造力，正是這一代原住民族人共同的使命和實踐目標。

二

「介入」牽涉到許多不同的方面，也包含著各個不同層次的問題，文學創作當然是其中重要的一環。主體說話了，它是原住民自我的直接開顯，宣示自己的存在與權力。我們曾經說過，對原住民或少數民族來說，真正的介入是一種冒險，一種離開自己朝向他者的路。從目前有限的資料來看，具民族主體意識，藉他者語言說話的例子，並不是現在才開始[1]，早期受日文教育的泰雅族樂信．瓦旦、鄒族的高一生、卑南族的陸森寶、阿美族的黃貴潮（Lifok 'Oteng），以及戰後以漢語寫作的排灣族陳英雄（Kowan Talall）、鄒族的伐依絲．牟固那那、泰雅族的游霸士．撓給赫、魯凱族的奧崴尼．卡勒盛等等，都是藉他者的語言來說自己的故事。

一九八〇年代，原住民運動興起，接受比較完整漢語教育的原住民知識青年，有了更大介入書寫世界的實力。文學方面胡德夫、拓拔斯．塔瑪匹瑪、瓦歷斯．諾幹、莫那能、利格拉樂．阿𡠄和夏曼．藍波安等人，在文壇漸露頭角。不過，這段時期原住民的文學書寫大致上是零星的，也比較是伴隨政治運動的產物。一九九三年「山海文化雜誌社」成立，原住民文學的運動與隊伍，才逐漸以組織的型態集結、運作與成長。

1 這種語言混用的情況，在部落即興歌謠或所謂林班歌曲中，有著非常豐富的創作傳統，至今不衰。

我在一九九三年《山海文化雙月刊》創刊號的序裡這樣說：

「語言文字的問題，也是《山海文化》必須克服的難題。原住民過去沒有嚴格定義下的『書寫』系統，因此『雜誌』的呈現，對原住民原來的『言說』傳統，其實是一個極大的挑戰。通常，我們可以嘗試兩種策略：或用漢文，或創製一套拼音文字來書寫。《山海文化》的立場，願意並同時鼓勵這兩種書寫策略；而且為尊重作者本身所習慣使用的拼音系統，我們不打算先釐訂一個統一的拼音文字，讓這個問題在更充分地實踐、嘗試之後，找到一個最具生命力的解決方式。漢文書寫方面，在語彙、象徵、文法，以及表達方式的運用上，我們亦將採取更具彈性的處理原則。因為，我們充分理解到原住民各族皆有其獨特的語言習慣和表達手法；容許作者自由發揮，不但可以展現原住民語言的特性，也可以考驗漢語容受異文化的可能邊界，豐富彼此的語言世界。」

鬆開族語的顧慮，大膽介入漢語書寫，目的不是要拋棄族語，而是想激發原住民創作的活力。從現在的眼光來看，當時對語言使用的彈性策略，應該是有效的。《山海文化雙月刊》雖因經費困難而於二〇〇〇年停刊。但自一九九五年起至二〇〇七年止，「山海」共籌辦了七次原住民文學獎，其中兩次與中華汽車合辦，另五次皆由「山海」自辦。二〇一〇年之後，由於原住民族委員會的政策性支持，每年皆以標案的方式由「山海」承辦「原住民族文學獎」、「文學營」與「文學論壇」三項活動，至二〇二二年止共十三屆。二〇二三年之後，則由原住民族文化事業基金會續辦。

這一連串的文學推動措施，深化了原住民文學創作的質量，不但培育了三十多位成熟的作家梯隊，也拓寬了原住民文學的內涵和題材。作家們的成就，受到多方的讚賞，迭獲各大獎項的肯定。教學和研究的現場，文學外譯的挑選，都有我們原住民作家活躍的身影。

三

二〇〇三年，「山海」在臺北市政府文化局、國藝會的補助下，與「印刻」合作編輯了一套共七卷的《臺灣原住民族漢語文學選集》，大致總結了一九六二年至二〇〇〇年原住民作家主要的漢語書寫作品。詩歌、散文與小說卷皆以原住民作家的作品為收錄對象；文論的部分，則廣納各方學術研究的成果。這應該是原住民作家專屬的第一套選集，也是我們給臺灣文學跨世紀的禮物。細細閱讀那段時期的作品，除了少數如瓦歷斯・諾幹和孫大川等觸及了一些較為廣泛的議題外，原住民作家集中關注的焦點主要在三個方面：

首先，是對自身文化與社會崩解的憂慮。田雅各《最後的獵人》、《情人與妓女》所描述的場景，莫那能《美麗的稻穗》激昂、控訴的詩歌，以及孫大川《久久酒一次》對原住民黃昏處境的分析；這些文字一方面試圖激起族人的危機感，另一方面也提醒主流社會深切檢視自己長期以來所造成的結構性傷害，屈辱和悲憤成了原住民文學創作的養分。

其次，八〇年代原住民青壯世代的主體性覺悟，連帶意識到自己內我世界的荒蕪，戰後都市的流離，部落祭儀的廢弛和族語快速流失等等的困境，促使族人很快發現自己的原住民認同其實是空洞的、貧乏的。夏曼・藍波安九〇年代初的《冷海情深》、奧崴尼・卡勒盛的《野百合之歌》，以及霍斯陸曼・伐伐的《玉山魂》等等著作，都充滿了回歸祖土、灌溉自己荒涼的主體之意志與渴望。

最後，在與自己母體文化重新相遇的過程中，原住民作家找到了原住民原本就以「山海」為背景的文學傳統。它一方面明確地體認到臺灣所謂的「本土化」運動，並不只是一種政治性的認同，而是對島嶼山海空間格局的真實回歸，是人與自然倫理關係的重建。這種見識，幾乎普遍存在於原住民作家的字裡行間。

四

二〇〇〇年以後，之前的關注焦點雖然仍是作家們持續反省的主題，但觀點更深入了，寫作的技巧與手法也更加細膩。尤其值得欣慰的是參與的作者不但增多了，而且陸續有年輕的世代加入了寫作的行列。巴代大部頭系列的歷史小說，不再只是控訴和悲情，他雖然以原住民的視角做為敘事的主軸，但他讓更多的「他者」加入對話的情境。他對傳統巫術題材的運用，和奧崴尼・卡勒盛或霍斯陸曼・伐伐的《玉山魂》，有著完全不一樣的風格。在奧崴尼和伐伐那裡，傳統的巫術和禁忌是做為文化要素來鋪陳的；但，在巴代的《笛鸛——大巴六九部落之大正年間》、《檳榔・陶珠・小女巫——斯卡羅人》、《巫旅》等系列作品中，巫術則是催動故事情節的動力基礎。毫無疑問的，歷史的原住民詮釋，是原住民文學二〇〇〇年之後，最突出的寫作興趣。馬紹・阿紀的《記憶洄游・泰雅在呼喚1935》以及里慕伊・阿紀以女性角度寫的《山櫻花的故鄉》，乃至於多馬斯・哈漾二〇二三年的新作《Tayal Balay 真正的人》，都是以不同的筆法、角度和切入點，思考歷史對原住民的意義。他們明顯受到線性時間系列的影響，對事件的解釋，徘徊於神話傳說和歷史考據之間。這是在奧崴尼和伐伐的類歷史小說中，幾乎看不到的現象。

前輩作家夏曼・藍波安，二〇〇〇年之後其創作力更為雄健。《航海家的臉》、《老海人》、《天空的眼睛》、《安洛米恩之死》、《沒有信箱的男人》等大作陸續出版，將海洋的書寫推向極致。他的《大海浮夢》，觸角及於南太平洋，其國際形象已型塑完成，他恐怕是目前臺灣最具國際知名度的作家，其生活實踐及「身體先到」的創作哲學，有著一般作家無法比擬的魅力。同樣地，瓦歷斯・諾幹也不遑多讓，他的《當世界留下二行詩》和微小說，不但是一種新的寫作形式之嘗試，也作為他推廣文學教育的實踐手段。而《城市殘酷》、《戰爭殘酷》與《七日讀》，則展現了瓦歷斯走向世界、探索更為廣泛的人生議題之旺盛企圖心。年輕世代的乜寇、Nakao、沙力浪、馬翊航、程廷、黃璽、林纓，以及參與歷屆原住民文學獎的寫手，有些作者雖還未集結出書，但都有亮麗的表現。他(她)們創作的興趣和關心的議題，已與主流社會共呼吸，性別、科幻、政治、醫療、生態、族語、部落變遷與都市經驗等等，都是原住民作家要去面對、處理的課題。因為族群的特殊視角，對這些議題的理解和想像，自然與主流社會有著不同的判斷。

五

簡單地回顧這半個世紀以來，臺灣原住民介入文學世界的情形，特別著重二〇〇〇年前後的對照，是想讓讀者對原住民文學發展的能動性能有一個概括的掌握。從集體到個人、時空環境的變化，都反映在原住民作家的作品中。不同於以往，這些作品一篇篇串連成一道民族的防禦線，取得另一種客觀的存在形式。

為保持原住民文學歷史發展的完整性，本選集盡可能收錄有明確作者掛名的最早作品，如鄒族高一生的〈春之佐保姬〉、〈獄中家書〉、阿美族黃貴潮的〈日記選粹〉和卑南族陸森寶的〈美麗的稻穗〉、〈思故鄉〉等[2]。但，為避免和二〇〇三年印刻版選集重複，我們不得不對若干作家的精彩作品割愛。

此套選集分《文論》三冊、《小說》四冊、《詩歌》二冊、《散文》三冊，共十二冊。《文論》由陳芷凡、許明智負責選文，陳芷凡撰寫導論；《小說》由蔡佩含、施靜沂負責選文，蔡佩含撰寫導論；《詩歌》由董恕明、甘炤文負責選文，董恕明撰寫導論。《散文》由馬翊航、陳溱儀負責選文，馬翊航撰寫導論。編選的過程，經過多次的討論，考慮文章的代表性、文學性、主題的開拓與篇數的平衡等等，為容納更多作品，小說以短篇為主，長篇則徵得作者的同意，做精彩片段的節選，並節制選錄。為鼓勵創作新手，我們也大量選錄參與各類文學獎的作品（包括山海及其他單位舉辦的獎項）。編輯的過程中，我們都驚嘆於原住民作家創作的熱情，短短的幾十年，卻能生產出這麼多質量兼備的作品，原住民多麼渴望訴說自己的故事啊。

感謝原住民族委員會夷將．拔路兒主委的全力支持，沒有他的首肯，我們根本無法進行這項工作。感謝聯經出版公司的林載爵兄及其編輯團隊的盡心協助，能與像聯經這樣具有學術聲望的出版社合作出版，是原住民作家的福氣。謝謝山海的林宜妙以及所有參與選文、撰稿、校對、編輯的老師與同學們，你們的辛勞成就了這個有意義的工作。

我們將這一切都獻給每一位原住民作家朋友，你們創作的無形資產會是原住民未來文化的活水源泉。

其實二〇〇〇年之後，一個與原住民文學平行的另一種書寫介入，也如火如荼地展開了。二〇〇〇年起包括族語教學、教材編撰和族語認證考試等族語復振措施，便一一浮出檯面。二〇〇五年教育部和原民會會銜函頒「原住民族語言書寫系統」，二〇一七年立法院更進一步通過「原住民族語言發展法」，二〇一九年原住民族委員會捐贈成立「財團法人原住民族語言研究發展基金會」……這些政策、法令和機構，使原住民族語「書面化」的可能性成為現實。用自己的族語進行文學創作的條件，有了一個新的契機；我們在藉「他者」的語言、文字說話、書寫之外，有了一個可以保存自己聲音的創作工具。最近不少人開始用這套系統整理部落祭儀、古謠與神話，嘗試建立自己民族的「古典」。這對當代原住民文學的發展，是一項非常重要的工程。與主流社會逐漸共呼吸的原住民漢語文學，固然挑戰並突破了許多傳統原住民社會的禁忌與文化框框，但同

2 這當然是掛一漏萬的挑選，我們相信這方面仍有相當大的搜尋、增補之空間。

時也不得不面臨前文所說的付出認同流失的代價。無法「返本」的「創新」是走不遠的，也容易迷失自己。此外，有愈來愈多作家，比如布農族的卜袞，全力投入族語創作的道路。也許我們可以期待有一天真的可以編輯另一套用各族族語書寫的文學選集，其內容包括祭儀、巫咒、古謠與神話，當然也包含發生在當下的愛情故事和生活點滴。

孫大川・簡介

paelabang danapan，一九五三年生，臺東下賓朗部落(Pinaski)卑南族。比利時魯汶大學漢學碩士，曾任教於東吳大學哲學系、東華大學民族發展研究所、臺灣大學臺灣文學研究所、政治大學臺灣文學研究所。二〇〇九年擔任原住民族委員會主委，二〇一四年擔任監察院副院長，現為總統府資政、東華大學榮譽教授、臺灣大學與政治大學臺文所兼任副教授，以及臺東縣立圖書館總館名譽館長。

一九九三年孫大川創辦「山海文化雜誌社」，發行《山海文化》雙月刊，並籌辦原住民族文學獎，致力於搭建原住民族文學的舞臺，開拓以書寫為我族發聲的機會，亦是「原住民族文學」概念的最重要論述者。

著有《久久酒一次》、《山海世界——臺灣原住民心靈世界的摹寫》、《夾縫中的族群建構——臺灣原住民的語言、文化與政治》、《搭蘆灣手記》、《Baliwakes，跨時代傳唱的部落音符——卑南族音樂靈魂陸森寶》等書。並曾主編中英對照《臺灣原住民的神話與傳說》系列叢書十冊、《臺灣原住民族漢語文學選集》七冊，且與日本學者土田滋、下村作次郎等合作，出版日譯本《臺灣原住民作家文選》九冊等。

導論：家書與故事，危崖與險灘

——寫在《臺灣原住民文學選集．散文》之前

文／馬翊航

此次的《臺灣原住民文學選集》，距離二〇〇三年出版的《臺灣原住民族漢語文學選集》（以下簡稱印刻版選集）已有二十年。印刻版選集的散文卷，共收入了原住民族作家十七人、五十一篇作品，本次選集的散文卷則選入了五十位作者，共一百二十七篇文章。此次散文卷的編選過程中，編選小組也加入了幾個原則：選入作品與印刻版選集不重複；以二〇〇〇年後出版、發表的作品為主，但並不以此為限；選入部分書信、日記、評論文章；選入報導文學作品，分別於三冊依序排入。本此選集中的散文卷，因為這些原則的納入，增添了入選文章的多樣性，呈現原住民作家在主題、風格、文字美學上的變化與擴張。

選集在編排順序上，大致以作家的「出生年」為依據，進行順時性的編排，選入作者較過去選集有更大的時間跨度，從高一生（一九〇八—一九五四）到李真理（一九九八—），橫跨日治時期到千禧年後，或可見到寫作者世代記憶、生命經驗、文學環境的漸變與推移，形成一線性的、有「文學史」視野的概觀。然而，族群經驗、文學表達、歷史記憶的斷裂與銜接，並不只存在年表、列隊式的閱讀順序中；我們同時值得留意資深作家的嶄新拓展，青年隊伍裡的「古典」心靈。甚且，原住民族的文學創作中，也反映了個人與族群，在多重「時間感」下的遭遇、反應。書籍、選集雖有其必要的「體例形式」，若能在此小文中，與讀者一同在順時性的編排下，引發出選集內的多重線條，應該有其任務與樂趣。

臺大人類系的謝世忠教授，曾針對印刻版選集各文類分卷撰寫評論，他將印刻版散文卷中的五十一篇文，閱讀為多樣的「世界」論述，其中包含了「山、海、父、母、族、生、老、史、傷、女、我」世界，且彼此之間也交叉穿透。謝世忠教授的分類，若置放在此次的一百二十七篇作品中，其實同樣適切，讀者同樣也可從這十一個大主題來閱讀此次的選集，且也以原住民作家的視角，反映了族群、社會的變遷與印痕。

本次選集，選入瓦歷斯．諾幹早期的一篇短文〈動物園內〉（出自原住民文學史上第一本個人創作散文集《永遠的部落》），〈動物園內〉描繪了從部落來到都會從事動物園新建工程的勞動者，短小的場景，諷刺地動搖了所謂領域、圈欄、房舍、界線的意義。「部落」的內涵與質變，在這本選集內也產生了一種對話效果——例如，來自太魯閣族支亞干部落的Apyang Imiq，他的〈疫情部落〉寫於Covid-19疫情間，延續了他在散文集《我長在打開的樹洞》中對支亞干部落「咖哩」（kari，言語、說話之意）的觀察體認，在疫情期間的重重緊張管制下，大弟從萬華回支亞干「避難」，部落的kari容不容得下任何破口？疫情下的大型時事題，在Apyang筆下，又帶出了另一種隱形的部落（內外）地圖。其他具有「時事題」意義的作品，如啟明．拉瓦的〈莎瑪買電腦〉（筆電與網路）、利格拉樂．阿𡠄的〈木材與瓦斯桶〉（儀式與物質）、浦忠成〈一條鯝魚的警示〉（水利工程與環境變遷）……，不過這些作品中，不只是因應時代變化而寫，也有複數的繼承與自覺。散文創作與閱讀中受重視的「個人性」，在原住民族作者的創作者，也勢必反覆與歷史、記憶、社群經驗、當代環境，進行交會與協商。

原住民族作者所面對的（文學）「傳統」是什麼？傳統來自於需求，傳統也來自記憶。原住民文學或許有抵抗的傳統、銜接口傳文化（歌謠、祭儀、故事……）的傳統、關注環境與生命的傳統、「與靈對話」的傳統……然而，面對「消逝」與「剝奪」也是一種傳統嗎？游移或統合於不同的符號與文化生命之間，也是一種傳統嗎？在「傳統」的想像與追求（解答）之下，我們關心寫作的變化，是如何在種種自覺的承襲中，有細密、多重面向的推進與表達；這批作品中，即使有散文中最常見的「我」，卻也因此饒富深意。以下我將從幾個面向，包括「語言」、「身分」、「訴說」、「移動」、「追憶與實踐」，試圖觀察主題的合流與擴充之外，如何產生了一些看似沉靜的撼動。

發音寫字

接受現代化教育、掌握書寫能力，進而以書面文字創作，對原住民族作者來說，是一件不可逆的、不得不的工程，也在此過程中，不斷反射外來文化與母體文化間的糾纏互動，流動於「舌尖與筆尖之間[1]」。從族語到漢語的斷層、銜接，不只是符號的運作，同時也是地理、心理、生理的位移與重置。

高英傑的《拉拉庫斯回憶：我的父親高一生與那段歲月》裡，有部分篇章就記錄了過往部落生活中，因為外來者語言差異的關係，在他童年裡留下的幾樁記憶。〈第一類接觸——郭恭（kokongu）〉說的是部落裡外省司儀以（發音也不那麼標準的）漢語說「鞠躬」時，就像鄒語的「攀木蜥蜴」（kokongu）；〈山地同胞〉一文寫，當官員以南方腔調漢語說「每位每位」同胞，聽起來近似日本孩童說「蟲蟲」（むいむい），反而像是把原住民當成「蟲蟲」了。這些語音的「誤會」，不只是為了記憶諧音趣事，因為從部落外進入生活領域的不只是語音。對照書中記載，他與家族成員在日後因父親高一生所遭受的深深挫折、深情而惆悵的追憶，這些同音散發出的異義，不免也是政治的殘響。

瓦歷斯．諾幹的〈yayaya〉寫下了一系列地名、人名的失落，舌頭變形了、身體被文字捕捉了，作者自言這是「以小說的筆法遠距描摹我與我的母親在語言學習的道路上所遇到的黑色喜劇。」而他的另一篇作品〈舍遊呼〉，這似乎無法望文生義的篇名，來自 Sr-yux 部落的發音：「『舍遊呼』是我們部落方塊漢譯的名字……你應該可以發音正確一點，尾音的『呼』幾乎是無聲的……但是有文字的民族總是輕易地推翻了我們鎔

1 陳芷凡，〈舌尖與筆尖之間——臺灣原住民族文學中的族語實踐與思考〉，《原住民族文獻》四二期（二〇二〇年九月）。

鑄了幾千年的記憶，所以我們部落的名字只存在我們腦殼的記憶庫裡。」

在一九八九年吳錦發選編的《願嫁山地郎：臺灣山地散文選》裡，提到原住民作家多以族語思考，寫作的過程如同將族語「腦譯」為中文。然而在選集中，我們也可以看到各種不同的語言經驗，如孫大川的〈番人寫字——我的塗鴉人生〉說：「因為一直都是隨興塗鴉，我既無師承也不耐臨帖，是自耕農，寫的是『有機字』。雖然如此，我從小卻很注意長輩或師友們寫字的風格。我父親孫夫勇先生(puiyung)，民國前五年生，雖沒受過正式的教育，卻能寫出一手漂亮的日文字。我的表舅孫德昌校長，日據時代讀臺南師範，和後來被槍斃的鄒族高一生同班同學，他晚年成了虔誠的天主教徒，常將主日彌撒經文以日文假名拼寫的方式手譯成卑南語，供族人閱讀。」

我們也有董恕明〈字游字在〉中關於寫作與教學的體感、馬翊航〈關於買賣〉中重回族語的探索。甚至如姜憲銘的〈莎木躬海〉，似乎繼承了阿道．巴辣夫有著挑釁、抵抗意味的「翻譯」，從漢語的符號密林裡擇音選義的那刻起，就已經發出了撞擊聲，文章附上的數十個註腳，乃產生邀請與干擾的雙重效果。孫大川過往提出的「番語漢化到漢語番化」，也有了最新版本的映照。

原住民作家的生命經驗裡，文字與聲音的牽連不只一種，伊苞的〈唵　嘛　呢　叭

咪　哞〉，裡面有好幾種聲音的力量與記憶在交織，「宇宙大地究竟存在著什麼樣的音聲密語，渺小如我，在這世界屋脊正感受了一種來自內外連結而產生微妙的震盪。」或如奧崴尼在《神祕的消失》中說：「我們魯凱人沒有文字，只有『把插思』（pachase，指雕刻與刺繡所賦予的意象符號）……所以當我在畫和寫生我故鄉的時候，心裡只有一種單純的情懷，那就是寫生和故鄉——把插思我故鄉的一種深層的懷念與惋惜。」原住民文學創作中的層層「符號」，乃有了層次細密、難以盡記的策略、意圖與再銜接的動力。

身體、身分到分身

本次選集中，有幾則性格特殊的文本，其中之一是Lifok 'Oteng（黃貴潮）日記的選篇。Lifok是阿美族宜灣部落重要的創作者、文化傳承者，少年時期罹病、身體殘疾的經驗，在他的日記中有深切、詳實的紀錄，這些選篇中反映了他的生活作息、疾病、語言、戀愛經驗，也有他參與部落行事、宗教聚會的回憶。在行動受限的身體下，有種種思維、情意的委屈與突破，也折射了二十餘年間的部落變遷。在原住民文學的世界裡，關於身體、名字的故事何止一樁。瓦歷斯．諾幹曾在一次訪談中，提及早年參與原住民文學相關研討會時，主持人介紹說：「今天我們很高興邀請到田雅各、拓拔斯，還有瓦歷斯．諾幹以及吳俊傑跟柳翱等等等。」這個小故事，顯示的不只是主持人對原住民作家的「傳統命名」、「漢名」的陌生，更像某種隱喻：因為名字，而被分割、分裂成不同的人。

關於「正名」（從「山胞」、「山地人」到「原住民」；從漢名到傳統命名）的記憶，向來是原住民族文學中重要、必要的論題，莫那能的詩作〈恢復我們的姓名〉、瓦歷斯．諾幹的小說〈父祖之名〉，都是強力而深刻的發聲案例。散文有其貼近個人體感經驗的優勢，散文也因其著重個人表述的特質，成為了作者現實經驗的一種分身或分擔。幸光榮〈我在博愛特區的這一天〉，寫下了特殊的經驗：身為執勤員警，如何面對族人在博愛特區的陳情抗議？在他細微的觀察與造境下，有重重的痛楚與荒謬。散文中的「我」，於此不只是寫作美學上的移形換位，也必須回應原住民個人與社群間的支撐與需求。

李庭宇的〈無族齡之人〉，寫出了年輕都市原住民的矛盾無定：「用這樣的不可逆，換來在城市裡的來去自如……若無法說族語能定罪的話，我們這些都市原住民，都會被嚴厲地指責為傳承的罪人吧。」失去族語能力，是歷史、社會結構而並非個人所造成，但卻需要個人承受質疑與承擔；類似的體驗，發生在游以德〈族語認證〉中，文章以一場「族語認證測驗」的現場，壓縮其他「認證」的現場：認證的不只是族語能力（「測驗」本身也意味著權宜、協商與缺口的存在），也是他人對原住民「本真性」的過度檢驗（請問你「真正的」名字？請問你「真正的」來自哪裡？）。確認「考生姓名」看似是第一關，但其實不過是生命曲折中的一個節點；同與不同，在然木柔．巴高揚〈姓名學〉裡，敘事者「恢復了」（真正的？）傳統姓名，但內部複雜的家庭分工、多邊族裔、表記符號的交纏，讓改姓名真正成為了另一種「學問」，讀者也不妨留心作者布置的小小機關，對未來跨族群對話、理解的請願。

在這次的選集中，有幾篇作品深刻地觸及性別主題下，身體、身分帶來的分裂感[2]，在多重的身分難題與行動下，青年寫作者如何重整與重返？麗度兒．瓦歷斯的〈謊〉，敘事者來回於家人、部落、校園之間，有如水般正在流動的感官與情欲，女

2　細緻的分析可參考陳芷凡〈成為原住民（文學）：原住民族文學獎場域中的同志議題與非寫實風格〉，《成為原住民：文學、知識與世界想像》（臺北：政大，二〇二三年十一月）。

性之間幽微的牽連與傾訴，夢境與曖昧情愫相互交織；潘宗儒〈在離家與返家之間成家〉中以「靈」的聯想，試圖回應在部落經驗匱乏、同志身分、傳統性別觀中的擺盪；Apyang Imiq〈你那填滿 bhring 的槍射向我〉，寫出在男性、獵人社群中，因為同志身分引發的、難以言說（但並非一成不變）的體感與靈感。在報導文學中，也有李真理以〈搭建 Syaw na hongu utux 的生命力〉，記錄重建部落烤火房的歷程，也將返鄉的、多元性別的、各有脆弱與夢想的青年聚合在 puniq（火）的周邊，是還原，也是再創。

因此，訴說是抵抗也是連結

親子間的記憶聯繫、傳承，是原住民族文學的重要主題，撒可努《走風的人》裡，父親引領兒子進入獵場、兒子又以寫作傳承、傳播父親之獵人哲學，親子之間互為、共享著知識、生命、情意；潘一帆〈與父過河〉追憶兒時與父親電魚的經驗，看似寫（生態）知識與父子情感的矛盾，卻也回顧如何在生存、生活、生命的激流中「救活」的一瞬。伊替．達歐索的〈無盡夢魘〉，以矮黑人的視角進入矮靈祭的核心，文章的綿密語調，遞出跨越時間線索的驚心之語，「戳破了儀式的謊言」（孫大川語）也「隱喻所有的人際關係」（楊澤語），他的另一篇作品〈危崖與險灘〉以第一人稱重述、重組父親的記憶，是嘗試進入父親語言、心靈世界的起點，「危崖」與「險灘」也是歷史中遭異變的山海世界。「原住民文學的情調勢將與原住民的命運相終始。原住民的文學除了要寫出自己文化中深沉的內涵外，唐吉訶德式的抗爭旋律，亦將是無法終止的，這是一段難有折返的道路[3]。」浦忠成在一九九八年的這篇文章中，點出原住民族文學「在抗爭中尋求定位」的策略（機會？命運？），即使在相對講求含蓄、節制的散文表達中，其實是既有傾訴、亦有訴求的。

評論寫作，成為原住民作者發聲與抵抗的方式。本次選集即選入孫大川、浦忠成、董恕明、Nakao Eki Pacidal、Yawi Yokex 等幾位世代、族群各有差異的作者，他們以評論抵銷主流社會文化的滲透與襲奪，或讓文化間的流動線條更為細膩與緻密。例如董恕

3 浦忠成，〈原住民文學發展的幾回轉折〉，《臺灣原住民族漢語文學選集：評論卷上》（臺北：印刻，二〇〇三年），頁九五－一二四。

明〈寂寞的喧囂——仲夏讀巴代札記〉、〈如詩的歌者——致胡德夫老師〉在文學評論的空間裡，打造一條閱讀與生活共創的線條。值得一提的是，Yawi Yokex 是近年來少數專注於影像批評的原住民創作者，〈被收編與杜撰的錯誤原民形象〉拉扯出電影產業中長期以來被錯誤再現的原住民形象、被錯置的原住民「聲音」、〈「原」不存在的芬芳寶島：談二〇二一TIDF「如是原民，如是紀錄」單元〉則從紀錄片的抵抗質地，回頭觀察影像紀錄、族群處境間的共構或落差，追求影像敘事的主體性同時，也試圖描繪當代原住民族的境遇與姿態。

諸多論者、創作者，都提示了閱讀原住民文學史時，不應輕易忽略口傳文化、說故事傳統，在當代以書面文字為主流的創作形式中，所占有的位置與角色，「討論原住民文學的發展，就得兩面作戰：一方面要贏回悠久的口說傳統；另一方面要掌握一個新工具，全面介入書寫世界，活化民族說故事和創作的能力（孫大川）。」因此，當夏曼．藍波安以「古典」來定義達悟的「海洋—文學」時，我們乃有了相較「作家文學」、著重「個人」記憶、情意、思辨的散文風貌之外的選項。在他的〈我選擇了海洋的古典文學〉裡，從一次挑戰性的航海歷程出航又返航，「攜帶身體進入水世界，浮出水世界就是我的華語文字，於是荒漠大海成為我古典文學的浩瀚圖書館。」一個過去三十八年來被切割的「我」，乃可能於此重新誕生：「我說話的對象是我民族的列祖列宗，以及我的族裔。我也說給我的世界地圖聽。」我們有夏本．奇伯愛雅〈空間觀念〉中，立體、豐富的達悟空間觀、生命觀；撒可努〈煙會說話〉、拉黑子〈坐在溫暖的煙裡〉，都寫出那如靈魂、如觸撫、如記憶般的煙，流轉於日常裡、於世代的記憶裡；悠蘭．多又〈我們家的 lmuhuw（會宗曲）〉，如作者所述：「lmuhuw（會宗曲）是泰雅人透過口說、吟唱等方式，將祖先的訓誡、地名、歷史等傳承給後代子孫。」文章寫的既是 lmuhuw 的記憶、也將 lmuhuw 的本質與意念，滲透進散文的敘述質地中，提示我們原住民族散文創作形式、資源之多重血緣。

移動的旅程

拓拔斯．塔瑪匹瑪在他的經典短篇小說〈拓拔斯．塔瑪匹瑪〉中，塑造了一個從城市搭交通車返鄉的知識青年，窄小的部落接駁車中，他的知識、觀點、情感與同車返鄉的族人們，不見得完全咬合，因此返家返鄉的節奏煞煞停停、若即若離。這篇經典小說似也預示此類返鄉「旅程」的往復遲疑，我們也可在此次的散文選中，讀到此類主題的變體。黃璽〈關於回部落的小事〉說，「回部落在我們家卻是類似一種看病的行程」，寫出都市原住民返鄉的心境，卻也疊合了Slamaw部落的遷移史、武裝衝突史；陳宏志〈回部落的幾個日子〉、〈我們的踟躕〉裡，部落的實境、人群大小事，被碎片化、幻覺化，破壞了散文語言與作者性情「整合式」的敘述慣性，也揭露了歸返的難題。

這些「移動」經驗，不只是空間的，也是心靈與文化的重重錯動、限制與突圍。啟明．拉瓦〈移動的旅程〉以「交通工具」串接章節，承載的乃是「非典型」身分的檢查與關口；胡德夫〈牛背上的小孩〉、〈為什麼〉中「部落到臺北」的異地經驗，切片了一代原住民的勞動—移動史；利格拉樂．阿𡠄〈紅嘴巴的vuvu〉開場一連串從鳥瞰到特寫聚焦的變化，又從vuvu的手展開文章中相互交織的部落遷移史、殖民史、（不同世代）的女性生命史，也呈現阿𡠄與書寫對象之間複雜的距離互動。

此次選文中，報導文學還選入了啟明．拉瓦〈白毛人的前世今生〉、奧崴尼．卡勒盛〈神祕的消失〉、沙力浪之〈百年碑情〉，這些以身體投入的深度寫作，都涉及「重返舊部落」的情境，但族人是如何「離開舊部落」、又為何要重返呢？〈白毛人的前世今生〉中以交互切割的時間點、形貌多樣的「史料」（文獻、物質碎片、耆老口述……），交錯著敘述者「當下」進行的調查工作。文章並不只為一條穩固、具有壓倒性，從「推論」到「證實」的敘述而服務（即使文章中有對「白毛」由來的推測），而有機會展現出複數族群的、多層遷移、居住、生活的路徑與痕跡。對於普遍講究「真實性」、「時空背景」的報導文學來說，他的寫作方式雖非直接破壞「真實性」的契約，卻提示我們組構、想像「部落歷史」時的規範與彈性，以及時間、族群組成考古的難度與複雜性，也是對於時間、歷史敘事定位「霸權」的另類提醒。沙力浪的〈百年碑情——喀西帕南、大分事件〉（收錄於《一〇四年第六屆臺灣原住民族文學獎得獎作品集》），則是一趟趟以身體、記憶、當代青年、部落社群重新銜接、縫合歷史步道之節點的具體歷程。移動有時是為了回看家園、重塑家園，馬紹．阿紀〈北緯四十三度〉、乜寇．索克魯曼〈一個豆子的生命旅程〉都從「海外」經驗出發，有諸種「原住民」的相遇，更開啟回訪自身文化的新路。

往日重現，往日重建

文學中的「追憶」是一種能力，也是一種能量。桂春．米雅的〈當雨滑落髮梢〉有觸動人心的傷逝，但也有她的疑難。喪葬儀式中「我是誰？我應該是誰？」的主題反覆浮現——以爬行進入靈堂、自稱「不孝女」，可能不是她心中阿美族人面對死亡的形式；其他宗教的神明在靈前陸續登場，在喪母的哀傷女兒眼中更像表演。她需要聆聽耆老以故事描繪母親，也獨自在時光夾縫中追想母親的身影。

選集中此類以「追憶」為基調的文章，顯然對應著臺灣散文中的一條主題路線：親情、死亡、病苦。是哀傷、痛楚後的療癒修補，也是在或節制或深濃的文學語言，進行敘述與情意的互動調節。但類似的主題，進入到原住民族寫作者的生命情境後，一如桂春．米雅的這篇文章，「逝去」似為我們帶來了更為複雜的提示與去處。多重的消逝、現下的情境（或困境）、未來的需求（或請求）彼此交織，引發了不尋常的追憶姿態。例如多馬斯．哈漾（李永松）曾獲得林榮三文學獎的散文〈彩虹橋〉，特殊處不只在於文章詼諧語氣與嚴肅議題產生的張力，也在於這篇文章的結尾，揭露其敘事聲音，實來自無法發聲的「亡者」。文章中所提及的部落戰場（歷史記憶的「版本」也如同戰場）、勞動傷口、失落人生、部落笑話，因此產生異樣的重量。「彩虹橋」本是泰雅族人重要的生死過渡，在此處也暗示著讀者：是什麼讓「死亡」需要苦笑，如此不尋常？類似的情狀，我們在多馬斯．哈漾的〈記憶大潭〉（大潭新村與水庫移民）、甘炤文〈瑪帕伊斯之河〉（童年往事與部落邊緣者）、姜憲銘〈阿嬤的檳榔石〉（母語記憶與獨居老人）、胡信良〈Swali 幸運的星期五〉（種種埋藏部落中的「不平」往事）都能讀到——追憶的表情是曲折。

「往日重現」在族人的生命經驗裡，畢竟還蘊藏另一層含義：「逝去」（斷裂？消失？）的「傳統」文化的復振。「逝去」或「傳統」可能是相對性的概念，但「重建」（物質或非物質）的心願與行動，卻有機會與散文的寫作互為見證。然木柔．巴高揚〈miyasaur．再．一起〉重現復振的不只是卑南族南王部落的 mugamut（婦女除草完工祭），也是部落女性社群、世代、記憶能量的再連結，別有意義的是，此篇報導文學作品中，不只出現受訪者、報導人的口語敘述，也交織入祭詞、婦女的呼喊聲、銅罄的敲擊聲，甚至占卜中無聲的啟示，以此擴增（或更吻合了）miyasaur（婦女除草換工團）內在「共聚」的含義。選文內，其他報導文學的作品如陳孟君〈時光膠卷：我的助產士 vuvu〉以老照片調動時間進程，潘貞蕙〈你看那個亮亮的地方〉重現的不只是「狩獵文化」，也是Lahaw部落泰雅族人的立體、充滿變貌的獵場、地景知識系統。報導文學的耕耘與形式特質，使得懷舊不只停留於感嘆，也可以成為積極的創造，銜接傳統與當代。

味覺、感官引發的記憶回溯效應，我們在文學作品中也不陌生，幸光榮的〈味覺紀事〉，即以醫病的飲食調節為契機，牽引出一連串味覺與生命、逝去與存有之間的動盪；打亥．伊斯南冠．犮拉菲〈蝸牛情結〉中的蝸牛，也以熟悉的滋味或陌生的烹調，牽黏出數段回憶，與活躍於日常中的語言藝術。味覺記憶是私密幽微的體驗，但在飲食文化的相關研究裡，論者也反覆提示我們，飲食與文化、階級、權力、認同的密切牽連。一如余桂榕的〈梅酸〉，梅子的酸苦不只來自味覺，也來自經濟與生活的壓力，本非布農族人傳統作物的梅子，由於政府的輔導轉作、市場經濟的需求，也變異了生活的景觀與滋味，對照鄧惠文〈咖啡滋味〉中咖啡從異鄉到原鄉、都會到家內的旅程；或田雅頻〈Ima ka meiyah dmalyaw teaki lxi skuy dama mu？誰能來採我父親的箭筍園？〉寫出分布範圍極廣的箭筍，「阿美族、布農族、太魯閣族及漢族間緊密而複雜，為著生存而碰撞、競爭及合作的故事。」類似的植物故事也在Apyang Imiq〈下山的山蘇〉中開展，「我更期待山蘇依舊如過往，盤據在樹枝上，有自己的高度，有自己的故事，有自己的權力」。在原住民的散文作者筆下，植物可能比我們記得更多事。

兩種家書，諸多等待

在《靈魂與灰燼：臺灣白色恐怖散文選》中，曾經選入了兩位原住民作家的白色恐怖經驗相關作品，包含伐依絲．牟固那那（〈光明乍現〉、〈反共大陸的童年〉）、莫那能（〈被射倒的紅蕃〉，莫那能口述）。本次的散文選集中，同樣選入伐依絲．牟固那那的〈光明乍現〉，也選入了數篇白色恐怖相關作品，包括利格拉樂．阿𡠄的〈那個年代〉、〈活著，就是為了等這一天〉、高一生的獄中書信選篇、高一生之子高英傑的〈母親的座右銘〉、〈警部官舍〉、瓦歷斯．諾幹的〈白色追憶錄〉、報導文學〈Losin Wadan——殖民、族人與個人〉等。有時政治與驚懼，以意想不到的聯想方式潛伏於生活（里慕伊．阿紀〈白色恐怖〉），戰爭的殘酷記憶，也可能被日常的刀影劃開（林佳瑩〈殺雞〉）。

然而白色恐怖、原住民族政治受難經驗，乃至於戰爭記憶，並不只是一些「待挖掘」的題材。一如吳叡人所言，探詢絕對不只是需索英雄的悲劇、美麗的詩歌，而「就是一次試圖重建『作為被保存到現在的殘餘的過去』的努力[4]。」利格拉樂．阿𡠄近年投入原住民族政治受難者的紀錄影像拍攝工作，在紀錄片鏡頭之外，她同樣也以散文捕捉當事人、親族、部落間飄蕩的記憶遺痕。阿𡠄的〈那個年代〉，寫出父親生前，未能盡數化解的政治創傷；在〈活著，就是為了等這一天〉裡，寫下了風聲鶴唳的年代，徘徊於部落的隱晦創傷與汙痕，以及遲來的正義。

選集有其限制，必有一些未能盡記盡選，但我仍想再一次推薦部分因形式、篇幅未能收錄至此次選集的作品。其一是《沒有名字的人：平埔原住民族青年生命故事紀實》，這部作品在「群像」、「面孔」的編寫策略下，解壓縮了重重身分、認同的關卡與尋路；二是圖像小說《Mapatayay no wawa 死者的孩子》，生長在都市、父親是噶瑪蘭族的偕志語，以另外一種隱密、充滿聯想的方式潛入「回家」此一主題。

奧崴尼．卡勒盛在〈神祕的消失〉一文，最後一段的標題名為「樹梢」，且有一段註解：「樹梢(lididu)：魯凱語「結尾」的意思，一般說話的時候，結構就像一棵樹，從根部開始說起，到了快要結束的時候，就是lididu，指最後的目的或結果。」〈神祕的消失〉沒有報導文學、紀實散文的典型結構，有根系般的事件交織，以及與「現代」時空想像形成張力的，在敘述中為「舊部落」再定位的能量。我們也可理解這次選集為，原住民族創作者千禧年後的再定位：如何寫，於廣博而又私密、想像力與行動力交會的種種敘述傳統之中、變局之中，在各自的文學表達中動手實作、且問且答。

選集內，有兩篇「家書」的寫作。一篇是來自獄中的高一生，寫給妻子春芳的第十二封信：「記得很久以前，從新美(村)回家的途中，遇到雨而天色變暗，在沒有火把照明之下，兩人用手摸索，走暗黑且危險的雨中山路，且呼喚小孩拿火把來，但沒人聽見，歷經勞苦狼狽，終於回到家裡時的喜悅……」這段追憶，連帶著未來「回到光明的家」的期許，而最終並沒有完成。Nakao Eki Pacidal 寫於荷蘭的〈生番家書：故事(kakimadan)〉，是對我們早已習慣的(西方?)文體、故事形式的反思，對說故事場景(溫度?)的反思與回望，「面對面的說話，這場景在多麼長的時間裡都是文學的自

---

4 吳叡人，〈「臺灣高山族殺人事件」——高一生、湯守仁、林瑞昌事件的初步政治史重建〉，發表於「紀念二二八事件六十週年學術研討會」，二〇〇七年二月廿六日。文章見臺灣民間真相與和解促進會：https://taiwantrc.org/「臺灣高山族殺人事件」——高一生、湯守仁、林／。

然，雖說未見得就是文學裡的必然。」因此說故事、寫作、理解「我們」（原住民？全人類？）的天性，總是一件未竟的工程。文學的未來在回顧之中。回顧伴隨著等待。

馬翊航・簡介

Varasung，一九八二年生，臺東卑南族人，池上成長，父親來自Kasavakan建和部落。臺灣大學臺灣文學研究所博士，曾任《幼獅文藝》主編、國立臺北藝術大學兼任助理教授。現專職創作與講學。著有詩集《細軟》，散文集《山地話／珊蒂化》、《假城鎮》，合著有《終戰那一天：臺灣戰爭世代的故事》、《百年降生：一九〇〇—二〇〇〇臺灣文學故事》。

高一生

〈高一生獄中家書：信件一〉（一九五二年九月二十四日）
〈高一生獄中家書：信件十二〉（一九五二年十二月十四日）
〈高一生獄中家書：信件四十四〉（一九五三年四月）
〈高一生獄中家書：信件五十〉（一九五三年四月）
〈高一生獄中家書：信件五十六〉（一九五三年四月）

'Uongu Yata'uyungana，日本名矢多一生，戰後以「高一生」為人所知。一九〇八年生，嘉義縣阿里山鄉樂野部落（Lalauya）鄒族。高一生曾任吳鳳鄉（今阿里山鄉）鄉長，為鄒族教育家、政治家及音樂家，一九五四年四月因白色恐怖而受難。

高一生就讀達邦蕃童教育所、嘉義尋常高等小學校，一九二四年保送臺南師範學校，就讀期間嶄露音樂及文學天賦，畢業後回達邦任教及擔任巡查。高一生從日治時期就在部落引領進步思潮：推廣農業、關心教育，參與鄒族語言文化的記錄保存等，更創作不少日本味道濃厚、融合部落自然地景的歌曲。結集出版的作品有音樂專輯《春之佐保姬》、《鄒之春神——高一生音樂·史詩·歌紀念專輯》以及獄中書信集《高一生獄中家書》等。

高一生獄中家書：信件一

錄文

親愛的春芳[1]，及菊花[2]、貴美[3]，你們好嗎？我突然被押起來，對你們確實是很大的打擊，我想你們大概很掛慮我吧！然而這些都是為了新美農場[4]和吳鳳鄉的

---

1 春芳：高一生的妻子，出身特富野社，日本姓名為矢多春子（原湯川春子），漢名高春芳，一九一三年生，一九九九年過世。

2 菊花：高一生的長女，排行第一，日本姓名為矢多喜久子，漢名高菊花，一九三二年生，二〇一六年過世。

3 貴美：高一生的次女，排行第三，日本姓名為矢多喜美子，漢名高貴美，一九三五年生。

4 新美農場：正式名稱為「新美集體農場」。新美、茶山等地在日本時代是州營牧場，在高一生的爭取下，由臺南縣縣長袁國欽撥給吳鳳鄉。高一生與杜孝生、廖麗川（吳鳳鄉公所森林幹事）、劉劍秋（東北人，山地指導員）等人籌劃設立新美集體農場，一九五〇年四月，在林瑞昌的擔保下，向土地銀行貸款五十萬元做為開墾經費。高一生鼓勵族人移至農場開墾，為此作了多首歌曲。新美集體農場的財務成為高一生貪汙罪的罪狀之一（參見《高一生獄中家書》徵引文獻一，頁七六六、八七六、九〇四—九〇六、九八四—九八五；徵引文獻六，無頁碼）。

公益，固無所愧。因為我敢相信，政府有一天會理解我的苦衷，更能知道我的潔白。我不在期間，家鄉雖然有許多事情待你們解決，也許甚至給你們費神，但是你們要在一起互相安慰協力、保重身體的健康，對母親要盡子之道才好。

幸而，寬大的政府，優待我在特別房間，諸難友也對我很好，講起生活來，我們這裡倒很舒服的。一天兩餐（主副食都很充足）、兩次散步（時間二點鐘）也能洗冷水澡，很能愉快地過日，故你們不要再惦念我。

我過去，把全精神注於公務，致使不能充分地為了你們謀幸福、實際大輕薄你們了、我願你們能寬恕我。你們等著吧！有一天我無疵的身神定會回到你們的懷抱裡，使你們很愉快地生活起來。我敢打賭我們的團圓很快會來臨，祝你們明朗。請轉告家屬。道好。

民國四十一年九月十四日

高一生

高一生獄中家書：信件十二

錄文

　なつかしい春芳、今日は十四日で日曜日です　貴美の手紙は二日に着いただけで、あとは、たぶん今途中にあるでせう。　私の手紙もぼつぼつと着いてゐるでせう　手紙は少しおくれても届きさへすれば嬉しいです　さて、臺北も冬になりました時々寒くなり又時々暖かくなります。　雨もとき降りますが、たまには天気になることもあります　私は相変らず元気です　寒い時には菊花が送ってくれた、メリヤスのズボン下とシヤツはとても助かります　夜は布團（毛布）が充分ですから　どんな寒い夜でも決して困りません　晩はたいがい十時頃眠りますが、近頃夜が長いので　三時か四時頃には目がさめてしまひます　此のへやは、夜でも電燈を消さないからとても明るいので　一ぺん目をさましたらあとは中々眠られないのです　それで夜が明けるまでぢつと家のこと山のこと考へるのです　此の前はタナイクの川[1]へ行った時の様な夢を見ました　夢の中では川も山も変ってゐてまるで新美[2]見たいです　しかしあの大きな石、トンネル見たいな石は、はっきりしてゐました。　あなたが赤ちゃんをおんぶして二人でえびを取ってからひろい道に出てきれいな山の上に歸った夢です　二、三日前　とてもとてもがっかりした夢を見ました。　菊花が悪い人にいぢめられて助けようと思ったら目がさめてしまひました。　そして眠ったら又同じ様な夢を一晩のうちに三回も見ましたので、私はとても菊花のことを心配しました。　私は此の生活に慣れた為めにあんまり悪い夢は見ないが　菊花の夢だけはがっかりしました。

　私は今エームツに行く道路のけいかくをしてゐます　私が山にかへったあとはエームツの造林を大きくやるので道路は今のままではいけないのです　そして水路も一しょにほるつもりです　今はこんなにして仕事も出来ませんが　一日一日の時間がどんなに貴いものであるかがよくわかる様になりました　山の人は自由な貴い時間を、うまく使はないために、いつまでも進歩しないのです。　私はその外に果樹園とかブドウ園とか　色々けいかくをしてゐます　昨日は糠みそ漬の研究をしました　どんな小さな研究でも計畫でも　やがては、家庭の為めになりますので、毎日、熱心に研究して山にかくれればすぐ實行しようと思ひます　家にある古い雑誌はみんな大事な家事の本ですから　大事にして下さいね　私は四十を越してしまひましたが　今から家庭学の一年生にならうと思って居ます

長いことてがみを書かなかったのは、たぶん忙しいためでせう。　それとも体の調子が悪いぢやないですか　手紙はかまひませんが元気で居りさへすれば私も安心します　もうやがてお正月になりますが家庭にとっては、淋しい苦しい正月です　子供が可愛さうですが私も元気で居るし　苦しいながらも将来の幸福を考へて、今年の正月をがまんするより外に方法がありません　でも菊花や貴美と一しょに子供達には少し何かして上げて下さい　そして子供達が部落へ行かない様に　家でたのしませて下

1　タナイクの川：即 Tanaiku 溪，漢譯「達娜伊谷溪」，屬於曾文溪上游的集水區，在山美村地區。現以「達娜伊谷自然生態公園」聞名，是阿里山區的旅遊勝地。

2　新美：Singvi，鄒語。指新美集體農場所在地，現新美村。

さい　貴美にトランプでも買はせて子供達と正月楽しんで下さい　正直と梅三は正月頃四、五日ひまをやって遊ばせて下さい　その代り早くもどる様にきびしく言ひつけて下さい　二人ともあなたの甥（オヒ）　だからえんりょなく教育して下さい　私は此の二人の子供と昭光[3]、良吉[4]たちを将来立派に出世させるつもりです　二人の子供にそれを話して今からしっかりやらせて下さい

あなたは、女の身でありながらおほぜいの小さい子供達を一人で世話してほんとにすまなく思ってます　さぞ生活も苦しいでせう　子供達も可愛さうだと思ひますしかしもう少しのしんぼうです　別れ別れになってゐるので今は

「裡を讀んで下さい」

お互いの体が、家庭のために何より大切です。　充分に注意して、無理をしない様に、病気にかかない様、子供をいたはりながら私の留主を元気で守りつづけて下さい

割合に体の弱い私が、気候の不順な臺北で四ヶ月も風引かず　ずっと元気で居られるのは、あなたを始め子供達全部のまごころと、神のおまもりによるものと感謝してゐます

家族（あなたがた）の平安と健康と日日の恵み（幸福）を神様に御祈り致します

ずっと前、新美から歸る途中雨にあって暗くなり、たいまつもなく暗い危い雨の山道を二人で手さぐりし、子供にたいまつを持ってくれる様に呼んだが聞えないで、さんざん苦労して漸く家に着いた時の嬉しさ、私共二人の魂は丁度それと同じ暗い道を歩いてゐるのですやがては明るい家に二人の魂は歸ることでせう

では元気で子供達を大事に。　次の日曜日に又便りをします。　淋しいときは私の作った歌でも歌って下さい。

十二月十四日　一生

3　昭光：あきみつ（Akimitsu），漢名浦利光，出身特富野，鄒族學者浦忠成的叔叔。

4　良吉：りょうきち（Ryōkichi），漢名武良覺。高英傑説他很聰明，很得高一生的疼愛。

中譯

思慕的春芳：

今天是十四日星期日。只有貴美的信二日到達外，其餘的還在途中吧。我的信也慢慢地到達吧。信件耽誤少許無所謂，只要能送到就高興。如今，臺北也進入冬季，時而寒冷，時而暖和。雖然時常下雨，但偶爾也有放晴的時候。我依舊健康。寒冷時候穿著菊花寄來的針織長褲和襯衫幫助很大。夜裡棉被（毛氈）是足夠的，所以無論如何寒冷的夜晚也不會有問題。晚上大約十時左右入眠，但最近夜較長，所以三、四點鐘左右醒來。這個房間夜裡不關燈，一直很亮，所以一旦醒來之後很難再度入眠。於是一直到天亮都凝神想著家的事和山上的事。幾天前我做了好像我們到達娜伊谷（Tanaiku）溪這樣的夢，在夢中溪和山全然改變宛如新美（村）的景色。不過那個大石頭，隧道般的石頭，十分清楚。妳背著嬰兒，兩人一起抓蝦之後，走到寬廣道路回到美麗的山上的夢。二、三日前做了非常、非常令人頹喪的夢。就是菊花被惡人欺負，想要解救時醒過來。然後，一入眠就又夢到類似的夢，一晚一連做了三次類似的夢，所以我非常擔心菊花。我已習慣這裡的生活，所以很少做惡夢，只有這個菊花的夢非常讓我頹喪。

我現在正在計畫開闢前往誒姆茲的道路。回到山上之後，誒姆茲的造林大大地來做，所以道路不能是現在這個樣子。而水圳也同時打算挖掘。目前處於這種遭遇而無法工作，但終於很明白一天一天的時間是多麼寶貴。由於山上的人無法善用自由且珍貴的時間，永遠沒有辦法進步。除此以外，我也研究果樹園和葡萄園等，做種種的計畫。昨天研究米糠味噌醃漬。我想，任何小小的研究或計畫，總會對家庭有好處，所以每天熱心研究，回到山上之後想要馬上實行。家裡的舊雜誌都是重要的家事的書，所以請好好珍惜。我雖已年過四十，現在起想要當家庭學的一年級學生。

很久沒有來信，大概是工作忙的關係吧。或是身體狀況不好嗎?書信的事還不要緊，只要身體健康我就安心了。再不久就要過新年了，但對我們家庭來說，是寂寞辛苦的過年了。孩子很可憐，但我還算健康，儘管辛苦，只能想著將來的幸福，忍耐渡過今年的過年之外，別無他法。不過，和菊花和貴美一起，請為孩子們做一些事吧。讓孩子們在家裡玩樂，以免到部落去。請叫貴美買副撲克牌之類的，和孩子們快樂過年。正直、梅三，請在過年時放四、五天假讓他們去玩。不過請嚴格交代要早些回來。這兩人都是妳的甥侄輩，所以請不要客氣地教育他們。我打算讓這兩個孩子以及昭光、良吉他們將來能出人頭地。請告訴兩個孩子這件事，使他們從現在開始就扎扎實實地做。

妳雖然身為女性，卻一個人照顧眾多的幼小的孩子們，實在對不起。猜想生活也一定很艱苦吧。孩子們也很可憐。但是需要再稍稍忍耐。由於各個分散，

「請讀背面」

相互之間的身體健康，對家庭而言比什麼都重要。要十分注意，不要勉強，避免罹患疾病，請呵護小孩，同時繼續好好守護我不在的家。

比較體弱的我，在氣候不順的臺北，四個月都沒有患感冒，而且能夠一直很健康，這是妳和孩子們的誠心以及神的保佑所致，深深感謝。

我向神祈禱賜給家人(你們)平安、健康和日日的恩惠(幸福)。

記得很久以前，從新美(村)回家的途中，遇到雨而天色變暗，在沒有火把照明之下，兩人用手摸索，走暗黑且危險的雨中山路，且呼喚小孩拿火把來，但沒人聽見，歷經狼狽苦勞，終於回到家裡時的喜悅，現在我倆的魂魄正走在和當時一樣暗黑的路上。我倆的魂魄總會回到光明的家吧。

那麼，身體健康、多關心孩子們。下個星期日再寫信給妳。寂寞的時候請唱我作的歌吧。

十二月十四日　一生

高一生獄中家書：信件四十四

錄文

なつかしい春芳

ケユパナの家は不便な事が多いでせう　がまんしてね　貴女の為めにとてもきれい歌（美しい峯）[1]が出来ました　前に鹿林山[2]へ行った時の歌です　後で高原の花畑[3]（貴美に）不思議な泉[4]（菊花に）の歌と一しょに送るから暫く御待ち下さい

貴女は主人を思ふ為め　又、子供の為にやつれる程苦労してゐるが　後で必ず又

---

1 美しい峯：〈綺麗的山峰〉，作給春子的歌，不存。

2 鹿林山：介於阿里山與玉山之間的山，高一生在原書信中，於此詞一旁注音著「タ―タか」（ta-taka），應為鄒語「Tataka」，即「塔塔加」，意為「有平坦草原的地方」，這裡或指鹿林山區稱為塔塔加的地區。

3 高原の花畑：〈高原的花田〉，作給貴美的歌，不存。

4 不思議な泉：〈奇異的泉水〉，作給菊花的歌，不存。

楽しくなります　苦しくても　私の魂に時々歌を聞かせて上げなさいね
英傑、澄美の入学の事を知らせて下さい
每日神様に拝んで下さい

高一生

中譯

思慕的春芳：

給油巴那的家有很多不方便的地方吧。請忍耐喔。為妳寫的非常美的歌〈綺麗的山峰〉完成了。是以前（很久以前）去鹿林山（塔塔加）的時候的歌。之後將和〈高原的花田〉（給貴美）和〈奇異的泉水〉（給菊花）的歌一併寄過去，所以請妳稍加等待。

妳因為思念丈夫，又因為孩子而勞苦到憔悴的程度，但以後一定又會重獲快樂。儘管艱辛，但請時常唱歌給我的魂魄聽喔。

英傑、澄美入學的事，請告知。
每天請敬拜神。

高一生

高一生獄中家書：信件五十

錄文

親愛的春芳：

從一月十七日，我的信，一直地寫中文。妳不能讀解，所以妳必定不高興，實在可憐的，我也寫中文，好不容易的。因為我們的家庭事情，我不想給難友說明白，所以我，馬馬虎虎自己寫的。我的中文信，不但是內容的不明白，還是一定可笑的，請原諒。我的信，妳可以每次託貴美，翻譯日本語就好。

下星期（二月十五日）的信二件之內，一件是寄英傑（臺中）今天的信二件之內，一件是寄芳梅（嘉義）。

我的身體很好，我天天（朝晚二次）禱告你們的平安健康和上帝的保護及我的無罪宣判。

祝妳健康

高一生

高一生獄中家書：信件五十六

錄文

なつかしい春芳

あなたも　元気で　何よりです

白銀も　黄金も　玉も　何せんに

勝れる宝　子に　如かめやも

此の歌[1]覚えてみますね。家と土地さへあれば好いです。立派な子供が　澤山

1　此の歌：這首歌是奈良時代初期貴族／詩人山上憶良（西元六六〇年？—七三三年？）所作，收於《萬葉集》卷五（頁八〇三）。原文一般作：「銀も金も玉も何せむにまされる宝子に及かめやも」。

居るから、品物取られても構ひません。 私の無實な事が後で分ります。 ミシンを取られる前に、あなたの縫った物を着たいのです。 白い褲下一枚、(冬物は衛生によくない)

パンツの様にヒモをつけ下はズボンの様に。

白い風呂敷(四尺^{2}位) 一枚。

畑でも山でも私の魂が 何時でもついてゐます。

水田 賣らない様に。

高一生

中譯

思慕的春芳：

得知妳也健康，比什麼都好。

「不管白銀、黃金、寶玉如何
珍貴，不及兒女珍貴」

記得這首歌吧。只要有家和土地就好。由於有很多優秀的孩子，就算物品被拿走也沒關係。我的冤罪，以後會昭明。縫紉機被拿走之前，很想穿著妳縫製的衣物。白色的襯褲一件（冬衣對衛生不好）

像內褲一樣有褲帶，底下像西褲。

白色包袱巾（四尺見方）一條。

在田間、在山中，我的魂魄時時刻刻陪伴著。

水田不要賣。

高一生

---

2 四尺：「尺」是日本長度單位，一尺等於十寸，約三十．三公分，故四尺約一百二十一．二公分。

黃貴潮

〈遲我十年——Lifok 生活日記：民國四十一年五月二十七日到六月六日〉（一九五二）

〈遲我十年——Lifok 生活日記：民國四十一年六月十一日到六月十八日〉（一九五二）

〈遲我十年——Lifok 生活日記：民國四十一年六月二十二日到七月十三日〉（一九五二）

〈遲我十年——Lifok 生活日記：民國四十八年六月十四日到十月八日〉（一九五九）

〈遲我十年——Lifok 生活日記：民國六十年三月二十二日到十二月一日〉（一九七一）

Lifok 'Oteng，綠斧固・悟登。一九三二年生，臺東宜灣部落（Sa'aniwan）阿美族。二〇一九年過世。Lifok 十二歲時因罹疾導致下肢癱瘓長達十年，生病期間靠著自修與大量閱讀，學習各種語言與樂器。於部落擔任過天主教傳教士，一九七三年至一九八九年北上謀職期間，曾做過華安針織工廠技工，也擔任過中研院民族所研究助理，協助劉斌雄先生蒐集、整理和翻譯有關阿美族的口傳文學資料。一九九〇年回臺東，轉任交通部觀光局東管處專員，在他的助力下，東管處完成了多部阿美族文化專書，表現出極為充沛的研究著述質量。

一九五一年臥床期間，黃貴潮開始提筆寫日記，自此不曾間斷地透過書寫、攝影及文物保存，為自己的部落及家族留存珍貴文物史料。長達七十多年的筆記與文化調查，蘊藏他個人的生活經驗，也記錄了部落歷史與族群文化的變遷，有「阿美族文化活字典」、「阿美族民間人類學者」之美譽。他豐富的在地知識，不僅成就了許多學者的精彩研究，更照亮了阿美族文化的認識之路。曾獲教育部原住民文化教材佳作獎、《臺灣日報》臺灣原住民族貢獻獎、第二屆中華汽車原住民文學獎之文藝貢獻獎等多項殊榮，二〇一四年獲頒臺東大學榮譽文學博士學位。主要創作有《リボク日記》、《阿美族兒歌之旅》、《遲我十年——Lifok 生活日記》、《伊那 Ina 我的太陽・媽媽 Dongi 傳記》、《阿美族口傳文學集》等，此外，Lifok 也擅長製作口簧琴與作曲，曾發行一套五張專輯的《宜灣部落歌謠》。

遲我十年
——Lifok 生活日記：民國四十一年五月二十七日到六月六日

五月二十七日至三十日　天氣：二十九日、三十日大雨，其他雲天

約四天沒有寫日記，今天一起寫，如下：

本月三十日已經是春季下旬，早晨一場雨，地面還是溼溼的，吹著南風，近黃昏時，天又晴了。南風停止之後，屋內溫度升高，人坐著也冒汗。

二十七日開始的頭痛，二十八日稍微好轉，二十九日患感冒，今天苦於咳嗽。如此一連串的病情，在我身上是很少發生的。因此引起食欲不振，絕食了幾餐。吃藥當然不用說，根本沒有藥可吃啊！這是自古以來習慣的自然療法。

二十八日中午之前吧！那患部有一支腐爛的小骨頭，自己終於將它拔出來。在中午之前，全身酸痛不舒服，看見原本腐爛的小骨頭露出膚外，無意間用右手小指動一動，結果搖晃了！「嗯！這個有異狀？」用小指和大拇指一夾，用力一拔「噗！」的一聲，拔出來了。這一瞬間，我彷彿從夢境中醒來，頭腦空空的。從未有如此大歡喜和瘋狂心情，平靜之後，在傷口處溢出鮮紅的血，染紅傷口，一見使人有恐怖的感覺。不過因為太興奮的關係，痛的感覺都沒有。

等情緒稍緩和之後，「媽媽！患部的 calakas[1]（腐爛之骨頭）拔出來了！快點來呀！」叫一聲令她驚喜。不知怎的媽媽呆住了，沒應聲。媽媽把那支骨頭包在碎布中，拿到海邊丟棄。就這樣病魔在我體內第九個年頭時總算被取除掉了。

從海邊回來的媽媽坐在我旁邊，我看見她喜悅的臉孔，好不容易說出：「好極了！好極了！」自言自語地從眼眶裡流出高興的眼淚。媽媽也許想著事情終於過去，霉氣已逝！好運來臨！

那天晚上，患部的 calakas 取出的消息傳出後，親戚阿婆們來到家中，「好極了！好極了！」來道喜和慰問。之後大家各自談談過去探望病人的經驗，直到深夜。

三十日，舅舅到新港領取亡兄撫恤金，以及聯絡醫生拿藥膏，來治療我腳部的傷口。到黃昏尚未歸來。

「如果這次的醫療會成功，也許我能早一點自己站立行走！」今天在腦海中只想著這個睡不著覺。

五月三十一日至六月五日

不知不覺夏天來臨，我也隨著季節改變心情。早上做了什麼，自己完全沒有記憶。前天的頭痛漸漸好起來，食欲也增加的樣子。但是，尚未回復元氣，什麼事也不能做。

從腳的患部取出了腐爛骨頭後，真的是神的安排吧！身體呈半自由狀態，痛完全消失了。為了預防再復發，這次要找醫生來看診，可是碰巧遇到 Tawkak 病死，延到四日才成行。請馬醫師來家看診，結果醫生說：「為了治療的完成，必須要動手術。」因為金錢問題，無法達成。只能依照醫生指示，暫時拿藥自己在家治療。於是舅舅拿藥回來，先在患部處擦藥，打了一針注射。打注射後害怕得是不是會死？其實也沒有想像中的那麼嚴重。

昨天 Fododo 婆婆死亡了。

1 作者原註：calakas，據老人說是「腐爛的骨頭」之意。也是病名之一。這個 calakas 從腫包開始到腐爛取出來，歷經八個年頭，終於休止了病根。記得取出來的 calakas 約六、七公分長，半徑一點五公分左右。

與 Fuyan 君相好地吃了冰棒。

今天好像半憂半樂地過日子……。

姐姐到 Pisirian 魚場去採取很多鰹魚頭回來。

六月六日／星期六　天氣：晴

從這個月初，不知為何本村的死亡者增多，今天又有 Siyana 死了。聽到有關死者 Siyana 鄰長的謠言。

其實，今天是本村的 Miwarak 日（捕魚祭），是 paysin 日（公休日）。從小孩到大人都去參加，喧嘩聲不絕於耳。

覺得太陽灼熱，加快編織姐姐託我的 cadiway（魚網），接近中午時編織完成了。

向鍾先生買了衣服，我一件，媽媽一件，共計二十三元，pakusang（贈送）了一支扇子。黃昏時好像發瘋似的 Apiya 君來到。鍾先生回來時到家裡來，他約花了一小時的時間談買賣經驗。他去時順便託他寄給 Lofong 的一封信。

遲我十年
——Lifok 生活日記：民國四十一年六月十一日到六月十八日

六月十一日／星期四　天氣：雲後小雨

腳部沒有疼痛的感覺，但是有一點發燒、腫脹的感覺。到了黃昏紅腫漸大漸廣，又發癢，愈來愈感到害怕。腳痛開始進入到地獄故事的第二集，心裡感到不安。經過數日的醫療效果等於零？這是不是藥物副作用呢？問誰才知道呢？真讓我頭痛。

忍著腳癢，埋頭讀雜誌，又彈了音樂，好不容易過了一天的床上生活。姐姐他們上北部去了。

鍾先生賣的 fanta（蚊帳），以二十元購入。

六月十二日／星期五　天氣：雲午後雨

早上像神經質一樣，連做事的勇氣都沒有，像呆子一樣練習唱歌。

聽了Apiya君某一個故事……。

腳的患部稍好一點……。

「'a'oo'ok……」公雞報告黃昏來到。之後曾爺爺來注射。外面撒——撒——下雨的聲音……。

部落兩天前開始收割，累壞了的媽媽，發著ㄍㄨ……ㄍㄨ……鼻音睡著了。

六月十三日／星期六　天氣：雲、小雨

下午下的雨，困擾了割稻中的農夫。因此去割稻的媽媽，從田裡回來了。

自從腳患部病情變化之後，幾乎每天練習日本歌曲過日子，特別是在前天晚上，借來發聲法一本書，一邊讀著一邊獨自一人在床上像呆子一樣大聲作發聲練習，比一日三

餐更喜歡這個發聲練習了。

可是放心不下的是前天曾爺爺注射之後，腳部紅腫更厲害更嚴重。情況如此變化，不如禁止注射的好。

黃昏時，Panay 姐和 Payrang 來玩，練習唱日本流行歌曲。Salipang 的信接到了。

六月十六日／星期一　天氣：晴

早餐因煮了雞蛋，非常好吃。大家都到 Nahafayan（水田名）去割稻，所以中餐等於絕食了。繼續讀昨天的發聲法時，頭痛更加重。下午警備隊佐野先生來了又去，來練習彈樂器。五時鍾先生來，把合夥購買的兩張愛國獎券給我看。

神啊！求求你賜給我中獎好運啊！……。

六月十七日／星期三　天氣：雲又熱

我只希望早一天治好腳患部傷口，不顧媽媽的反對買了 Penicillin[1] 藥膏來擦拭患部傷口，這種方式輕鬆多了。因此今天唱歌又讀書過一天。

六月十八日／星期四　天氣：晴

媽媽的判斷反而是對的。昨天擦拭患部的新藥膏，雖然感覺好一點，可是昨天一個晚上下來，起了副作用。在患部傷口周圍皮膚上，長出許多水疹，並且非常癢。忍著痛苦，未向媽媽告白。媽媽一而再，再而三地催促我，寫了一封給鄭先生的信。

琴子故障了，暫時不彈音樂了。

1　作者原註：Penicillin 盤尼西林藥膏起了副作用。

遲我十年
——Lifok 生活日記：民國四十一年六月二十二日到七月十三日

六月二十二日至七月六日／星期日　天氣：晴

每天是晴朗的天氣。不知何故？腳沒有痛。不想工作，連日記也沒按時記。陳君回來了。收穫祭也來到了。改變用藥的腳患部，隨著日子增加，逐漸好起來。可是放心不下的，就是傷口還在出膿。

收穫祭從七月五日晚上開始，第一天下午就跳舞，每年沒有改變，依照傳統習慣，hoyan！hoyan！真有趣。喝酒醉的人變成滑稽的人，個個不能用來形容。和自己的世界完全不同，啊！累了！

大家說今天是快樂天，為何自己說：「啊！累了！」嘆息呢？因為今晚是農曆十五滿月夜，外面光亮，看著大家唱著歌，快樂跳舞，心中好羨慕啊！

七月七日／星期一　天氣：晴

收穫祭的第二天跳舞，從下午二時半開始到六時半才解散，每年一次的快樂收穫祭，每一個人都以歡樂的心情來迎接。除了快樂的心情之外，男女老幼都選擇最喜歡的花花綠綠的新衣裳穿在身上。大家熱中於跳舞的情形，很明顯地從這小窗口看見，野花被風吹著搖曳，好似夢中世界的光景。唱著歌喝著酒，酒醉了，互相大聲對話。要是經過作家的手筆，把盛況原原本本記錄在紙上，讓人們閱讀是何等快樂！尚未自由的我，他們愈熱鬧，我在床上愈孤單愈痛苦。我也很想和他們一起快樂，可是我不能啊！

愈接近黃昏，酒醉的人愈來愈多，在其中穿梭往來，使人目眩。最討厭的是回家時，順便到家中的人，會吵到正在床上養病的媽媽。可憐的媽媽，因為很吵，就到舅舅家，遠離喧嘩，在那裡安養睡覺。對於酒醉的姐姐一籌莫展，她唯恐經過的人聽不見似的，放大聲唱歌、哭鬧、大笑，簡直發瘋了。

與賴真祥合夥買的愛國獎券沒有中。

七月八日／星期二　天氣：晴

晴朗又熱的好天氣。無聊地過著這一天，沒有什麼可以娛樂的，每天痛苦中度日，不如死去的好。在家中，每天做同樣的事，反覆地做，是一件痛苦的事，幸虧時常來玩的親密朋友鍾先生來，與我聊些家常話和有趣的事，讓我暫時忘了難熬的日子。

今天是村中收穫祭 Paklang 日，Finawlan（男子組）都到河裡捕魚去。

七月九日／星期三　天氣：暑熱後雲

腳患部已經不痛了，但仍無法動一動身子，無聊一天天增加，不知向誰哭訴？早上在公路往返的人很頻繁，看著他們快樂的笑臉，實在使人羨慕極了。村裡的來賓，不知是何許人也？

可悲的是從診所看病回來的媽媽，說很苦，再上床睡覺了。惡運當頭的現在，只有把希望寄託在那獎券上，會不會中呢？只是做夢而已吧！

七月十三日／星期日　天氣：晴

啊！沒有信封，信無法寄出，沒有朋友的這個笨人！不向神祈禱！沒有可向別人借！

喂！喂！愚笨的人！說什麼話？不向神祈禱的人，天國的父親怎麼認識這愚笨的人？

對某一個白色的石頭祈禱，你這樣就可以了！哈哈……這個孩子寫什麼？像是神經病！

今天在下午一時至三時，有午睡的時間了。啊！沒有想到，今天是禮拜天。

來啊！休息日！自己彈音樂娛樂渡時光……。

久未來玩的 Fwayan 來玩了。

喂！你看見小姐，為何會生氣呢？請指教心理現象。

遲我十年

——Lifok 生活日記：民國四十八年六月十四日到十月八日

六月十四日／星期日　天氣：晴

不知是否會挨罵，怕怕地進入聖堂，剛好是王神父講主日道理的時候。我立刻站在王神父的右邊，聆聽教友用阿美語翻譯神父的國語講道。雖然這是主日彌撒，早上六時開始，也未免太早了一點，因此參加彌撒的教友很少。彌撒後陪同王神父在潘代表主席的家吃早餐，同時祝福此家新居落成。就這樣八時結束了上午的工作。

回到家，躺在床上看書，至下午三時半起床。再慢慢地準備晚上的講道直到黃昏。夜間的集會到九時半結束，回到家 Ra'ay 君正等著我回來，不得已又跟他聊天到深夜。

他走之後，我正在寫日記時，聽見從遠方傳來的聲音，是為今天來訪的長老教會太魯閣族聖歌隊舉行的歡迎晚會。

六月十八日／星期四　天氣：晴

從昨夜開始計畫的事，今天上午終於實踐了。整整隔了十五年，來到No'amisan水田一帶去遊覽。

時間已經快八時了，象徵性地把寫生用具背在背後，把望遠鏡繫在腰部，戴上斗笠，沿著牛車路往目的地走。這條路不容易走，非常小心一步一步慢慢行走，直到目的地Cipayrangan（地名）。

在Cipayrangan這裡，下面是Nahafayan，北邊是青山先生的水田。在東邊稍作停留，說些可笑的話後，往回家的路走。時間已經是過了十時半了吧！

回想今天所作的一切，難以一一記述出來，非常地sentimental（感慨萬千……）。

七月三日／星期五　天氣：晴

早晨五時半，從膽曼出發，在半路上看見非常奇怪的人。之後知道是個病人，心情才開始平靜下來。

搭第一班車來到成功天主堂，與陳真宿、周清白、草野先生等傳教師在一起，非常愉快又有趣。

在 Yolit 神父的指導之下，把日文「聖母連禱」翻譯成阿美語文。

晚上在重安村訪問教友，結束今日工作。

七月十四日／星期二　於臺東天主教培質院講習會

今天是上課的第一天。分為日語班和國語班，大部分的學生都是三十歲以上上年紀的人，從大武鄉山上來的人比較多。教授由瑞士人紀守常神父擔任，教學方法非常細膩易懂，對於第一次來上課的人很有幫助。

但在今天上課當中，發覺我選日語班是錯誤的，為什麼？因為對要學習中文的我來說，失去了學中文的好機會了。

晚上上床之前，想到這事無法入眠，怎麼辦呢？

七月十八日／星期六

早上的考試試題，不知如何下筆？很迷惘。收到十四年前的主人畠山忠從日本北海道寄來的信。因為剛好正在考試，內容尚未看完，原封不動地塞入桌子裡。萬萬沒想到從日本來的信那麼快就到！真是無法相信的一件事。

在床上一遍又一遍讀信，回憶往昔的事，一幕幕浮現在腦海中，無法入眠。知道他們一家人都健康地生活著，心中無比的高興。

十月四日／星期日

本堂區（宜灣）的神父只有一個，北到烏石鼻，南到重安的彌撒，全都靠他主持。彌撒出席率不太好，尤其男性教友更差。現在正是村裡建築房屋季節（Kasaloma'an），要男性教友集合，難上加難。神父不滿意，實在是無可奈何的啊！

十時半到成功馬上回來。沒有要理班，下午和周先生夫婦一起迎接來到的 Pni 以及客人。

十月七日／星期三

……有關老人的葬禮，到鎮公所報死亡登記時，已經是黃昏了，所以沒有辦成。加上神父生病不能來，我該怎麼辦？實際上令人困擾的事，是這家在同一天死了兩個人，是老人和小孩，像這種例子實在很少。

十月八日／星期四

小孩子由長老教會舉行告別式，老人由天主教舉行葬禮儀式，分別處理。小孩的告別儀式是在今早十時半舉行，由索金龍宣道師主持，我也去參加。以天主教教友來說，那種儀式過於草率和寂寥，一點也沒有莊嚴隆重的感覺，沒有宗教氣氛。

老人的出殯儀式在下午二時許，好不容易舉行彌撒。從長老教會教友聽到不少的批評。太過於規則化、形式化。沒有神父在，事情無法達成。彼此互相以言語攻擊對方。

到底哪一種宗教比較正派？晚餐後老人們還議論紛紛，可笑極了。

遲我十年
——Lifok 生活日記：民國六十年三月二十二日到十二月一日

三月二十二日／星期一　天氣：晴

今天想要充分休息一下，可是光子把兩位日本大學生交代給我，所以就這樣陪著他們過了一天。

他們是研究社會人類學的學生，帶到 Tio' 和 Kata 家中，又把各方面的情形，說給兩人明白。因為談話能溝通，所以很自由地表達出來，覺得過了最愉快的時光。黃昏時，說要到樟原去，因此和他們告別了。

三月二十五日／星期四　天氣：晴

我到底想些什麼？自己也不知道。有關小姐方面的話，相反地，猶如恫嚇我一樣的感覺，不再盛開的我這朵心花，這一切的語言，只是徒增憂愁與傷感而已。

很晚才從僅那鹿角回來，在家裡不知要做什麼。正在為難時，幸好兩位日本人來了，一起邊喝酒邊聊天，才從寂寞中得救了。

三月二十六日／星期五　天氣：晴　於僅那鹿角

每天照樣抱吉他來消磨時光，心情仍舊未能開朗。晚上，許久未和聖母會一起拜苦路了。祈禱完畢，在P先生的家和A代表一起過夜。是酒性的緣故吧！一直談女人的話題，談個不停。

想起來，今天下午以後又和兩位日本大學生在一起，非常愉快。和他們接近之中，深深感覺到，他們平日生活水準和我們比較，真有天地之別了。

七月二十二日／星期四　天氣：大雨

從早上讀《指劍為媒》的武俠小說來過一天。從沒想過中國的武俠小說是如此地有趣味。一開始看了，就必須要看完，要不然一日三餐是無法入口的。從前，我還躺在病床時，要是能自由自在得到書籍，現在我的知識或許已經深淵廣博也不一定。深深地覺得，讀書不僅僅有趣味，對自己也有非常多的好處。

我最近想些什麼呢？把過去的命運分析看看？

一歲到六歲——幼童時期，這是命運的第一卷。

七歲到十三歲——兒童時期，這是命運的第二卷。

十四歲到二十一歲——病床時期，這是命運的第三卷。

二十二歲到二十六歲——遊閒時期，這是命運的第四卷。

二十七歲到四十歲——歷練時期，這是命運的第五卷。

以上是我命運的不同階段，命運的第一、二卷時期是最快樂時期，命運的第三卷，病床時期前半段是空白。在後半段時期，開始寫日記直到今天，命運的流轉，牢牢實實地記載於日記中。命運的第四卷為旺盛的青年期，停留在一般少年期的生活中。那麼！

命運的第六卷，不知道會有什麼樣的命運等待著我？是繼續原來的奮鬥的命運嗎？已是漸漸步入中年期的男性了，是否有生存的價值？

十月一日／星期五　天氣：晴

在夢中有平等的命運？最近只能默默地生活著，心情無法集中，這是否真是所謂的「命運的戲弄」？

甜蜜的夢？還是痛苦的夢？我自己感到迷惑了。若夢是現實的話，昨天、明天、今天各有不同的夢才對，在這個世界，我是個孤獨者，誰能了解我的存在呢？

不希望自己的命運變得更複雜化，可是一生下來就決定了這樣的命運，昨天、今天到目前的生活是樂觀的嗎？

今天是聖德蘭會的主保瞻禮日，我被邀參加會員的聚餐晚會，但這個聚會十分無趣。聖德蘭會員的婦女們把我當作開玩笑的話題，她們不知道這樣已傷到我的自尊心。目前住在家裡的小姐，被她們誤以為是我最愛的女性。我心想，反正我是獨身者，無法去否定或解釋什麼。因此我什麼也沒說，默默聽著她們開的玩笑。

她已經在家住兩天了，任其自由自在，這樣的接待方法不一定是最佳的。我感到遺憾，因為工作繁忙，沒有時間陪她聊一聊，不知她會怎麼想？她還要住幾天？

十月二日／星期六　天氣：晴

我的心！我的魂！是活的嗎？是死的嗎？有信仰嗎？天會改變，人也會改變，思想也會改變，天地和一切都會改變，但是自己的一切絲毫不會改變。

是痛苦呢？是快樂呢？心硬如鐵的人心，也會變得比棉花更軟，誰有能力來改變呢？都是靠自己，這才是命運！所以命運是自己創造的。

是的，比起以前的自己，現在的自己已經變得冷淡了。

和她同床睡不是事實，是夢境中的神祕世界。

反正兄妹之間的緣分，指的是這個嗎？雖然是同床，不能有邪念，要有赤子之心……。

戀愛之事紊亂了我的心情。誰來都一樣。或是寂寞！或是悲傷！或是掛念！絕對不會把感情雜亂。

兄妹之間，喜歡和愛，什麼都不用說，只要目光交合，便了解對方的心境。

這便是今天最有趣的日記。

十一月六日／星期六　天氣：晴

飲酒的機會相當多，覺得很幸福，其實是似乎回到地獄世界狀態。

從 Ahina 家到 Asala 家。因為 Lofong 相隔兩年回國，送給我四瓶 Asahi Beer 的禮物，讓我單獨一人享用，引起頭暈。知道酒醉了，會影響明天的彌撒工作，還是拚命喝，猶如無法控制的死人一樣。

想起來，書本記載：

「要養成跌倒後再謙虛地爬起來的習慣。……對自己不應該殘暴。跌倒並非出於惡意或缺乏雙翼，是因為一時的軟弱……跌倒了，不要虐待他，凌虐會使他喪志！相反的，應當善待他，教他知道雖然現在跌倒了，還可以升得更高。」

十一月十九日／星期五　天氣：雲後小雨

今天最大的消息是朱金英的家請了 Taray 為 A'rawraw 來治病的事，剛才調查出來是事實。跟修女談判的結果，暫時不要讓神父知道。

趁媽媽不知道時，偷偷地離家到成功，看了愛情影片《淚的小花》。結論是，看得我也哭了起來……啊！人生是……。

十二月一日／星期三

早晨五時，十二號船回港了。依照船長傳來的消息，在海上作業時，突然中斷聯絡訊息，從此十一號船消失蹤影。對於這個案件，明日下午二時公司請失蹤船員的家族來共同商量這個案件。

下午和 Fineng 一起遊覽高雄市街道，進入歌廳聽歌。

高英傑

〈第一類接觸——郭恭（kokongu）〉（二〇一八）
〈山地同胞〉（二〇一八）
〈甘地圖〉（二〇一八）
〈警部官舍〉（二〇一八）
〈母親的座右銘〉（二〇一八）

Yavai Yata'uyungana，雅瓦伊．雅達烏猶卡納，一九四〇年生，嘉義縣阿里山鄉達邦大社（Dapangu）鄒族。臺中一中初中部、嘉義師院畢業。曾任小學教師、主任共四十二年，並兼任嘉義縣政府教育局音樂科輔導員及研究員，與擔任天主教聖言會神父的三弟高英輝整理北鄒族傳統歌曲與創作迄今。

高英傑是家中第五個孩子。後來父親因為白色恐怖被抓，也影響了整個家族的氛圍與命運。直到原住民轉型正義實踐，這段歷史才被重新認識與檢討。著有《拉拉庫斯回憶：我的父親高一生與那段歲月》。

第一類接觸——郭恭（kokongu）

部落樹林到處都有攀木蜥蜴，鄒族語叫牠郭恭（kokong），奇特的長相、可愛的逃跑模樣，時常成為聚落小朋友戲謔的對象。郭恭時常在晴天時到草地上晒太陽，只要跟牠保持某種距離，牠是紋風不動的，但若再接近，牠的頭部會上下屈伸，好像鞠躬的樣子，有時也會左右搖擺，好像搖頭拒絕。其實這是逃離前的前置動作，若再往前一步，牠就會逃之夭夭，攀爬上附近樹幹躲藏，但仍露出頭部做鞠躬狀，真的很可愛！一般國民政府的會議，會有「大會開始、全體肅立、主席就位、唱國歌、向國旗暨國父遺像行三鞠躬禮」等禮儀程序，當外省籍的司儀把「一鞠躬」唸成「一郭恭」、「再郭恭」、「三郭恭」時，就很搞笑了。而且司儀示範鞠躬動作也不正確，沒有做出上半身彎曲十五度的標準動作，只是頭部點一點，不禁讓我們聯想這不是攀木蜥蜴點頭的動作嗎？想像力豐富的族人，有幾個人在「一郭恭」的時候就笑出來；「再郭恭」時，半數都笑出來；唸到「三郭恭」的時候，大家都忍不住哄堂大笑，司儀不知道所以然，只得讓程序停頓片刻，場面弄得非常尷尬。

山地同胞

「同胞」的原義是「同一父母所生者」，衍生義為「同一國家或民族之人」。但原住民可不這樣想，因為知道同胞的意思是指我們，所以常嘀咕誰是你們的同胞？同時不時聽到官員以南方腔調，「每位每位同胞（慕依慕依董包）要怎樣、要如何……」講個不停，而日本孩童暱稱「蟲蟲」為「muimui」，當時部落大部分的人已經可以使用流利的日本語對話，因此會疑惑「每位同胞（慕依慕依董包）」難不成把原住民當作「蟲蟲」看待？臺灣少數民族最初被當成蠻夷的「夷」，清代叫「生番、熟番」，日治時代加個草字頭又變成「蕃」，二戰後期為了補充兵員，將臺灣閩、廣、蕃都納入日本國籍，將「蕃人」更改為「高砂族」。總之，前述的統治者把我們當作人民看待，怎麼個中國人一來就把我們看成「蟲蟲」了？當然，這只不過是誤會罷了。山地同胞簡稱「山胞」，從前在林務局承包工程或採收山林副產物的包商，第一手得標的標的物「大包」，可能會轉包給別人，成為第「二包」，甚至「二包」再轉包給第三者，就是「三包」。當時原住民自我嘲謔說，採愛玉子和林班砍草的，只有第三包的份，所以叫「山胞」。一九七〇年代，東部和南部原住民就跟隨這些包商，奔波於南北各個林班地，擔任砍草工，他們的工作地點往往是高山峻嶺的邊緣地帶，先尋找有山泉水的地方搭建臨時工寮，再於附近人造林擔任砍草工作。每日天色將盡，褪下工作服，清潔身體，享用熱食恢復體力，以備明日的工作。喜好唱歌的原住民，難眠時會喝些小酒暖暖身，用吉他自彈自唱，這是原住民近代流行歌曲草創——「林班地」時期遊唱歌者出現的背景。

甘地圖

民國四十年代，高山原住民地區的教科書，和一般學校的教科書不同，而且印刷很粗劣。有一段介紹印度聖雄甘地的單元，課文印得不清楚已經夠麻煩了，哪知道世界偉人甘地的相片，竟模糊到找不出臉型輪廓。如果說明註記為「甘地像」，老師大概就不會有說明上的困難，不過書上註明「印度甘地圖」，會讓人誤會是印度哪個甘泉美地的地圖吧！然後，上課了！老師就開始解釋這是甘泉美地的圖片，指著從耳朵連到鏡片的鏡架說：「這是橫貫城市的鐵路。」接著指著兩個鏡片說：「這是滿大的都市。」又指著額頭說是平原，鼻子是高山，嘴是湖泊……。

還有另外一位行伍出身的老師，為了阻止學生吵鬧，可能想說：「大家停止講話！」卻口誤冒出：「大家停止呼吸！」學生們愣了一下，想說這不是打靶要領、扣扳機之前的動作嗎？

又有學生問另一位老師什麼叫動物？老師回答說會動的就是動物。學生又問那麼汽車是不是動物？老師回答說：「差不多！」

以上並不是杜撰，七十五歲以上的部落老人都還記得，一直說到現在、笑到現在。

警部官舍

每次回老家達邦村，總喜歡找個清晨或傍晚無人的時候，回到曾經住過八年的原警部宿舍。回想當初庭院的高麗草皮、竹籬、白石灰牆壁，以及薄木片削成的屋瓦，室內的長廊、玄關、床間[1]、天花板等，如今阿里山國家風景區管理處著手復原的程度令人滿意。

也因為這樣，常使我墜入回憶的深淵，彷彿看到父親彈奏著自創歌曲，音韻繚繞於達邦山谷的情境；也看到他在隔壁面客間[2]大廳裡教唱移民歌曲及歌舞演練的情境，族人高唱：「新美呀！新美呀！美麗肥沃之地！」那時剛從臺南縣政府取得新美村和茶山村新耕地的喜悅，從歌舞中表露無遺；彷彿看到蔣經國夫人方良女士，聆聽父親播放俄國男低音夏利亞平的〈跳蚤之歌〉和〈窩瓦河之船歌〉時驚訝的表情；彷彿回到父親被捕的那一夜，荷槍實彈的士兵層層包圍官舍的恐怖之夜，林金生縣長無奈地在達邦國小教室宣讀父親的罪狀……。

父親原名Uyongu Yatauyungana，日名矢多一生，漢名高一生，一九〇八年出生於阿里山樂野村石埔有小社，曾經就讀於日治時代的臺南師範學校，畢業後回到當時阿里山藩社達邦駐在所教育所任教，戰後擔任臺南縣吳鳳鄉第一任官派鄉長，到一九五二年被捕為止。父親不僅關心鄒族文化的存續，更積極參與鄒族語言、民俗、歌舞的紀錄與保存，多次前往當時在臺中的臺灣放送局（中廣前身）協助黑澤隆司錄製鄒族音樂，也曾協助俄國學者聶夫斯基編寫《臺灣鄒族語典》。他對當時定耕農業及水稻栽種也積極主導。此外，還因勸阻鄒族青年志願參加高砂義勇隊前往南洋戰場，而與日本人發生極大爭執。

父親在關懷族群的公共事務，與改善族人生活之外，愛好音樂是眾所皆知。他不僅是欣賞者，也是表演者和創作者，從日治時代的〈青蛙先生〉、〈狩獵〉，到被捕後囚於青島東路看守所時的〈杜鵑山（Lalakusu）〉、〈春之佐保姬〉等多首歌曲。父親的音樂嗜好是多元的，由於接受日本師範教育，經常在子女面前彈奏或演唱如〈五木搖籃曲〉、〈海濱之歌〉，〈月之沙漠〉等地方歌謠與當時的流行歌等，也非常喜歡當時已經

---

1 床間：日式房間擺設字畫或器物之處。

2 面客間：日語：招待所之意。

萌芽的臺灣歌曲，如將〈心酸酸〉一曲配上鄒族歌詞，至今還有人在吟唱，而且有一首移民歌，前一小節的音符及節奏，似乎與臺語歌曲〈心酸酸〉雷同。他也刻意安排讓就讀國校的兒女盡量接觸音樂，雖然擔任鄉長以後奔波各地，在家機會較少，但是只要在家，我和三弟、四弟清晨的音樂課仍是不能翹課的。父親安排的曲目，會先從標題音樂著手，像〈波斯市場〉、〈森林的鐵匠〉、〈森林的水車〉、〈小鳥店〉等，配上簡短的故事，以增加聆聽興趣。接著是小曲以及歌劇裡的間奏曲、詠嘆調等。

一九四六年埋葬大哥後，父親就在大哥墓旁的芒果樹下，指定了他自己將來的墓園所在，並向大姐說：「我死後，只要在墳前播放貝多芬〈命運〉交響曲，與一杯啤酒就可以了！」大姐每次想起，就非常傷感，一再叮嚀我們不要忘了這件事。

母親的座右銘

家族雖然遇到極大災難，連馬場美英（么妹）初中時代寫給母親的書信，信封上都不敢寫「高春芳」（寫「湯春芳」），以免被同學發現是鄒族高家的人。這樣極端困窘的時期，母親親手寫的座右銘，深深感動了我們：

一、心明るければウンメイに美しい花がさくでせよう
二、明るいぶんい気をもとめて人物もあつまりにきます
三、祷りはあなたと大宇宙の力を結ぶのであります
四、親の信頼が子供を伸ばす
五、私達は神の子の家であります
六、人の誉められる方向に伸びる
七、先ず神様にかんしゃしませよう

（譯文）

一、只要心地光明，生命中會綻開美麗的花朵。
二、人們會集聚在光明磊落的氛圍當中。
三、祈禱讓你和神之間得到連結。
四、雙親的信賴讓孩子們有伸展的餘地。
五、神之子（基督）是我家之主。
六、讓人們往極力讚揚的方向行走。
七、萬事先感謝神。

母親告別式的前一天，突然天崩地裂，發生了「九二一大地震」。族人議論紛紛，說是應驗了父親最後書信的一句話：「畑でも山でも私の魂が何時でもついて」（在田地、在山中，我的魂魄隨時陪伴）。

伐依絲・牟固那那

〈光明乍現〉（二〇〇三）
〈哎啊！meoina 呀！〉（二〇一二）
〈山地文化工作隊〉（二〇一三）

Faisx Mxkxnana，劉武香梅。一九四二年生，嘉義縣阿里山鄉樂野部落（Lalauya）鄒族。曾在部落擔任幼稚園教師、教會幹事，二十四歲時與來自四川、擔任軍職的劉先生結婚。一九八八年起定居新莊。

伐依絲愛讀小說，曾透過《聖經》認字，因六十歲時報名社區大學寫作班而踏上創作之路。散文〈木屐〉在「第二屆中華汽車原住民文學獎」獲獎後，正式進入文壇，作品也曾獲多次原住民族文學獎的肯定。著有《親愛的 Ak'i，請您不要生氣》、《火焰中的祖宗容顏》。

光明乍現

「我小的時候，樂野主部落曾經有電燈哦。」我的侄兒女們聽我這樣說的時候，他們怎麼也不相信，因為他們的童年和我的童年一樣，都還是點那種空醬瓜瓶子的蓋子上打洞，再拿布條當燈芯的小小的煤油燈。他們的童年都還沒有電燈，那麼，早他們一、二十年的我的童年，怎麼可能有電燈呢？任他們怎麼都無法相信。

「我說的是只有樂野主部落所在地才有電，我們散戶並沒有。」

「怎麼可能？主部落有電的話，到處都可以立電線桿、拉電線呀，就像現在一樣，怎會主部落有電，散戶沒有？」他們想的沒錯，可是六十多年前，電力公司還顧不到那麼偏遠的山區。

「那麼，電從那裡來呢？」侄兒問。

二二八事件之後，寧靜的部落悄悄地來了一群布杜（漢人），住在原本日據時代日本人為了提升部落人的生活品質、養成衛生習慣所開的公共澡堂，派專人打柴，每天傍晚燒水，叫部落的人晚上去洗澡。我小的時候上學，有時候沒回山谷裡的家，住在公共澡堂隔壁的二嬸家裡，也都跟著堂姐到那裡洗澡。這個地點就是現在的基督長老教會現址。

這群布杜來了一段時間之後，有一天上學，第五鄰和第六鄰上學路隊，才氣喘吁吁地爬上樂野小臺地的邊緣，就是現在樂野永久屋後面公墓的崖邊。一向是空氣清新的樂野主部落，我們早上常常一爬上小臺地，空氣裡有時候還會飄漫著家家戶戶早上炒菜時的花生油或是苦茶油等各種食物的味道，還有當令的花香，那樣的時刻，連空氣的內容都那麼豐富，嗅起來讓人很有幸福的感覺。

可是這會兒，怎會飄出一股令人作嘔的腐臭味？大家都憋著氣走，互相問什麼東西那麼臭？每天在自然山林裡廝混，每樣東西腐爛的臭味大都可以分辨得出來，就是沒人能分辨得出來這個臭味到底是什麼東西的腐爛味。愈往部落，臭味更重。原來臭味是從布杜們住的地方飄漫出來的。

調皮的男生說：「布杜怎麼那麼臭。」

再隔一段長時間，上學的時候，嗅到一股香香的味道，嗅覺特好的玉花說：「是醬油的味道。」

「吔，是真的呢。」大家附和著說。

從山谷一路爬的山來，已經把早上沒有油水的早餐消化得差不多之後，每次嗅到這股香氣，我都要深深地用力吸氣，要把那股香氣足足地吸滿肺臟裡，再慢慢回味。

又過一段時間，怎麼又飄起那個臭味，又過一段時間又嗅到香香的，反反覆覆的。後來聽大人們興奮地競相走告，說：「不得了了，我們部落竟然有醬油工廠了。」

在這之前，包括散戶，不到五十戶的小小部落，二十五名年輕人曾熱熱鬧鬧地光榮地被歡送到不知多遙遠的南洋的地方去保衛所謂的國家，可是一生沒離開過部落的族人相問：「要保衛那麼遙遠的地方是誰的國家？」到頭來竟有十一位父母辛苦養大的兒子，把年輕寶貴的生命永遠拋在別人故鄉的荒野裡，其中的四位，是二位哀慟逾恆的母親各痛失兩個寶貝兒子。

戰爭結束，當年光榮被歡送出征回來的，有少隻胳臂的，有少顆眼球的，以戰敗國的軍人身分，落寞地被新的所謂的國家遣回到自己的部落。

上一個所謂的國家走了之後，又來這個新的所謂的國家，在這當中，讓部落的人經歷了不知所措的一段時期。後來一百多位年輕族人被利用，下山又惹了什麼我們小孩所不懂的禍，讓全體部落族人在莫名的抑鬱中。

沉寂抑鬱多時的部落，這會兒，讓部落人感覺好像嗅到部落將會有美好的未來要來臨的那股興奮勁兒，原來這些來部落的布杜是開醬油工廠啊。

我們鄒族沒有人會做醬油。後來聽說，做醬油是要先把豆子煮熟後讓它發酵，也就是我們嗅到的那個臭味，之後晒一晒加其他材料裝缸，讓它慢慢醞釀出香香的醬汁。一批一批的做，才會有時嗅到臭味，有時嗅到香味。我們小孩都覺得奇怪：「臭臭的豆子，怎麼會變成香香的醬油？」說工廠危險，嚴禁閒人靠近，這就更讓人好奇了。

有一次，放學沒有回山谷裡的家，晚上住在和醬油工廠僅隔一排竹籬笆的二嬸家裡，我的二叔也是在二戰時被日本人徵去南洋打仗，再也沒有回來過。堂哥都在外面讀書，家裡只有三個女的，就是嬸母和堂姐，另外還有嬸母收養的小女孩，她還很小。我留下來不回家，由我大哥回去和父母說一聲。

那天，堂姐對我說：「今天晚上我帶妳去看醬油工廠，因為布杜們夜裡還工作，我媽說，『眼睛可以看，但是嘴巴絕對不可以隨便說話，亂講話，她可要拿縫衣針線把嘴巴縫起來。』所以要小心，妳所看到的不可以到處講。」在夜裡，我和堂姐躲在漆黑的院子裡，感覺像在做小偷似的，都不敢用力呼吸，臉貼在竹籬笆上，藉著醬油工廠媒氣燈，我暗他明的，裡面的一切都看得一清二楚的。有的角落因為隔一道牆看不到，堂姐就拉著我轉換位置，從他們另一扇窗口望進去，除了他們的房間看不到外，把整個醬油工廠都看盡了。

難怪不准閒人靠近，看起來真的是很危險可怕。爐灶上兩個大鍋子咕嚕咕嚕地在冒著很大的蒸氣。其實那兩個大鍋子就是以前燒洗澡水用的，只是燒洗澡水不必燒開，感覺不會那麼危險。屋內還有幾個大紅缸用布蓋住，那些布杜都在忙碌著，平時沒看過他們出來在部落裡走動。我心在想，難道他們晚上工作白天睡覺？怎麼和我們部落人日出而作，日落而息不一樣？真是奇怪的布杜。

我們部落的光景好像真的愈來愈不一樣了，工廠後來也釀酒，他們甚至開店賣他們的產品，叫部落的青年幫忙顧店。部落裡不但可以買到醬油和酒，還可以買到他們從平地批回來的如火柴、鹽、味噌、麵條、雨布、煤油之類的基本生活用品，給部落人方便，不必為了一盒火柴，跑到石桌或是奮起湖。他們發揮了我們部落人所不懂的生財之道。

隔了一段時間，在學校的時候，看到一群外面來的布杜在部落裡忙碌著，有人立起和派出所的電話線桿一樣的一根根上了柏油黑漆漆的木桿，有人爬到木桿頂上裝什麼東西，在木桿之間牽線把木桿連起來。我一向就是傻氣，遇事不求甚解，不懂也沒有想到要問別人他們在做什麼？下課的時候，就是傻傻地看他們忙碌當熱鬧看。

有一天，全部落的人收到通知，叫全部落人在某一天晚上都要來學校。

「有什麼新鮮事嗎？」母親問了。當我和大哥對於白日忙於山田、水田的工作，回到家仍得忙不完的家事，生活在舂米、養豬或編織、修補、煮食完全手工的年代，就連叫累的時間都沒有的父母親，說這個通知的時候，他們好像對我們受託的通知沒有太大的興趣，但礙於已經收到通知必須服從，答應了一定會去。

晚上，部落人聚集在一圈下來僅一百公尺的小小操場，反正都習慣在沒有燈的晚上活動，何況不必做什麼，平時為生活各忙各的，能夠相聚閒聊還很高興哪。

村長叫大家要等待驚奇的時刻，這可讓人好奇地引頸盼望那個什麼令人驚奇的時刻快點來到。

在沒有月光，天完全暗黑下來了。突然，從石桌的方向，有一道從沒見過的、強大的、射得很遠的聚光，出現在暗黑的樂野部落的上空，而且光是迅速移動，除了閃電的光，沒有見過那麼亮的光，怎是我們打乾竹火把的光所能比擬的？每個人都「啊」「哦」不一地大聲驚呼，瞪大著眼睛，每個目光都隨著那道大光的移動，眨都不眨一下。大光順著那條部落人不會走的，在竹林裡彎彎曲曲的寬路一路下來。那是上一個叫國家的叫族人開挖的路，因為是日本人叫族人開挖的，所以族人都叫它ceono.maaya（日本人的路），但還不曾聽說有車子行過，因為是土石路又彎來彎去，所以車子顛簸得厲害，那個光束在空中也扭來扭去，好像在跳舞。慢慢聽到那種部落沒有聽見過的機器（引擎）聲，我在想，這麼大的聲音，還有強光，恐怕都驚擾到在樹上巢裡已經睡覺的鳥兒們，在夜裡飛來飛去到處覓食的飛鼠和貓頭鷹。還有夜裡在地上爬來爬去的穿山甲，也許牠聽到這麼大的陌生的聲音和強光，按照牠自我防衛的本能，早就蜷縮成圓滾滾地躲在自己的片甲裡。

那道光愈來愈近，聲音也愈來愈大，再一個小小的彎道，只要一下下就可以看到了。最後，聽到受過日本蕃童教育的青壯年人用日語叫：「啊，ジープ[1]」的車停在操場，部落裡沒見過有車子來過，太令人驚奇啦！大家都靠近ジープ拍手、大聲歡呼，表示歡迎。有的小朋友，在暗黑裡撞來跳去地跟著老人家大聲叫喊：「啊，古呀以、古呀以[2]……。」

吉普車的燈熄了，大人小孩還在興奮不已，互相述說對這件新鮮事的看法。我只顧著興奮地玩，沒有去注意吉普車下來些什麼人，是不是車燈熄了以後才下車呢？還是……。

大家為ジープ的事還在興奮中，村長突然叫大家安靜，大人小孩都很聽話。在漆黑中，安靜得都能聽到彼此的呼吸聲。我的父母把我們兄妹找齊，我的父親是一個隨時提高警覺的人，一家人靠在一起，因為不知道在這樣連篝火都沒有的夜晚會發生什麼事。

相信有很多人像我一樣，忐忑不安地猜測到底會發生什麼事。一片漆黑不安中，感覺突然亮得像白天一樣，一時還沒有反應過來，聽到有人喊：「啊，てんき[3]。」看到上次有人立起的一根根木桿上發出亮光，把整個小操場照得通明，每個人的表情都可以看得一清二楚，那種驚奇和興奮勁兒，全都寫在每張臉上。大家跑到操場邊緣看下方，我也跟過去看，不得了，家戶的燈亮了，路燈也亮了，整個主部落大放光明，又是一陣拍手歡呼。實在太驚奇了，在偏遠落後的山區，一個晚上連續遇見如此令人驚奇的新鮮

---

1 ジープ：日語，「吉普車」之意。
2 古呀以：鄒語，通稱「車子」。
3 てんき：日語，「電」之意。

事物，人人興奮得無以復加。這段時間的這些事物，醬油工廠、吉普車、電燈，可真的給部落帶來了不一樣的新的情境。

令人驚奇的新鮮事結束了，疲憊地打著竹火把回到沒有電的山谷的家的路上，我的母親一路上不斷地說：「太驚奇了，叫ジープ的東西居然來到我們樂野，只聽說過叫でんき的東西在樂野也有了，今天晚上真的是見到了新鮮事。」我心裡有些不平但不敢說出來，為什麼從祖父開始，就一直單戶的住在山谷裡？看看二叔，他結婚後就搬到主部落，現在二嬸一家不是令人羨慕地享受有電的方便嗎？而我們晚上還是得點那會薰黑眼、鼻的小煤油燈或是點那個串起來會讓人頭暈的蓖麻子燈。

樂野真的不一樣了，不但有醬油工廠、有商店，還有電燈呢，不只我羨慕，散居的家戶碰面也都談論這些，都羨慕得很哪。

「唉，主部落的人真好命哪，只要用大拇指和食指扭轉開關，一屋子就通亮，晚上就跟白天沒什麼兩樣，有什麼工作不能做？就連跳蚤都能看得一清二楚的，相信晚上還可以替女孩子們抓頭虱哪。哪像我們，常常連煤油燈都捨不得點，留待有客人的時候才點。很多工作如舂米、剝豆等，只能藉著篝火照明。想想眼睛被煙嗆得淚流滿面的那種辛苦可憐相，唉……最主要的是，聽說電燈也不要錢，他們怎麼會有那麼好的事，而我們沒有。」吳家能言善道的媳婦說出心中的不平。

最年長的莊大嬸說了：「我們羨慕歸羨慕，不必心存不平。仔細想想看，除了晚上不一樣，他們不也和我們一樣，需要白天的日光勤奮地在山上工作才能生活下去。」

大家聽見莊大嬸這麼說，覺得也有理，心裡也釋然了。

在ジープ和てんき之後，在pcopcokmu（竹腳），那時候的第五鄰，僅有湯姓二家、莊姓二家、方姓一家、吳姓二家、杜姓二家、武姓二家，總共十一戶。每家被通知，鄉裡的長官們，還有一群外面來的客人，某天要在吳鄰長家吃晚飯，要鄰民每家出食物。於是家家戶戶舂米的舂米，做糕的做糕，殺雞殺鴨的。那時正時序夏天，地名為pcopcokmu，就是麻竹林的意思，當季盛產適合煮、燉、炒的新鮮麻竹筍、夏季各種瓜果，能出什麼東西各家盡力。我的父親夜裡到溪裡叉魚、蝦、螃蟹，收獲還頗豐，都拿到吳鄰長家，也不知道那一隻已經宰殺好的豬是誰家貢獻的？

父母都要幫忙，男士們要預備煮飯用的和晚上篝火用的柴，甚至跑腿向散居的鄰民家借來夠用的桌椅、食器，預備場地。婦女們調理食物，在那個什麼都手工燒柴火的年代，需要很多的人力和時間，而我必須跟在母親身旁，照顧比我小十歲、還在吃奶的小妹，我才有機會看到這個竹腳地區難得一見的大場面和這些大人物。像這樣偏僻的地方，偶爾婚宴會有一些些熱鬧的小場面，相信這次是竹腳地區有史以來，大概也是空前絕後、最大且最不同凡響的盛會，因為全鄉裡有頭有臉的人物，包括各村村長都來這裡相聚，還有所謂外來的尊貴的客人。

過去的鄒族歷史裡，竹腳地區曾經成為一個事件的現場。就是特富野大社為了維護所屬的領域——樂野小社，曾經和侵占樂野小社的伊姆茲大社大打出手，其中兩個主要戰場，第一個就是在竹腳，第二個在米洋。

特富野大社的人沿著曾文溪來到竹腳，攻擊伊姆茲社的人，廝殺一番後，伊姆茲社的人邊打邊退，後來雙方又在米洋臺地再次對決，慘烈地廝殺後，特富野大社終於把領域奪回至今。

清朝的時候，已經把 pcopcokmu 的漢字地名——竹腳，記載在漢人的臺灣歷史中，那時只是三、五戶的小聚落，住在靠近曾文溪邊沖積成的平埔上。後來日本人鼓勵族人除掉游耕習慣，開闢梯田、種水稻定耕，凡是坡度較和緩的地方，一律開闢成水田。所以，後來的樂野部落所有的住家都往坡度較大的地方移動，竹腳聚落原來的住戶也是一樣。

傍晚時分，客人便陸陸續續地來到，精英們和所謂外來的客人天黑以後才到，總共約有三十多位，難怪他們選中吳鄰長的家，一方面離主部落遠，吵不到鄰居，大概也是為了避人耳目，因為這裡只有莊家和吳鄰長和他的弟弟共三家。吳鄰長的家對竹腳地區來講算是大的，院子也寬，才能容下那麼多的人，包括來幫忙接待的第五鄰鄰民，還真不少人。

開始用餐的時候，他們都很拘謹。可是酒醉飯飽之後，很自然地忘情地開始他們的餘興節目；鄒族歌舞、日本歌舞，還唱什麼歌我也不清楚，不知道他們搞得多晚，因為我隨父母離開的時候，他們還很熱鬧。

後來回味這件事的時候，那些被請來所謂的外來客，有一些人好像是在那次偷窺醬油工廠時見過的，可是，就像堂姐警告過我的，害怕我的嘴巴被大人用針線縫起來，從來不曾和人分享所見。大人在閒聊時，也不曾聽見他們提過竹腳地方那次空前絕後的盛會，是不是事先被警告過就不知道了。

在這之後的一個傍晚，我就是這麼幸運，每次父母做什麼我好像都有份，原因大概我比哥哥或是弟弟還聽話一點，最主要我是很好的小保母，幫忙背著、照顧年幼的弟妹。被父母領著，還有其他住在竹腳和日野賀的人一道走，說要去福山。都要晚上了，去福山要做什麼，大人不說我也不敢問。

因為走山路不方便，所以鄒族人的婚喪喜慶不會在晚上舉行。讓我很是納悶，我們不是才在不久之前，樂野國小全體師生到福山去遠足的嗎？福山，除了比我們山谷地勢高、視野寬廣外，也沒有聽說福山哪家有什麼事？有什麼特別的事需要晚上去嗎？但是，一群大人默默地走山路也不講話，做小孩的也就不敢問。

為了不必繞道樂野主部落多走一倍的路，一群人便從山谷裡，經過我們家的還有屬於陽家的山，六、七十度陡的小山徑爬上米洋。過了米洋溪，走一大段路之後，快到福山之前，還有一處臨米洋溪的數百公尺高的危險峭壁，從岩壁開鑿出來的窄路，每次走那裡我都怕怕的。

聽說，這附近還有一個深不可測的洞，丟一顆石子，要隔好一會兒才會聽到石子墜地隱約的聲音。

我們這次晚上的福山行之後沒多久，清鄉事件、白色恐怖爆發。聽說，族人把上次（二二八事件）沒有繳出的所有的槍械，也就是這次全鄉青年服務隊在福山實槍實彈訓練時所使用的，都被丟進這個深不可測的洞裡，再丟進很多的石頭砸碎，這當然是後話了。

到了福山（當時的第七鄰），只有四家的小聚落，就是分家的陳氏三兄弟的三家和楊家共四家，幾時變成這般地熱鬧？讓我感覺不曾認識這個地方，好像走入夢境中的童話世界；有以花草裝飾的牌樓、有數座臨時搭的芒草屋，甚至還有大大的帆布帳篷。還有以竹子臨時搭的司令臺，司令臺上還用縐紋紙帶和紙繡球花布置。

有很多很多的人，年輕人特別多，人和各種設施，把整個福山的高山臺地擠得熱鬧非凡。還有幾個長得非常可愛、穿著漂亮衣服的，聽說是達邦來的女孩子們，看起來每個人都很幸福快樂。對了，還有大大的營火，最最不得了的是，我這好吃的小孩竟然看到前所未見的許許多多的食物。這到底是怎樣的地方？前陣子，全校師生不是才來過嗎，那次遠足，不是只有陳大娘提供的番薯和學校提供的砂糖煮的甜番薯湯嗎？這裡，幾時變得這麼多人？這麼多食物？這麼熱鬧？好像掉進另一個世界，讓沒見過世面的土土的我認定天堂應該就是這樣的地方。

一直到現在，每次回憶起這件事，依然感覺如在夢幻中。

到了晚上，更是我這山谷裡的土包子前所未見的熱鬧。晚會中有各種表演，那些達邦部落來的漂亮女孩們在臺上快樂地唱歌跳舞，看得我目瞪口呆羡慕得要死，所以直到現在還印象深刻。

那天晚上還放了一部日本教育電影。我頭一次看電影，電影內容我根本忘了，但是有一場景是老師帶小朋友手牽手唱歌跳舞的鏡頭。直到現在，我認為那一次是我這個呆瓜有生以來記性最好的一次。就那個晚上只聽一次，雖然他們跳舞的動作已然模糊，但那首日本兒歌卻記得清清楚楚。歌詞是這樣：

チイチイパッパチイパッパ，すずめのがっこうのせんせいは，むちをふりふりチイパッパ。

チイチイパッパチイパッパ，せいとのすずめのわになって，おくらをそろえてチィパッパ。

まだまだいけないチイパッパ，もいちといっしよにチイパッパ，チィチィパッパチィパッパ。

後來聽說，那一天晚上的晚會，是為了慰問在福山接受實槍實彈訓練的全鄉來的青年服務隊，有邀了一些外地來的和各個部落的人來觀看他們的訓練成果，晚上再招待晚餐，看電影和晚會，難怪有那麼多人。

開醬油工廠、開雜貨店的布杜在學校後面的小山澗裡，安裝靠水運轉的發電機來發電。每天晚上，時間一到，由部落的青年負責把引擎發動，讓它發電照亮部落，我們樂野部落真的繁榮進步了。

「那些開醬油工廠的布杜都是××黨，是想要打敗○○黨。」那一天，家裡沒有其他大人在，在那個沒有鄰居的山谷裡的家，我們津津有味地邊吃三叔從林子裡採回來的野百香果，一邊聽三叔講一些我們聽不懂的大道理。

他的話可聽可不聽，我的父親常說：「全部落的人都知道你們三叔是瘋子，不要聽他瘋言瘋語的，更不可以傳他所說那些瘋言瘋語。不聽話，周圍都是竹子林木，不怕沒有枝條抽你們。」

三叔和四叔小時候同時得到當時流行的小兒麻痺。因為行動不方便，所以小的時候無法和同年齡的小朋友一起從山谷的家走一個多小時的山路去上學。聽說，二位叔叔上日本的蕃童教育所的時候，已經是披著傳統皮被的少年了。三叔只是長短腳而已，只是他很隨興，比較不負責任。

比較嚴重的是四叔，他的右腳掌向內反轉過來，可是四叔很樂觀、勤快、不服輸，山裡任何工作或是玩樂都會參與不退卻，少年時，還曾跟著精於打獵的武義德堂哥走到白河的山上打獵過。他也很上進，青少年的時候，被徵去當衛生所的工友，學習到很多有關現代醫護保健的常識。四叔後來信了基督教，跑去花蓮讀玉山神學院，畢業後被派到遙遠的新美教會，每個禮拜六從樂野走到新美，禮拜一再從新美回到樂野。當年還沒有公路的時候，單程至少要六、七個小時以上。三叔則不同，不曾認真工作，有時住我家，有時住在和醬油工廠隔著一道竹籬笆的二嬸家。乾燥的秋天裡，喜歡餐風露宿住在山林裡，撿野果吃，所以大家說他是瘋子，終老的時候是住在二姑媽家。

三叔看我們吃他帶來的野百香果吃得津津有味，繼續說：「我知道他們這些××黨的頭子躲在哪裡。」三叔又在發表他的瘋子見聞。

「在哪裡？」我問

「就住在樂野部落上方的杉木林裡。」

「真的啊，那我哪一天也要去看看。」大哥說。

「你這個愛哭鬼、膽小鬼，諒你也不敢。」三叔說的是實話，大哥是愛哭鬼、膽小鬼，但是他很善良。

「被他發現會怎樣嗎？」大哥急著問。

「會怎樣？」我也急。

「三叔，快說嘛，會怎樣嗎？」大哥又問。

「他躲起來就是不希望讓人知道他在哪裡。你去了，被他看到，正好把你抓起來關在他那裡，不放你回家，看你怎麼辦？說不定會把你槍斃掉。」三叔右手把中指、無名指和小指頭貼在手掌心，大拇指和食指直直地指向大哥，比出ピストル[4]的樣子對著大哥說。

「好可怕哦。」我說。

「你怎麼知道他有槍？」大哥瞪大著眼睛。

「他沒有槍怎麼做他們的頭頭。」三叔說了，大哥的探險夢大概也完全被澆熄了，他哪敢。

「三叔，你怎麼知道那麼多？」我也半信半疑，部落的人都說三叔是瘋子。

4　ピストル：日語，「手槍」。

「部落的人都把我當瘋子，那我就裝瘋給他們看，我說的他們不相信也沒有關係。因為把我當瘋子，所以大家不在乎我說什麼，也不在乎我聽到什麼、看到什麼，我也就裝得更瘋，讓我可以看得更多、聽到更多。」

有這個道理嗎？為什麼簡單的生活要搞成那麼複雜？我小腦殼裡裝不下這麼複雜的東西。

山中歲月長，部落光明的日子也不知有多久？已經沒那麼稀奇了，上下學也不再向右看向左看醬油工廠了。

不曾注意到醬油工廠有多久沒有動靜，聽說電也沒有了，樂野部落夜裡恢復和我們山谷一樣漆黑。

但是，令人更驚心的，很多家庭落入悲慘境遇。曾享受電力光明的樂野主部落黑暗最大。誰曾料到，光明的乍現竟會帶給部落這麼大的黑暗。說部落回復以前的寧靜，可是人人眼神冷嗦，噤若寒蟬。除了可以看到人在走動或工作，包括小孩，部落沒有人敢大聲說話，大人見面只能悄聲彼此問：「天啊！這世間到底怎麼了？」大部分和小孩子一樣單純的部落人不明白，在部落開個醬油工廠，弄個馬達發電有那麼嚴重嗎？更讓部落人感到疑惑的是，所謂的國家也沒有更換，布杜和布杜之間到底怎麼了？我們族人又是為了什麼惹了什麼……？提出這樣疑問的人，總會被斥：「無知啊。」但我開始相信三叔前陣子的瘋言瘋語了。

部落裡的公務員、老師、警察，還有男女青年服務隊員被抓去審問。有的過一陣子就放回來，被放回來的人也沒什麼值得高興，部落生命共同體有了缺損，如何高興得起來？

被判無期徒刑的，判死刑的，誰敢呼天搶地？

事件發生之後沒多久，吃晚飯的時候大哥說：「今天安先生又去樂野。」

提到安先生，想到他發瘋的可怕樣子，讓我往口裡的食物差點卡在喉間噎住。

安先生是自上一個所謂的國家的時代就做警察，換了這個所謂的現在的國家，還是警察。但這次事件一發生時就發瘋，他照以往到派出所上班的時間，每天早上從隔著曾文溪的日野賀他家來到樂野主部落的派出所，有時候在部落裡晃來晃去，一邊嘴裡嘟囔者什麼，部落人看到就趕快把門關起來。他最喜歡在學校的操場，一邊揮舞起閃閃發光、日本人走的時候留給他的那把長長的武士刀走來走去，我看過部落裡有幾家牆上有武士刀，那是戰敗的日本人留給他們的，後來都被沒收。一邊以我們聽不懂的日語怒目大罵，甚或立正唱起日本軍歌。有時他在學校旁的邊坡上，對著雜草樹木邊罵邊亂砍，有時跑到操場邊的派出所，站在門口罵個不停。他也不曾真正地害人、傷過人，所以派出所的警察也由他去，甚至倒杯水給他喝。當他在操場走動時，我們都不敢到操場。不管上課或是下課時間，每當他往教室這邊來，所有的學生都怕得趕快逃，甚至高年級的男生從教室跳過窗子從後面逃走。我們都溜到學校後面的竹林裡躲，安先生也不會追，我們正好適得其所，不用在課堂上課，在竹林裡大玩特玩，不亦樂乎。等聽到「噹——噹——」，學校工友敲響那個聲音可以傳得很遙遠的、當做校鐘的鋼鐵鐵軌，我們才從竹林裡心不甘情不願地跑回學校。

「依他的職位，也應該要判死刑，他很有智慧地裝瘋，和我一樣是裝瘋的啦。」全部落人說是瘋子的我的三叔，又在發表他瘋子高見。

「和你講過多少次，少在孩子們面前瘋言瘋語的，上次年輕人下山那個事件後，我們族人怎麼沒記取教訓。這次又被人利用，現在可好，父母失去兒子，妻子失去丈夫，兒女失去父親，部落失去有能力的人，這次真的是部落的大災難，你還要在孩子面前胡言亂語嗎？」三叔的大哥，我們的父親又在唸他的三弟。

「哦，難怪他們都躲在醬油工廠裡，都沒看過他們出來在部落裡走動。」大哥發表他的見解。

「三叔，你怎麼知道那麼多？」我對三叔發出疑問，因為我對他的話愈來愈感興趣。

「我是瘋子，但對這次的事件，我比部落的任何人看得清楚。」看到我和大哥對他的話有興趣，三叔說得一副得意相。

「這次就是那個躲在部落上方杉木林裡的這些××黨的頭子，是他出賣自己手下的人，還告發和他們有關係的我們部落的人，他自己可以脫罪，就不會被判刑。」

「自己躲在林子裡，他的手下辛苦做醬油、釀酒來養他，還出賣為他辛苦的人，世上有這麼壞的人嗎？」善良的大哥發表他的正義之詞。

「你們還真想挨揍嗎？再講……」父親瞪著我們，對三叔說：「和你講多少次，少在孩子面前胡言亂語。這事件你當是有趣好玩？還不住口！」此後，雖然三叔的生活形態照舊，但和部落的人一樣，對於部落的悲慘遭遇，也從此三緘其口。

小時候，看到部落一些表象，我一個小孩也不懂其中什麼大道理，後來我也不去想，直到剩下只能過著回憶往事的老人生活的今天。

哎啊！meoina 呀！

二〇〇九年八月八日莫拉克颱風二週後，終於得著機會回到滿目瘡痍的家鄉。阿里山公路，從觸口起，見識到了莫拉克颱風的威力，一路所見，真的是令人怵目驚心。

到了明隧道，這裡鄒族地名叫 meoina（大岩壁）的地方，更是大崩山。雖然公路局很努力地搶修，但實在是崩坍得太厲害，而且還在斷斷續續地崩坍中，所有車子只得停在兩頭，再徒步走在泥濘又隨時仍有落石的臨時步道到另一頭，再搭熱心人士提供自家的轎車或是貨車當接駁車回部落。

當我走在斷斷續續仍有落石的臨時步道上，半途中，我偶然抬頭一望，看到壓在山頂的大岩石，想它必是最後一次造山運動後，就一直壓在這個山頭上了，到如今不知日頭月亮照過多少回。只知道，自從有了鄒族人在這一帶活動的身影，鄒族人就依這個大岩壁為標的物，約定俗成地把這一帶稱為 meoina 為地名。岩壁的上方到山的背面，鄒族地名叫 zoz'ohcu，我不禁杞人憂天，擔心哪天再來一次或兩次像這樣的大崩坍、大走山，把大岩石下方的土石繼續掏空……，連山頂的大岩壁都垮下來，那樣的災情，真的是不敢想像。

我站在險峻的臨時步道上，眼角從山頂的大岩石隨著崩坍的形勢掃描，這個約有四百多公尺寬，失去了翠綠植被，林木寸草不留的山壁，隨著土石被沖刷到公路下方直陡陡望不到底的山谷裡。慘不忍睹地，像脫了層皮的人體似的，少了草木的遮蔽，赤裸裸的山壁露出土石，讓我的心震驚於莫拉克颱風豪雨所造成的山林大災難。

啊！大走山！大災難！我腦海裡倏地憶起什麼來，心中為之一驚到幾乎發顫，口裡直嚷著：「唉啊，meoina 呀，mroina 呀，你怎麼又……。」

同行的人直問：「妳一個人在叨叨唸唸什麼呀？」

「這裡太危險，趕快走，有幾會再說給你們聽。」我回說，腦子裡倏地想起的是 meoina 下方叫 iyachiana，古老部落曾經的歷史，今日怎地又重演？

有關這個老部落的故事，就此，時時刻刻縈迴心間，自覺應該找個機會到 iyachiyana 去看看。

起初的部落，不是在現在的 lalauya[1]，而是在以前人稱作 iyachiana 的地方。「iyachiana」的意思就是「只有自己一個人的地方」，現在知道這個地名的人大概沒多少人，因為後來族人都以原先共同所約定俗成的，在遠處就可以看得到的這個大崩坍上方的大岩壁為標的物，把 iyachiana 涵蓋在 meoina 地名的地理環境裡。

但是民國以後，為行政體系運作方便，都改以「鄰」作代號，以致更多年輕一代的人不知道部落裡各個角落的原始鄒族地名了。以前人口較少，meoina 編為「樂野村第四鄰」，現在是第五鄰。

就在明隧道這個大崩坍的下方，約六、七百公尺，稍微偏左一點的隱密處，有一個地勢比較和緩的地方，那裡曾經是水源豐沛、土質肥沃，宜於墾殖居住的好地方。

在不知道是多少個世代以前，最先移居這裡的，是一位來自特富野大社的 tuthusana（朱氏）的一個獵人，他從特富野順著蜿蜒的曾文溪，來到了竹腳（現樂野村第七鄰）更下游的地方，尖峭陡岸的河谷，這一帶是曾文溪上游最險峻難走的一段，一直到要出達娜伊谷和達娜伊谷溪會合處才豁然開朗。

tuthusana 的獵人，選擇彎入左邊一條小山溝，溯沿上去，來到這個原始的古老山林，驚奇發現，這裡竟然還隱藏著這麼一塊地勢比較平緩的地方。從溪谷是望不到，從現在的阿里山公路也是看不到的隱密處。他就在這裡搭獵寮住下來，悠哉悠哉地狩獵。為了防腐，也為了減輕獵物的重量，每日必把獵到的山肉烤成肉乾。獵到滿意了，才背起獵肉回到特富野大社。

早年，鄒族人還擁有廣大的傳統領域的年代，一個獵人，來到一座山林行獵的時候，假如那裡還沒有其他氏族指認是他們的 hupa[2]，而他看上這個地方，有意常來這裡狩獵，他就會在那地搭建獵寮。住在那裡的閒暇時間，把獵寮周圍清理乾淨後，首先撒下隨身攜帶的赤藜種子。

赤藜，在過去傳統鄒族人來講，它在生活上是非常重要的一種植物。除了巫師進行巫術的時候，它是少不了的必備道具外，鄒族人因為相信它可以驅邪，所以生活環境隨處可見；家屋、工寮周圍，甚至山田裡撒下小米種子或是旱稻種子的時候，也都會隨種子撒一些赤藜種子，意思就是讓赤藜保護作物，不要讓邪靈攪擾，才能長得順利來得豐

---

1 lalauya：即阿里山樂野部落一帶。

2 hupa：鄒語，「獵場」之意。

收。甚至遠行者也會隨身攜帶以避邪。

tuthusana的獵人每次來的時候，便在獵寮旁開墾一點，按著物種、隨著季節，種些容易生長又不需要花很多精神和時間照顧的，像番薯或是芋頭、樹豆之類農作物。還有不挑土質，在任何地方，只要有陽光照射就可以展現其頑強生命力的鄒族生命豆（f'ona）之類。這樣，他就可以常來狩獵，又可以照顧他的作物。因為處女地肥沃，這些作物都會長得很好，各樣作物就可以輪番收成。在這裡有了收成，他不但不必從家裡帶食物來獵場，反而從獵場連同獵物和地裡的收成帶回大社的老家。

早年，全憑一雙腳行旅或搬運貨物的年代，鄒族人習慣在山田旁搭建工寮（teova），以便放置工具或是收穫。獵人到獵場也是一樣，會搭建獵寮，也是為了自身的方便和安全，不必在山林餐風露宿。當一個家族人口增加了，需要分家的時候，原來的工寮或是獵寮就產生作用了；只要擴充一下，就可以安頓一個家庭，再慢慢擴建成正式的家屋。

人口漸增或是其他氏族加入，三、五戶成為小聚落，再增加時，就成為小社（小部落）。傳統的鄒族，大社有大頭目，為了方便聯絡、統御族人，所以小社也設有小頭目，以便執行聯繫小社和大社之間的事務。

鄒族人的宗族觀念是，舉凡住在小社或是小聚落的人，包括今天所有離鄉的人，不管多少代，代代到今日，仍被稱為 lenohi'u，意思是「離開大社祭屋的家人」。現在，各小社的人，雖然已經不是住在工寮或是獵寮，甚至住樓房，或居住在大都會的族人，仍一律被稱作 lenohi'u。而散居在小社甚或獨居山林、移居他鄉的氏族，遇到大社的什麼大日子，像 homeyaya[3] 或是 mayasvi[4]，還有修建 kuba[5] 或是重新落成的時候，lenohi'u 也都應該回祖屋參與。

早年，在大日子裡，回大社的 lenohi'u，都要照著傳統的習慣，必須帶著自家的產物，包括：白米、小米、家禽或是山肉、菜蔬、糯米糕、用打通竹節的麻竹筒裝的小米酒等，帶回到大社自己氏族祖屋的祭屋祭祀祖先，而這些食物，也是為來自小社回祖屋的同氏族的眾人所需而預備的；一方面是表示認同自己是屬於這個祭屋的氏族，一方面

3　homeyaya：鄒語，「收穫祭」之意。
4　mayasvi：鄒語，「戰祭」之意。
5　kuba：鄒語，「男子會所」之意。

不能讓住在祖屋的人，獨家負擔眾多自小社回來祖屋的 conoaemana[6]，在節慶的數日中所需的飲食，大家都是心甘情願地回饋祖屋。但現今世代生活方式的不同，族人在失去傳統領域，也沒了傳統獵場的今日，回大社參加各種祭典的族人，有的花錢買祭典期間所需的物資，或直接以金錢來資助祖屋，使祖屋主辦的人也方便行事。

最先來到 iyachiana 的 tuthusan 家族搬來這個土地肥沃的地方，便把周圍的山林和其中的河溝據為他們朱氏的 hupa。

慢慢的，當別的氏族也加入這裡。tuthusana 族長，對加入這裡的其他氏族唯一的條件就是：任何一家有好事，不可以忘記朱家，特別是在朱氏獵場打獵，獵物多少總要貢獻給朱氏家族。鄒族人自古以來的傳統，本來就是獵人狩獵回來，還沒有進部落前，便大聲吆喝，獵狗也跟著高興狂吠。部落人聽到就會聚集在部落入口前的分享石會合，分享獵物。依照傳統，在他氏族的 hupa 狩獵，本來就是要以獵物報償獵場的主人，所以朱氏的要求是沒什麼好爭議的。

這些氏族世世代代住在 iyachiana，是不是因為生活豐足，在自給自足的世代，不必講求效率，工作生活沒有壓力的時候，生活步調跟著變慢了，進而也發展出他們很特殊的說話腔調；聲音低沉，說話慢吞吞，前一句講完，不習慣的人得耐心等，感覺他們好像要在上一句和下一句之間深思，慢慢地等才聽得到他們下一句。他們說話慢，相對的，因為他們生活悠哉，動作也都慢吞吞。

後來，iyachiana 部落人遷移到現在的 lalauya 之後，有更多的其他部落的氏族也遷來。從其他部落遷來樂野的人，聽到這些 iyachiana 的人講話慢吞吞，便說：「他們是 tmumeoina[7]。」說他們講話慢，是因為以前住在大岩壁的時候，要等岩壁的回音結束，才能講下一句，不然，講話太快，正在講的話和岩壁的回音重疊起來，會讓人聽不清楚。果真是這樣的原因嗎？

也有人說他們是 tmu 'angmu[8]，指的是，因為曾經有來不及上荷蘭船回國，又怕漢人或是平埔族人報復的荷蘭人，溯沿曾文溪往上游，逃難中，大概偶然看到這個深藏在半山腰的炊煙而來，被部落人接納，就此混居在 iyachiana 部落，有的被 yasiyungu

---

6 conoaemana：意指「同一個祭屋的一家人」。

7 tmumeoina：鄒語，「岩壁腔」之意。

8 tmu 'angmu：鄒語，「西洋人腔調」之意。

（安氏）認養，有的被 yavaiana（陽氏）認養，說是他們影響到部落人的腔調。可是到如今，就我們從電視上所看到和聽到的，可沒有那個西洋民族講話像 meoina 人深沉又慢吞吞的，包括荷蘭人。

常常有調皮的年輕人，趁著帶有 meoina 腔的人說話的時候，在上一句和下一句之間，速速插上一句自己的話，或是很快地替人家把下一句講完，甚至在其間發出某種動物的叫聲來搗蛋，讓這些帶有 meoina 腔的人笑罵都不是，只能對插嘴的人，帶著不悅的眼神斜眼看，表示對這個無禮的人的不滿。他們也了解自己，誰叫自己講話那麼慢呢！能怪人嗎？

就我所認識的 iyachiana 部落人的後代，不僅是說話悠悠，動作也慢，但他們是平和、很好相處的人群，特別是女性，除非看到她們的表情，她們生氣的時候，是無法從她們的語氣裡感覺到的。我想，如果她們和人吵架，必定穩輸的。問題是，這些悠然個性的人群，她們根本就不會和人吵架。

iyachiana 部落後代的 niahosa（梁氏）的我的三位舅舅和 yasiyungu 的我的二舅媽、三舅媽，還有 niahosa 嫁來我們 mxkxnana（武氏）家的好幾位女長輩，包括我的二嬸，我就不曾見她們粗聲和人爭辯。我的二嬸更是部落裡有名的說話慢、動作也慢的人，但她是非常有耐心和包容心的人。她每次終於來到田間開始工作的時候，隔壁田的主人可是一天亮就開始工作，已經足足比她先工作了數小時了。

我那可憐出身 niahosa 的我的母親，還在吃母奶的嬰兒期，我的外婆就病死了，我的三個舅舅又還年幼，加上還要吃奶的小女兒，我的外公也真辛苦。後來，我的母親還是由 niahosa 的親族中，正在哺乳的婦女們輪流哺乳共同照顧，才把她養活的。在傳統部落世代，除非自己脫離部落刻意和人群疏離，鄒族人一向是以宗族生命共同體為傳統，彼此照顧。

我小的時候，對母親勤於走訪所有 niahosa 她的娘家家族的事並不了解，只是奇怪，為什麼她對我 mxkxnana 家族就沒那麼熱心？後來才知道，她之能夠存活下來，完全是受恩於她們 niahosa 家族共同辛苦撫養。而我的母親也是感恩在心，從我小的時候，她三不五時叫我陪她，幫忙背弟妹四處拜訪、問候她 niahosa 的親戚們。我家在離主部落還低約五、六百公尺海拔的山谷，物種有不少是海拔一千公尺以上的主部落所沒有的，我們就常常背起自家生產的蔬果分給她們，包括扛起家裡的甘蔗分送。

我的母親給親族們共同撫養，長到可以自理生活的年紀，就到日本人家裡替日本人當小保母，稍長，也就順便在那家當傭人。自小住在日本人家裡生活，講的是日本話，直到嫁給我的父親為止。我的母親，因為自小離開家族，所以她比較沒有 meoina 腔，但也少了舅舅們那種閒雅的性情。

這個緊貼山壁，在深山壑壑裡的隱密處，安逸地生活了不知多少個世代的美麗的 iyachiana 部落的族人，怎麼捨得放棄而辛苦遷徙？

話說有一天，勤快的部落婦女們按平時的生活習慣，天未亮就起來，藉著篝火和灶火的餘光煮食、做家事。直到天亮，忙了大半天，這才發現一件奇怪的事：從部落上方的地裡冒出來並用竹管接回家的泉水一向清澈甘甜，而今天竟然是混濁的！天亮前沒注意，可就是用這樣的水把早餐煮好，把衣服洗好的。

雖然大家都是說話慢吞吞，動作也慢吞吞，但心裡驚慌的程度不亞於一般人，他們相互走告，一見面都是同樣慢吞吞地說：「我們家竹管裡流出來的水怎麼是混濁的？」對方也慢條斯理地說：「我們家的水也是吔。」部落人愈聚愈多，都帶著疑惑的表情慢吞吞地異口同聲：「可真是奇怪咧，這段時間也沒有下雨，也沒有地震什麼的，怎麼會有這樣的事呢？」雖然不一定是同一個泉眼的水，一聽之下，原來家家戶戶的狀況都是一樣的。腿快的青少年和男人們，有的跑到部落外面查看所有的山溝水，沒有一處是例外。有的循著竹管巡到泉眼，水，從泉眼出來就是混濁的。

部落人不知該如何是好，慢吞吞地彼此問：「我們到底是怎樣地得罪了天神哈莫和祖靈們，要這樣懲罰我們部落，連水都不得喝？」

這可是攸關全體部落人生命的大事，雖然鄒族人行事沉穩，特別是 iyachiana 部落的人，老老少少還是帶著惶恐的心聚集，要聽聽長老們怎麼解釋？要如何解決？

一輩子和山林為伍的長老們，根據累積的山林生活的經驗，得了智慧，說：「其實啊，我們還是要大大感謝天神哈莫和祖靈們的眷顧，祂對我們還是存著慈悲憐憫的心腸，只是大家動作要快，絕不能再耽擱，必須速速搬離。天神哈莫和祖靈們已經向我們提出警訊，這塊土地已經開始在走山了。」一向生活悠然，說話、動作慢吞吞的 iyachiana 部落的族人，竟也煩惱緊張起來。這麼急的要拖兒帶女的，家當雖然簡單破落，也不知要搬多少趟才搬得完？何況還有家禽、牲畜。再說，要搬去哪裡呢？在這樣緊急的時刻，有挺著大肚子預產期到了的孕婦、躺在床上病重的老人，該如何是好？還有，出門到其他部落探親未歸的，以及有的照習慣到遠方打獵，一去就是數日才會回來的男人……得叫腿快的青少年找回來才行。

經 iyachiana 部落的長老們決議，要遷到 lalauya[9]，在還沒有開發時的 lalauya，從大凍山以下，向東、向西、向西南面的山坡，滿山遍野都是楓樹，所以才把這一帶叫 lalauya。

雖然 niyahosa 在 lalauya 曾經搭過獵寮，表示那一帶是他們的 hupa。但這是攸關全體部落人性命的事，情況又如此的緊急，niyahosa 只得以全體部落人的生命利益為前提著想，終至答應，於是決定遷到 lalauya 重新建造部落。這個地方，在日據時代日人音譯為「ララウヤ」，到了民國後又改為「樂野村」。

於是 iyachiana 部落的族人，雖然狀況緊急，仍有秩序地先以老弱婦孺的安全為最先考量，扶老攜幼，背行李、搬家當。實在一次搬不完的，沒那麼急需的物品，就先搬到認為安全無虞的地方，以後再慢慢搬，再帶家禽牲畜。

田間的作物，有的可以收成了，也不清楚幾時會發生大走山，都不敢貿然回去採收，辛苦數月的汗水算是白流了。大家覺得惋惜，不知如何是好，長老們安慰鼓勵部落族人說：「我們的天神哈莫和祖靈們已經提出警訊了，這是天意，不可以再冒險了。天神哈莫在山野裡為我們儲備了各類豐富的野生動、植物可以應急，大家將就著吧，這是沒辦法的事。niyahosa 願意把他們的獵場讓出來給我們全體可以安身，對他們要以感恩的心來搬遷，不可以違背天意。還有，不要辜負 niyahosa 為我們犧牲的好意。lalauya 和 veiyo（米洋）一帶的地勢比 iyachiana 開闊，水源也豐富，也算是天神哈莫為我們預備的好地方。」

長老們繼續說：「再說，天神哈莫起初在玉山造我們鄒族人以後，祂從玉山下來為鄒族人開路，叫我們的祖宗循著祂的腳踩過的蹤跡，一路設立部落。祂有一腳就是踩在 sea'funu[10]，也就是今日的石桌，只是我們的祖先不曾在 sea'funu 停下腳步在那裡設立部落。如今，我們回到 sea'funu 附近建立部落，看來，也是天神哈莫的美意。」

長老們鼓勵大家說：「搬到 lalauya 以後，沒有種子的，趕快向其他部落的親友們索取各類種子，大家勤快地開墾，按季節種植，明年就可以各按季節收穫，就不虞匱乏了。有些比較艱難的工作要藉著大家互相幫忙，雖然辛苦，相信在不久的將來，很快地可以恢復以往有秩序的部落生活。」

---

9 lalauya：lauya 是楓樹，lalauya 是楓樹林的意思。

10 sea'funu：兩山交會處，即「埡口」之意。

果不其然，部落族人搬離 iyachiana 沒多久，在一個大好的天氣裡，忽然聽到轟隆轟隆巨聲響起，沒一會兒，從大老遠就看見被他們離棄的 iyachiana 部落的上空飄起濃濃的塵灰。

雖然慶幸躲過了這個大災難，還是把一些老人們嚇得心臟都要停止運作；對他們來說，自己是在那裡出生長大，到如今老了，可以說他們的身、心都是連在那塊老部落的土地上，一生的血汗也是在那裡流的。老人們不善於表達情感，但是無可質疑的，那塊一生所依靠的土地失落，也就等於失落自己一樣。那塊土地崩坍，也就等同於他們的魂魄崩坍般地難過。幸有天神哈莫和祖靈們的憐憫眷顧，給了警訊，讓他們的子孫閃避了這麼大的災難，給予部落族人仍然保有對未來的希望，為此，還是大大地心存感恩。其他部落的親族都來安慰，物資上盡力協助，對 iyachiana 部落親族能夠安然搬遷，對天神哈莫和祖靈們更是感恩不盡。

天神哈莫預警的 iyachiana 大走山，確確實實發生過，是樂野部落的歷史事實。這次（二〇〇九年）莫拉克風災的大災難，iyachiana 部落舊址上方的山壁又坍了下來，再次的大走山。舊部落的地層是比第一次大走山的時候，向曾文溪又更傾斜了。

搬來 lalauya 之後，族人聚集的時候，除了心存感恩之外，以嚴肅的態度檢討部落的種種；反省部落人是怎麼個得罪了天神哈莫？是人與人之間的清白或是誠信出了什麼問題？甚至追蹤檢討部落先人。

其中有一位長老忽然想到起初的約定，就是最先搬來 iyachiana 的 tuthusana，對凡是遷來加入 iyachiana 部落的人的約定，而這個約定是附帶有很多後代的 iyachiana 部落人所不知道的詛咒；這個詛咒就是：只要有人不遵守這個約定，部落必會遭災難。

幾個世代過了，iyachiyana 部落的人口也多了，偏偏就是有人忘記先人所立的約和教訓，才使部落遭難，所幸天神哈莫的憐憫，及時出手先給警訊，使部落人及時逃命，也使大家生命、財物的損失減到最低。

一個詛咒竟然可以成為令人不安的不定時炸彈，有人認為部落創始 tuthusana 未免太小題大作，竟要全部落大大小小的人，共同擔負那背約之人的罪。長老們就說了：「這就是叫我們每一個人，無論男女老幼都必須要謹言慎行，做有誠信的人。」

這次部落遷移，tuthusana 的人，後來沒有搬到樂野，而是搬到其他的部落。

所以傳統的鄒族人再怎麼生氣委屈，也不隨便口出惡言，更不可以起毒誓詛咒，怕自己行得不好，那個詛咒反而會降臨到自己身上。

也不可以用汙穢的腳掌，一邊生氣、一邊跺腳（tm'thmu）來詛咒別人或是發誓；這是過去鄒族男人生氣的時候很奇怪的動作，一般人再怎麼生氣也不敢為之。以前我看過的，只有喝醉酒失去了理智的人才敢跺腳。因為人人必須尊重大地的母親，由得你隨便用骯髒的腳來跺嗎？

鄒族男人跺腳的時候，有點像日本相撲選手在比賽開始時的動作，日本人是雙腳輪流高高提起再輕輕放下。而鄒族人是高高地提起、重重地跺下腳，要讓人聽到他跺時腳掌著地的聲音，表示他真的很生氣了。有時候，因為不勝酒力，狠狠跺下去後，現世報應，一個重心不穩，踉蹌跌個狗吃屎的也有。

iyachiana 部落大走山之後，總算是塵埃落定了，長老們吩咐部落的族人，不可忘記蒙受天神哈莫和祖靈看顧保護的恩惠，要記取這次的教訓，遵循先祖們對山林生活的教導，憑信心和誠信面對未來，認真開始 lalauya 新部落的新生活。

這個因為天然災害，部落集體遷移的故事，還有不得不提的一件部落長輩們訓誡年輕人要引以為鑑的故事：這些'angmu（西洋人）的基因大概是比較強，他們娶鄒女為妻，到了好多好多代後的我讀小學的年代，凡是從 iyachiana 部落遷來 lalauya 的 yasiyungu 或是 yavaiana 的後代，包括從這二姓氏的女性出嫁後所衍生的子孫，除了眼球的色澤不變外，很少不是皮膚白皙透紅又金髮的，他們的眼眶和鼻子，比原就大眼高鼻子的鄒族人還要深邃高挺，令我這個純鄒族 mxkxnana 家，祖父被部落人謔稱 ak'e kua'onga[11] 的孫女，粗黑皮膚的我，羨慕得不得了，巴不得也有他們白裡透紅的肌膚。

在我童年的時候，屬於 yavaiana 和 yasiyungu 血統的孩子，以及他們的表兄弟姐妹們，部落裡就有十來個紅毛男女孩子。但不知什麼原因，後來的現在，是不是因為飲食改變的關係？很明顯的，他們的毛髮顏色比起小時候愈來愈淡了，不像他們的父祖輩們，除非到了年老變白髮，紅毛都不會變色。

iyachiana 部落的族人，因為大走山遷到 lalauya 的時候，有一家屬於 yasiyungu 的 'angmu 家庭，獨家遷到原名叫 hcuyu[12] 的地方，就是從以前叫 hipongana[13] 的下方，一直到叫 sngusnguyo[14] 的稜線上，獨家住在那裡開墾生活。

11 ak'e kua'onga：「黑臉阿公」的意思。
12 hcuyu：指山丘或山稜線之處。
13 hipongana：「有五節芒桿」之意。
14 sngusngu yo：「茄苳樹林」之意。

這個家庭離群索居，大概也鮮少和部落人交往，做家長的不知是無感於他們幾個俊俏美麗的混血兒女已經長大，還是刻意忽略他們已經到了可以婚嫁的年齡，俊男美女的兄妹們是不是也不屑和部落人嫁娶也未知，兄妹們竟搞起亂倫，終致遭天譴；在一個深更夜半裡，蓋在稜線旁的房子，連同睡夢中的一家人深深地陷落下去，全家人跟著茅屋遭土地吞沒，無一倖免。

這個因亂倫遭受詛咒的土地，久久沒有人敢來利用。在不知道多久的年代後，這個地方，終究歸在 yasiyungu 的亞氏族 mxkxnana，也就是我的堂兄武義德他們家族所擁有，代代傳承下來到今日。

這個深坑後來竟冒出水，成了方圓近百公尺的池子，起初還沒有積淤泥的時候，聽說約有四、五丈深。怕出事，沒有人敢在這個被詛咒過的水池裡游泳。義德堂哥他們在池裡養殖鯽魚、吳郭魚、大肚魚、田螺之類的，都長得特別肥大。

這個原名叫 hcuyu 的地方，後來改為名副其實的以「ecuu[15]」為地名，久久不下雨的乾旱季節，這個池子也不曾乾涸。

我和義德堂哥的小妹月美是同年，所以，從小直到離開故鄉結婚前，這裡曾經有我無數活動的身影。

二十多年前回鄉去探視我侄女家的路上，經過這裡，特地停車，想看看這個有著特殊故事的池子，老一代的人稱它叫「壞的池」（kuici ecuu）。鄒族老人對令人心裡不舒服，或是難以啟齒的事情都叫「壞的什麼」。譬如墓地，鄒族語的正式名稱叫「heuf'a」，可是在老一代的人都說「kuici ceoa」（壞的土），人死了不叫「他死了」，而說「他已經壞了」（micu kuzo），所以這個池子也就叫它作 kuici ecuu（壞的池子）。

我四處張望，沒看到水池。我以為我廿多年沒來，可能是走錯了地方。以前池子的四周都是開闢梯田種稻子的，現今故鄉人改變了農作方式，廢了梯田，改種各種高經濟價值的作物，甚至用怪手改變地形。等我仔細尋找，終於看到了凹陷下去的地方。我特地走下去看個究竟，最低處，周圍約有幾公尺長滿水草的池底還有一點點的水，這是山林過度開發的結果，讓人感喟不已。

莫拉克颱風八八水災大走山的時候，這裡也被土石流沖刷過，以致地形地貌又全然變了樣，已經不是年少時所熟悉的印象；原來凹陷下去水池的位置，如今又填滿了

---

15 ecuu：「池塘」之意。

土石，又回復到那家人沉陷以前稜線的模樣。這樣，是不是也該恢復它最原始的地名——hcuyu？

莫拉克颱風後第一次返鄉，走在明隧道旁大崩山的臨時步道時，腦中閃起 iyachiana 舊部落真實的歷史故事又重演，心裡一直惦記著，一定要找機會到原部落舊址去看看。

八八水災已經過了兩年多了，雖然也曾數次回故鄉，但總是來去匆匆，甚至當天去回，而遲遲地終於在今年(二〇一二年)三月十六、十七日回故鄉的時候，處理完該處理的事，得著空檔，請熱心腸的湯進賢夫婦和他的妹妹湯嫦娥陪同，到第二次大走山以後的 iyachiana 實地去看看。

記憶中的八八風災，到處都是叫人怵目驚心，包括在另一個山谷裡我娘家的所有水田和房屋，都被土石流掩埋。經過兩年多的時間，當初看了令人怵目驚心受損的山，如今又長草長小樹，看起來沒有像兩年多前那麼恐怖，每條產業道路也整修得差不多。

找人陪同，是讓獨自在家看家的外子放心，他總不放心我一個人開車回故鄉，在山裡的產業道路跑來跑去。為了讓他放心，我打電話告訴他，我找進賢侄開車帶我去 iyachiana，他才放心。殊不知，他家的老老婆一個人在高速公路開車時，偶爾還是會表現出悍婦性格。

鄒族沒有文字，所以當年這些氏族住在 iyachiana 的時間到底有多少個世代？離開的確實年代也不曾被傳說，只是清楚知道這個因為走山而部落遷移，是樂野部落確確實實的歷史事實。如果根據臺灣歷史記載，來對照鄭成功入臺、荷蘭人離開的年代，iyachiana 部落遷移到現在的 lalauya 應該是荷蘭人離臺之後。因為不及回國的荷蘭軍人，溯曾文溪逃命，聽說也有落戶新美部落的，剩下的，大概覺得新美還不夠安全，繼續溯溪，最後落腳 iyachiana 部落。

iyachiana 第一次大崩山多年後，這裡又長草長樹，完全看不出當年大崩山的樣貌。後來幾個漢人偶然來到這裡，知道沒有地主，樂得世外桃源，他們就住下來墾殖生活到現在好多代。

當我讀小學的時候，這裡僅三、四戶全是漢人的住戶，那時，這裡是樂野村的第四鄰，現在是第五鄰，其中有兩家的孩子和我同班，一位名叫許貴，另一位是詹猛固。這幾家漢人大概是過度遺世，兩位同學都很內向孤僻，兩個男生上下學都膩在一起、形影不離，但也甚少相互說話。包括相互等待這種事，如果是一般的孩子，會相互說：「我要做什麼，你等我一下。」他們不會，只是看著另一個人臨時走開，另一個人在原地默默地等候。他們是不是已經相互了解到無聲勝有聲的地步？還是因為處在獵人頭族群的後人當中有所顧忌？這點在小時候就不曾仔細思量過。

這兩位漢人同學，除了老師帶的活動才會靜靜地參加。六年的國小時光，從不參與我們任何的玩耍，他們只會在旁邊毫無表情地默默觀看，老師們也不太管他們。曾經有男生邀他們一起玩，刻意對他們說：「喂，來一起玩了，我們現在不會取人頭了。」他們仍舊無動於衷。是不是仍舊存著戒心？因為，那時候我們高年級所讀的國語課本，有一篇就是〈義人吳鳳〉被鄒族人殺害的故事。

很遺憾的是，這兩位漢人同學都是不到廿歲，年紀輕輕就相繼離世；許貴同學不知什麼緣故上吊自殺。詹猛固同學聽說是自小習慣吃得很鹹，難怪他老是腫脹著眼睛，因而腎臟病去世的。

莫拉克風災後的兩年多之後，終於如願以償地回來看看。我離開故鄉，外嫁近五十年之後的今天，這個以前樂野村的第四鄰也沒有增加幾戶，八八水災大崩山的時候，僅有的八戶都成了受災戶而寄住在臨時組合屋。所幸的是人員都平安，他們也分配到在樂野部落剛剛動工的永久屋。

經過了兩年多，這次去實地看了，仍然令人怵目驚心。雖然上面的明隧道旁大崩山，土石向聚落右側流竄，所以沒有哪個住家被土石沖刷或淹沒。但是走山情形嚴重，山林內、住屋裡，到處都是大大小小的裂縫，而且這裡的地形，比以前向曾文溪更傾斜了。

這裡的居民，有的還是捨不得完全放棄代代經營的山林，雖然害怕，天氣好的時候，還是回來把處處剝裂的家屋整理乾淨，使屋子有點人氣，並稍稍整理自家山林，晚上仍回組合屋。有的怕得都不曾回來過，兩年多來家屋任其荒蕪。

數百年前，第一次大走山的時候，是在久久無風無雨，也不曾有地震的好天氣裡發生的，這樣看來，這裡發生災難，好像無關乎天氣的好壞，是不是這塊土地真的受到詛咒？這便是這裡居民最擔心害怕的。

這次回來，才知道先祖們不是隨便給一個地方取地名，為什麼要把這一帶包含舊部落所在地的 iyachiana 含在 meoina？實際上，從走山的大大小小裂縫處看，裂縫有的一、兩丈寬，原來，除了可眼見的山頂和西邊的大石壁外，一直到曾文溪底，土層底下就是整片的岩壁，只是地面上的土層厚薄不一而已。

真的要大大感謝天神哈莫和祖靈們的看顧保守，讓當年 iyachiana 部落的族人毫髮無傷平安地遷徙到 lalauya，唯願祂繼續保佑祂的鄒族子民平安，綿延到無盡的年代。

山地文化工作隊

民國四十八年五月分的青年服務隊訓練的時候，從村辦公處的公告欄，得知中國國民黨臺灣省黨部招募山地文化工作隊隊員的訊息，我主動告訴村幹事有興趣報名參加，村幹事帶著狐疑又不以為然的眼神看著我說：

「妳？我還不認識妳嗎？妳仔細看，簡章清清楚楚地說明，他們要的是能歌善舞會演戲的，妳行嗎？」

部落沒多少人，一出生，個人芝麻蒜皮小事都彼此熟悉，他也真的很了解我，出生山谷沒有鄰居的我，一向很沒有自信，遇事緊張兮兮。偶爾在部落的晚會或是團康活動中湊數，僵硬得毫無肢體表情可言，部落裡比我會唱會跳的比比皆是，村幹事才說：「這樣的事輪得到妳嗎？」

只因為同部落裡有一位大姐姐曾經參加過，讓谷底之蛙的我，羨慕她不用自己花錢就可以全省不同的族群走透透，想那是多麼奇妙美好的事，讓我一心嚮往。

大概是從小和村幹事太熟悉，他是我小舅舅的繼子，遇事一向畏畏縮縮的我，不知哪來的傻氣，竟然繼續纏著村幹事，最後，他才無奈地說：「好吧，我和鄉公所的文化課(現在的民政課)聯絡看看，說不定已經有比妳行的人先報名了。」

沒幾天，村幹事仍持著不屑的態度，以隨隨便便的語氣告訴我被錄取了，就這樣，十七歲的我，憑著一股想要一睹外面世界的傻氣，參加了中國國民黨臺灣省黨部第五屆的山地文化工作隊。

兩個月的辛苦訓練

那時，臺灣省政府剛剛遷到霧峰，國民黨臺灣省黨部也搬到中部，所以工作隊也就近在臺中訓練。

民國四十八年的六月底，我土裡土氣的，提著花布巾包包，從山谷的家出發，依通知單的地址，輾轉到臺中報到。原來，省黨部是趁著學校兩個月的暑假期間，借用臺中市的太平國小作為集訓場地。

夜裡，男女隊員分開在兩間教室鋪草蓆打地鋪。每天從早上七點半到晚上十點，密集嚴格訓練，訓練項目有戲劇(話劇、地方戲)、歌唱(大合唱、對唱、獨唱)、舞蹈就只跳民族舞和山地舞。

我忘了我們那一屆的領隊的名字，但他絕對是個傳統保守的人。一切為反共嘛，除了唱民謠和反共歌曲、跳民族舞蹈和山地舞外，不准唱流行歌曲，他說那是敗壞人心的靡靡之音，也不准跳交際舞，他說了：「跳那種舞成什麼體統！男男女女扭腰擺臀、摟摟抱抱地帶頭敗壞善良風俗！」

違者會受到他嚴厲的指責。而且除了工作上的需要，他絕不准男女隊員在一起閒聊。土包子一個，我什麼都不懂，所以這些禁令對我來講一點影響都沒有，偏偏有些隊員就是對流行歌曲和交際舞著迷得很，看他們跳著我沒見過的各式交際舞跳得那麼起勁、渾然忘我的樣子，這才了解我們的村幹事跟我說話時語氣中的涵意了。

可是要退出也來不及了，了解自己的愚鈍，於是，對老師們講授的課就卯起來用力地學。說實在的，每一項訓練科目的老師們，都很專業又很認真地教我們。

記得教我們話劇的老師，是當時政工幹校戲劇系的沈慰誠教授。百分之九十以上的隊員，和我一樣對戲劇完全沒有概念，要讓演員明白在自己身上表露那個角色的身心狀態，導演真是煞費苦心。所以，沈教授有時候得請他那也是演員的太太，帶著她約三歲的兒子來隊裡幫忙教。

沈太太人非常好，細聲細氣、很有耐心並和顏悅色地教導我如何放開，如何把自己完全融入到那個配給我的、被匪幹惡整苦命可憐的婦人角色裡。偏偏那位演女匪幹的隊員，導演再怎麼叫她更凶狠，就是凶狠不起來。於是沈教授對調角色，她演楚楚可憐的被害人倒滿稱職，換我來演凶狠的女匪幹，我也把這個角色扮演得淋漓盡致。

全省巡迴期間，每個部落都還沒有禮堂或是活動中心，都是以當地小學校的司令臺當舞臺，如果不夠寬，得臨時用木板加寬，觀眾就在運動場上觀賞，有的從家裡帶小凳子坐，有的隨處坐或站。大概部落人沒見過那麼壞的女人，我那個女匪幹的角色，巡迴演出期間，曾數度把觀眾激怒得從地上撿起石子往我身上扔，可見教導部落人仇共恨匪真的是很成功。

教我們歌唱的是音樂家古念遲老師，他教的混聲大合唱是他自己編的〈一葉扁舟〉，分好幾個部分，一唱就是二十多分鐘，歌頌漢人的先祖如何乘簡陋的破舟，冒著生命危險漂過黑水溝來，篳路藍縷建設臺灣的偉大。

古老師還點名我在大合唱中唱女聲獨唱的部分，也叫我獨唱一些民謠。獨自站在眾人面前，每每因為太緊張容易忘詞，這樣的時候，如果被沈教授的太太看到，她總像慈母般的，趁休息時間不斷地鼓勵，教我如何放輕鬆。

山地舞〈森林好〉是由阿美族的一位小姐教的，巡迴全省每場的演出，這種邊唱邊跳的山地舞，總是引起臺下觀眾的最大共鳴，主動幫忙唱，成為和部落人打成一片熱絡的節目。

輕聲細語、秀秀氣氣的蔣小姐是我們民族舞蹈的老師，據沈太太說，她還是當時第一家庭蔣家的人，她教學總是客客氣氣的，一點架子都沒有。

在隊上，大概是我的樣子憨厚，聽話順從，所以何其幸運，又被選為〈老背少〉的表演者。這個從來沒有看過的獨角戲，是一位民俗戲劇老師教我的，我都忘了那位老師的名字。〈老背少〉，也是巡迴演出期間很受歡迎的節目。

兩個月的密集訓練終於結束，要出發巡迴之前，我們被安排在中國廣播電臺臺中臺，錄製古念遲老師的〈一葉扁舟〉，還安排我獨唱〈杜鵑花〉。在密閉的錄音室裡，除了陌生的工作人員，沒有一個熟人，可把我緊張得ＮＧ好幾次才錄製完成。至於什麼時候播放，因為已經巡迴去了，所以自己都沒有聽過。

出發巡迴去了

出發前，每個人發了同一個款式的背包和制服，每個月領三百元薪資，實在少了些，那個時候在山上替人砍草，一天還有三十元的工資呢。巡迴就近從臺中縣的和平鄉開始，第一站是該鄉的博愛村，接著是達觀、環山、梨山。

那年，就是民國四十八年，中橫公路也正好開到梨山，但是還沒有正式通車。有平坦的路可以走，不必走原來險峻的古道，就已經讓我們樂得高喊蔣總統萬歲了！在晚會中，有不少曾是抗戰英雄，因屆齡退伍又成了開路英雄的退伍軍人來觀賞，有的節目讓他們看了更添鄉愁，有的節目則贏得他們的同仇敵愾。

和平鄉各部落距離不算太遠，比起我們後來走的其他山地鄉好多了。因為行程的關係，不是每個部落都去，有的部落會跳過，所以，有時候會自早走到傍晚，只有中午吃便當時稍作休息。我們每個人要背自己的行李(單人被枕、盥洗用具、換洗衣物等私人物品等)，不分男女隊員，還得分擔背道具，那個年代，百分之九十以上的山地鄉都還沒有電，所以男隊員還要兩兩一組，輪流扛起笨重的發電機，在危險陡峭的山徑上攀爬，他們的行李和道具還得給其他隊員分攤著背。常常走了一天到達目的地，放下行李就要馬上布置舞臺、預備道具，草草吃過隨隊伙夫準備的晚餐，馬上化妝準備開演。

伙夫是一位退伍軍人，鍋具、餐具和當天伙食都是他買來自己挑，到達目的地後，很快地借人家的廚房煮飯。如果是走一天的路程，他還要為每個隊員準備中午的便當。因為工作隊是國民黨臺灣省黨部派出去的，所以，到鄉公所所在地的部落，鄉公所和民眾服務站總會熱誠地招待晚餐，讓辛苦的伙夫難得輕鬆，也讓我們享受當地的美食。我一生唯一一次吃毛蟹是在臺東的達仁鄉。巡迴中，穿梭在不同的語言和文化之間，飲食、民情等各方面有不少令人驚豔的感受。

有的縣和縣，或是鄉和鄉之間距離太遠，如果有車路，省黨部會商請軍方，以軍用卡車載上一程，遇到這樣的機會就得順便勞軍，有時候也到軍醫院作慰問表演。

那時候的各個部落，就連收音機也不多，公賣局也還沒有深入偏遠部落，部落人白天在山裡工作之餘，沒什麼休閒活動，所以，一年一度山地文化工作隊的來臨，是他們很大的期待。工作隊無法到達的部落，那些部落的人，總會全家老老少少打著火把，翻山越嶺走一、兩個小時來觀賞節目，結束後得又花一、兩個小時走回家。不管到哪裡演出，臺下總是滿坑滿谷熱情活潑的部落人，而且多的是歌唱高手，有時候，臺上唱、臺下應，異常地熱鬧。

隊員當中，有幾位分別參加過前幾屆，他們都很懷念當了好幾年領隊的華愛先生，說他真的像父兄待弟妹一樣地愛護善待隊員。因為我第一次參加，所以無從比較，只是到後來曾聽過其他期的隊員說，他們的行李都是請各部落的青年接力背、搬，我們可沒那麼好命。我想，這是不是領隊的關係，如果真的有差別待遇，那也只能自認倒楣了。

離開臺中縣就到苗栗縣南庄鄉和泰安鄉的幾個部落，再到新竹縣。我忘了是從苗栗泰安鄉的哪個部落出發，走到新竹縣尖石鄉的新光部落，那真是一趟難忘的艱苦旅程，我們這些爬山高手，從早上六、七點馬不停蹄地趕路，不知道翻過幾座山、下幾個山谷，整整走了一天才到。令人驚奇的是，這麼偏遠的新光部落還不小，而且房子都是整整齊齊的，格式都一樣，聽說是日治時代統一蓋的。

奇怪的是，尖石、五峰這兩個鄉，除了在有溫泉的清泉部落和有煤礦場的煤源部落的表演還記得外，其他部落的經歷都忘了。

桃園縣復興鄉最有印象的，就是風景優美的角板山，也就是復興臺地。那天是從高義走去的，因為比較近，到達得早，所以有一點時間稍微觀光一下這個美麗的地方。相隔二、三十年之後，家從南部搬來北部，有幾次隨團體去，真的是一次比一次令人失望，現在的環境，怎能和五十多年前完全自然的美麗景緻相比？

臺北縣的烏來鄉，大概是離臺北市太近，從日治時代就是有名的溫泉觀光區，接觸文明比較早，所以比起其他山地鄉，這裡的部落人，對文化工作隊好像沒有太大的期待。那時候的烏來鄉各部落也是自然景色美麗宜人得沒話說。

巡迴到宜蘭縣的大同鄉和南澳鄉的時候，那是我活了十七年的歲月裡第一次看見大海，雖然只是遠遠望見，已經讓我的心悸動不已，只是每天這個部落那個部落地趕，一直沒有時間親近大海。

獨自探險

機會終於來了。我們大約一個月一次吧，總會在一處多停留一天，這天呢，必須是好天氣，以便洗晒衣物、布鞋、枕巾、被套，清理表演的服裝、道具等。第一次有這樣的機會，是在花蓮縣秀林鄉的和平村。

我洗好了該洗的，整理了該整理的。趁著午飯後，洗晒物品未乾前，其他隊員在睡千金難買的午覺時，我一邊假裝整理洗晒衣物，一邊悄悄地循著海洋的氣味偷溜出去。

其實我並不知道哪裡有通往海邊的路，只記得前一天從宜蘭的南澳來的時候，到達和平村之前，在路上曾看到海口。我本能地抓住大約的方向，穿過公路、走過旱田，在那種屬於河口的五節芒荒原中急急走著，漸漸地聽到海浪的聲音。我偷溜出來本就緊張心虛，加上聽到海浪的聲音，想到馬上就可以親眼見到大海了，真是超興奮的，心臟撲通撲通地狂跳，一到了海灘，不管三七二十一，把鞋子脫了走進水裡，沾濡到只聽說過的大海的水，開心得像個小孩似的。

因為急忙又緊張地不知走了多久的時間，覺得口渴，雙手掬起海水，一喝，馬上隨口吐出去。不得了，怎麼是鹹鹹苦苦的？這麼多的水竟然不能喝？多可惜啊！

看到了也浸到了海水，心滿意足地坐在沙灘上，深深覺得今生沒有遺憾了。除了海邊的小浪輕吻著沙灘外，海面平靜，望著蔚藍璀璨的大海想起深山裡的家人，他們也沒有見過海，又想到離開家鄉出來這段時間的種種，凝視眼前這沒有盡頭、一望無際的海洋，心中忽然對未來感覺有些茫然。

當我從胡思亂想中驚覺到時間，便一骨碌地爬起來，跌跌撞撞地跑回住宿的地方，我都探險回來了，其他隊員卻還睡得香甜呢。

那一次的探險，依照我們領隊的嚴格管理，當初若被他知道我擅自離隊，不知道後果會如何，也不敢想，所以，至今五十多年了，我偷溜看海的祕密不曾洩露過。

來到了花蓮縣、臺東縣，真是好山好水好豐沃的地方啊！我很羨慕他們大部分的部落和田野，都在比較平坦的地方，不像我的家鄉，一出家門好像對著山面壁思過似的爬坡、下坡，除了在水田，工作的時候真的都不必彎腰。我更羨慕的是，到底是後山，天高皇帝遠，各部落的傳統文化比起西部都保持得較完好。

到了屏東縣，我驚訝於它境內竟然有八個山地鄉，一個鄉一個鄉、一個村一個村地走，好像永遠都走不完似的。

到霧臺的路程也是至今令我難忘：清早背起行李從三地門出發走古道，整整走一天才到達。大概霧臺離文明比較遠，家家戶戶還都是完整的傳統石板屋、傳統的服飾、傳統的生活方式，真的是讓人眼睛為之一亮。

家戶查訪

到達一個部落後，如果時間還早，會分組作家戶查訪。查訪的項目，無非是問問家庭狀況，再來就是政令的解說。每個部落人對我們不同語言的族群，好奇心更甚於訪問項目，部落人慣性的幽默好客，對談間，常常談到不同的習俗和語言而爆發陣陣笑聲。寫到這裡，心裡禁不住想，如果部落依舊照著傳統生活，沒有政治干擾該有多好。

洗溫泉

在我們工作隊全省巡迴的四個多月當中，知道很多部落有溫泉，有的已經開發，有的還沒有開發。那時已開發的，像臺中谷關溫泉、南投廬山溫泉、新竹清泉溫泉、臺北烏來溫泉、宜蘭礁溪溫泉、花蓮紅葉溫泉、臺東知本溫泉、屏東四重溪溫泉等都是出了名的。但這幾個月的巡迴時間裡，卻只洗過廬山溫泉、紅葉溫泉和四重溪溫泉。印象最深刻的是紅葉溫泉，它的水質呈現乳白色，感覺像是在牛奶裡泡澡一樣，真的是不敢想像的高級享受。

當時，每個知名的溫泉，都是日據時代為歡迎日本皇太子來臺巡視時下榻的行宮，平時作為警察招待所，光復以後，臺灣省警察廳也就依循接收，繼續作為警察招待所。

每個地方就「僅此一家，別無分號」，所以當年所到之處，每個溫泉區的環境都還維持原來自然的景觀。這些年常隨旅行團到各地，現在各部落都開發過度，完全沒有了我起初的印象。

說到洗溫泉，不得不提我們巡迴到南投縣信義鄉東埔部落的一件事。那時候的東埔，除了幾個公教人員是外族人外，是個很純粹的布農部落，有著傳統的布農房子，以及傳統的人們，那時候東埔還沒有渡假飯店。

我們巡迴到東埔部落的時候，時值寒冬，不到六點就開始要天黑了。我們有一位女隊員非常喜歡洗溫泉，聽說溪裡有溫泉，她說走了一天的山路，應該要去洗個舒服的溫泉澡，問有誰要和她去？那麼晚了，又是露天洗，沒有人願意陪她去。結果，她還是一個人興沖沖地去了。

她邊走邊問部落人：「往溪裡怎麼走？」部落人看到她的樣子，就知道她是要去洗溫泉的，便對她說：「妳不必到溪裡，這條圳溝就是溫泉水了。只是愈靠近溪，水愈熱。」

這位女隊員心想，趕時間嘛，就在圳溝裡洗就好了。她再往前一些，心想，要天黑了，應該沒有人會路過了吧？她難免有些擔心，是因為山路就是沿著溫泉圳溝築起的。

看看四下無人，女隊員就把身上衣物全脫了放在路邊，悠然自得、忘情地洗起溫泉澡。哪想得到，突然一群勤快的布農族人，天都要黑了才背起收穫回家，慢慢沿著山路走過來。她來不及拿衣服，當下心想，一動不如一靜，就坐在水裡雙手遮臉吧，不要讓人認出臉，任他們看盡我身上的任何部位都沒關係。等部落人走過之後，她也急急忙忙起身穿衣，回到我們住的地方。

後來對我們講起她洗溫泉的驚險故事，說：「妳們看我有多聰明，我把臉蒙住了，只讓他們看到我的身體，我現在穿上衣服了，他們還認得出我嗎？」

我們也真的很佩服她的急智，她又說了：「怪只怪這些布農族人，好像長鬃山羊，無聲無息地走在山路上讓人無法防備！」

我的家在山的那一邊

我們隊上的男高音，不管是大合唱或是對唱，古老師總拿我和他配對，久而久之，他就對我產生好感。他最拿手的曲目就是〈我的家在山的那一邊〉，每場必唱，唱得蕩氣迴腸，為他贏得無數的掌聲，特別是現場有大陸籍觀眾的時候，總是引起他們的懷鄉之情。

聽其他隊員講，說他已經想好了，巡迴結束後回家，他要把〈我的家在山的那一邊〉改成〈我的她在山的那一邊〉，每天要對著我故鄉的山唱歌，偏偏我對他的熱情毫無感覺。後來他有沒有天天對隔著層層山嶺的我的故鄉引吭高歌？就不得而知了。

森林好

我們的山地舞，叫〈森林好〉，全體隊員得邊唱邊跳，十分費力的節目。歌詞是這樣：

森林好，森林好，偉大的森林是國寶，有了森林災害少，不怕風來不怕雨。森林最怕火來燒，火來燒，偉大的森林是國寶。是國寶，是國寶，偉大的森林是國寶。是國寶，是國寶，偉大的森林是國寶。

舞蹈一開始，全體都戴綠色手套，表示綠色的森林多麼美麗。後來手套變成紅色，表示森林發生火災了，偉大的森林遭殃了，為了要保護森林，呼籲大家要小心火燭。

每個部落人世世代代都以山林為家，工作生活也都在山林裡，對森林又敬又畏，但這舞曲的表達就好像部落人不知道怎樣愛護森林，還需要這些不與森林為伍的外人教怎麼保護森林？

當工作隊巡迴到我的故鄉的時候，晚會節目結束，部落的一位長者特地靠近我身邊，以母語輕聲對我說：「孩子啊，我們族人需要他們教導怎樣愛護森林嗎？除了公家的房舍是日本人用木材蓋的外，我們鄒族所有部落的家屋都是用竹子架構，屋頂是用竹子蓋的，白灰牆裡面也是竹子編的，妳看有哪一家人是用他們認為是國寶級的珍貴木材蓋房子的？甚至我們 kuba[1] 的柱子，也不曾用國寶級木材。」

長輩又說了：「清朝的時候，漢人來，無償把樟樹砍來提煉成樟腦丸賣錢、無償砍相思樹等燒木炭賣錢。後來換日本人來，漢人沒砍完的樟樹和相思樹，日本人繼續砍。

---

1 kuba：鄒語，「男子會所」之意。

這兩個自稱文明的民族，從低海拔到中海拔的樟樹、相思樹都砍光來賣錢。樟樹、相思樹沒了，日本人聽鄒族人說我們這裡有黑森林，便向高山林木進攻，為了方便把木材運出去賣，還在我們的母親山阿里山（這是我在我祖父那一代族人聽到的說法，說阿里山是我鄒族的母親山。而挺立在臺灣中央雄偉的玉山是鄒族的父親山）的身上，從她的腳一直到她的頸項上，開了一條他們稱作鐵路的，我們的老人說，它看起來好像是他們文明人的醫生在病人身上劃一刀，再縫合後的傷口痕跡。」

「不但在我們鄒族的母親山劃一道長長的傷口，還把我們母親山的美麗衣裳（林木）拔光。日本人走了，漢人又再來，繼續日本人所謂的林業開發。文明人到處設所謂的林業開發，他們所謂的開發林場，不是保護森林，而是極盡地破壞森林，砍盡了我們天神哈莫以數千年的日月精華所滋養的高大林木，也讓我們失去了傳統領域。」

長者繼續說了：「森林好，森林好，偉大的森林是國寶，唱得那麼好聽、那麼高尚，真是會說謊！既然森林是偉大的，森林是國寶，怎麼把它砍光了賣錢？那不就是盜賣國寶嗎？自稱文明的人都一樣，天一樣大的謊言說得那麼偉大、那麼好聽，做的又是一回事。孩子，別給他們騙了！」

一記當頭棒喝，這才讓我如夢初醒，認真思考起即將要結束的（只剩下南投縣的信義鄉和仁愛鄉）四個月行程的意義。

我們的行程還包括到各個林場表演，慰問辛苦偉大的林場伐木工人，像雪山林場、太平山林場、花蓮林場。不知什麼緣故，就是沒慰問我故鄉阿里山林場的偉大的伐木工人。每個林場規模都很大，那些年，所有林場正如火如荼地伐木，也就是如火如荼地盜賣他們所謂的國寶。他們的伐木工具，砍伐深山裡數千年的老樹，好像我們在山田裡砍草一樣輕鬆，破壞山林之快之恐怖，祖靈們看見了想必心疼得無以復加。

毫無節制地砍伐原始森林，重新栽植的又不認真養護，原來的林班地，變成普通的荒野，甚至有人偷偷栽植容易蔓延的桂竹和轎篙竹等，國有林地都變成私人土地了，從石桌到奮起湖的黑森林被砍伐後的樣貌，就是最好的例子。

曾聽人說，古早的時候，原始森林和植被尚未被破壞的年代，山區下一般的局部雨，流下山的水依舊清澈，因為有森林和植被過濾過。得要山區下大雨，一段時間後，山下才會看到混濁的溪水，才知道山上下過大雨。現在呢，只要山上下大雨，不要一小時，大水一路搜刮土石，滾滾大水挾帶著沙石，迅速地刷過平地再衝到海裡了！

厭了，也倦了

不是因為每天背行李走山路太辛苦，只是處在不知道這樣的工作是為了什麼而心生茫然，甚至在以後數十年的歲月裡，除非必要，在人前甚少提到我曾經在山地文化工作隊的事，因為山地文化工作隊所做的和山地文化毫無關係，真的羞於啟齒。直到遇到一位以山地文化工作隊做為碩士論文的年輕人，才猛然想起自己淡忘了五十多年的往事，心想，也應該用筆留下一些記憶。

記得出發巡迴之前，教話劇的沈慰誠教授曾吩咐我：「巡迴結束後要來找我，妳是值得栽培的，我介紹妳到中影演員訓練班受訓，以後可以朝演藝圈發展。」

當時答應了，但是巡迴還沒有結束，我已經開始厭倦了那樣的生活和工作。

內心總是思考著，這工作的意義和山地文化有什麼關聯？那時因為無解而心情變得落寞。再說，我一個土包子也沒那個膽量撞進那種比山地文化工作隊更複雜的演藝環境，終究不曾和沈教授聯絡，但至今，心中仍然感謝他們夫婦當年對我的愛護和教導。

迴盪

曾經刻意封藏在生命角落超過半世紀多的年少經歷，如今再開封，心中不免有些激盪和感慨，山地文化工作隊只是當年的政治產物，雖然我在無知懵懂的年少裡當了政治宣傳的工具，但那段遊走各族群和各部落間的奇特經歷，不但讓我開了眼界，也曾挖掘到我那一點點的潛能，更啟發了後來我對大環境和小部落、文明與傳統、人和大自然之間的省思和關注。

顫顫巍巍地寫起這些陳年往事，雖已是古稀之年，但心中那股對傳統和自然山水的眷戀，卻愈來愈濃烈、純粹；這顆屬於鄒的心臟，隨著記憶，不斷地在臺灣的千山萬水間緩緩跳動，交錯迴盪起，追尋祖先文化的蹣跚腳步聲。

奧崴尼・卡勒盛

〈神祕的消失〉（二〇〇六）

Auvinni Kadreseng，邱金士。一九四五年生，屏東縣霧臺鄉好茶部落（Kucapungane）魯凱族。舅公喇叭部（Lapagau Dromalalhathe）為前好茶部落史官，也是奧崴尼學習魯凱文化與祭儀知識的對象。小學畢業後奧崴尼曾隨父母務農、狩獵，從三育基督學院企管系畢業後，服務教會、擔任會計多年。一九九一年辭職回鄉重建舊部落與寫作，是重建舊好茶部落的文學健將與文史工作者。

奧崴尼有絕佳的說故事本領，質樸的文句充滿詩歌般的節奏韻律，混雜漢語和魯凱語，娓娓講述魯凱族的歷史文化與生命故事。曾獲原住民族文學獎、二〇一三年臺灣文學獎創作類原住民短篇小說金典獎等獎項。著有《雲豹的傳人》、《野百合之歌》、《神祕的消失：詩與散文的魯凱》、《消失的國度》等書。

神祕的消失

陌生人之說

從國小畢業之後，六年同窗的同學們，個個身材生氣勃勃地如竹筍般地增高，從少年的高音頻率逐漸地變低聲，像鶴鶉的吼聲，說起話來，在難以調和不成熟的聲韻裡，帶有一點「自我膨脹」的傲慢意味。而我不知道是什麼原因，身材原來矮小體胖的我，因為貪吃想要長大，但只有肚子漸漸大起來像滾球之外，始終長大不起來，且矮他們一截，說起話來還是在頻率高的音階，難以融入他們合唱的生活領域，因此常常被譏笑說：「達瑞卡哦格勒。」這是帶有嘲諷的意味，即「矮人」之意。

這是一個矮得像我一樣身材的祖先，曾經一度住在鹿鳴安相當久的歷史，接著又曾經一度在古茶部安部落的最早拓荒時期存在過，卻在時光的長河突然消失。現在部落的人，沒有人親眼看過，只是從流傳的口述，聽說過有這麼一個矮小的民族。

老人家們一談到舊好茶(古茶部安)的起源，始終是提到他們的名稱說：「在很久很久以前，有一矮小的祖先，曾經一度住在這個高山上，為我們蓋石板屋，也為我們到地底下一處神祕的國土羅糧。」為什麼突然神祕地消失？沒有人知道，只剩下他們的名稱流傳在所有較矮型身材偶爾被提出來的時候，是拿來嘲諷別人的。令人心裡納悶的是，怎麼會有一種矮型民族在我們祖先之前，他們對我們這麼好，又突然消失？他們是否是我們的祖先，而祖先的口述傳說發生了斷層有相當長的歷史。

於民國七十八年，開始重回故鄉舊好茶部落重建家園，迄今十幾年來，總是尋尋覓覓他們的走跡。尤其在他們興建過的兩間重要的靈屋，一間在發祥地卡勒思安那裡，聽說是在日治時代還有輪廓，但是之後，被人破壞得蕩然無存；另一間是在下面達喇湃那裡，原來達瑞卡哦格勒所搬運的大石板林立，但是在日治時代有了較好的工具之後，被家族的人拿來加工繼續使用，只剩下厚厚而堅實並且已經從中間斷裂的大張石板躺在那裡。老爸還在的時候，總是指著它說：「那是達瑞卡哦格勒搬來的石板。」後來，我有一次偶然遇見瑪斯革思格老人家，那時我們在表哥部給蕤安（漢名江高山）家前庭榕樹下的圓桌交談，無意間他說：「……之所謂達瑞卡哦格勒，應該是我們現在的平民，他們原來是住在鹿鳴安的那一些人。」他的這一句話，始終讓我耿耿於懷。

有關他們存在過的傳說，勒格樂歌老奶奶說：「我祖母曾經告訴我，『那時，我們一群小女孩正興高采烈地玩耍，突然有人過來報訊，說達瑞卡哦格勒正朝著我們村裡過來。我們紛紛逃到小米倉躲起來，從縫隙往外面窺探，一群大大小小矮型身材的人在酋長家外面的前庭榕樹下休息，他們跟酋長交談之後，又朝著東邊方向離去，再也不知道他們的下落』。」

瑪斯革思格和勒格樂歌兩個老人家所說的，總是讓我聯想起我在年輕的時候，曾經和老爸去過一個地方叫鹿鳴安，這一切始終使我念念不忘。在舊好茶，每當晴空萬里，總是對著東方遙望著層層疊疊的山嶺，向著正在飛翔於白雲間的大冠鷲疑問：「達瑞卡哦格勒，我祖先啊！您們今在何處？」尤其從舊好茶部落向東方第二個稜線鹿鳴安那裡，那裡是我和老爸曾經一度去過的地方，當時他所說的一切，總是縈繞在我腦海裡。於是我們在民國八十五年春天三月裡，當我們一行人從臺東橫跨中央山脈沿著古道來到舊好茶，巴沙卡郎（漢名郭金丁）先生又帶領我們取道鹿鳴安，一睹古代祖先的家鄉。

古道巡禮的回憶

猶記有一回父親要帶我去打獵，我們趁黑夜將盡黎明時，出門離家經過部落中間的路，也就是朝東方離開部落的不遠處，我們來到了部落郊外的佩刀區。父親打手勢叫我停住，然後首先祭拜、鳥占之後，我們才離開那裡繼續前行。走過前面不遠處的斷崖峭壁，然後翻過山頭，再走一段微緩下坡的路段，來到第一個溪谷。父親說：「這個溪谷叫莎萊啦尼。」上方是很高的瀑布。山澗流水聲潺潺，古時來回於這個地方的獵人和農夫，必定在這裡停下來，把背負的重物放下休息，喝山澗清涼的水，沖涼清洗身體的汗味和汙垢，緩和內心的緊張和疲勞，再繼續走最後一段回程，迎向等待的家屬。

而當我想到那「朝著東方消失的那一群最後的達瑞卡哦格勒」，也必定是在這裡休息過，像我們一樣坐在這個溪水旁，不同的是他們的眼淚流得必定如泉水，滲入綿延長流的水中，訴說著他們內心深處對這個古茶部安的留戀、遺憾和失望。

從溪谷的名稱，魯凱語直譯「用來當箭」之意。最早達瑞卡哦格勒命名這個地方的時候，應該是取自於瀑布和自然環境的特色。瀑布的源頭是從達阿啦啦吉喳呢，其名稱直譯即「燕子山」之意，經過嗎喀達德樂地方流下來，然後從約一百多公尺高度的斷崖沖瀉下來，因為那時是秋冬乾旱季節，瀑布形成一條白色直線如巨形的長矛垂直聳立依在斷崖處，故我們暫時以漢文命名「冷箭瀑布」。

老爸想起夏日雨季，然後如此描述：「在夏日雨季時，瀑布如一群群長鬃山羊從懸崖上頭的隘口奔騰俯衝下來，衝擊地面反彈向上噴灑的霧氣，在陽光照射下，一道彩虹拱門指出了它內在神祕的力量。」聽他生動的描述，我的想像跟隨著他夏日的回憶奔騰不已。

那時，我們再走了約半小時的緩坡路程之後，來到第二個溪谷——喇戈阿渴瀑布。那裡的瀑布並不高，因為瀑布的上頭，地名叫「叉碌阿尼」的地方，那裡有一種灰白色的石頭，可是不像水晶，因為是不透明的，故我們稱作「叉碌」。這種石頭燒成熾熱後浸水可以溶解成粉，是專用來嚼檳榔的石灰，故得叉碌阿尼的名稱，而因為水質的礦物太多，所以瀑布和整條溪谷形成硫磺色，不知情的人常以為這裡必有溫泉。

瀑布的底部是一個穴槽，因流水夾帶的石灰質形成了薄薄的鐘乳石，像幕簾般覆蓋整個洞穴。據老爸說：「曾經有一位婦人在黃昏時正在這裡洗澡，被路過的敵人發現，她無以能夠即時找到可以躲藏的地方，只好衝到瀑布下方沖下來形成的水幕，竟然發現內層鐘乳石裡頭的洞穴夠她一人容身而逃過一劫。」

莎萊啦尼和喇戈阿渴兩條溪谷之間的古道下方，是咳哦勒歌樂家族的古老聚落，地名叫「伊低嘟阿尼」的地方。我祖母的父親是在這裡出生的，也就是舊好茶部落的史官喇叭部的父親，他和我的祖母是同父異母的姐弟，因此我稱呼他舅公。

舅公喇叭部曾經這樣說：「部落突然由西方颳起一陣很骯髒的風，被波及到的人，臉上先起疹子形成小膿包，然後漸漸地遍布全身，最後發起高燒而死亡。最可怕的是起初是一個人感染，很快地傳染全家，然後是區域性全面感染。」古茶部安部落的西方，也就是蒲葵樹下方名叫「達派浪」的地區有十幾戶人家，就是這樣子毀滅的。

喇叭部史官引用他祖父的話如此描述：「突然颳起一陣死亡的風，達派浪的人好像鬼臉，深夜到處是呻吟和號哭無人照顧，部落的人趁黑夜紛紛逃亡，我的父母卻選擇來到我們的田裡伊伭嘟阿尼這裡逃難。」又說：「我老爸說我們剛來這裡不久，突然有一隻陌生的狗，悄悄地來到我們家陽臺躺臥於樹下，從牠還有血跡的嘴巴，老人家判斷，『可能是從部落吃過感染了瘟疫的屍體，然後跑到我們這裡來，但不宜打發，牠的來意可能有祖靈的意思』，於是拿起食物丟給牠吃。牠不僅沒有帶來瘟疫傳給我們，從此牠還為我們狩獵，滿足我們的需要，並且陪我們守護家門，渡過逃難的歲月。」後來這個家族不想再回到部落，直到日治時代之前才回到部落的。

我們再繼續往前走約一個小時，便是斷崖峭壁直線上升的路段，每一踏都是生死關鍵的一步，稍一不小心踩空，隨時會掉到深谷裡粉身碎骨。老爸只有說：「要專注腳步！」因為愈呵護愈會讓我害怕得反而對自己沒有信心；假如是輪到我帶領別人，一定是不相信人家的小孩而顫慄吊膽。

直走來到上面瀑布的隘口，地方名叫「達啦哇廊」，名稱直譯即「柵欄」之意。父親解釋道：「這整條溪谷從霞底爾山頂流經鹿鳴安西側他們取木盆的地方，經過層層懸崖絕壁形成非常壯觀的瀑布，然後流入南隘寮溪。」

還記得父親如此解釋：「自古以來，這條溪谷被指定為『神聖山嶺』的分界線，每年收小米的季節，所有參加收割的人，不論是男是女，一律不可越過的地方，否則會被山神雷擊。直到收穫節的獵人祭過後，還要舉行最後的『開門儀式』，獵人才能越過去狩獵，或去田裡工作。」他又補充說：「古代所謂『小米收穫的季節』，是從收割小米開始到豐年祭結束，也就是從五月到八月結束。這一段季節，所有動物父母正在養育春天新產下來的小孩。祖先覺得把小孩子的爸爸媽媽獵殺，是一種不人道的事情，小孩子會變成孤兒，因為沒有能力自養而也會相繼死亡。所以等到九月初，那時已經解除禁令，動物孩子們都已經長大離開父母，能夠獨立生存，而且有的要結婚傳『種』接代了。」

聽父親這麼一說，使我不得不佩服古人早已知道如何愛護動物的觀念，難怪父親夜夜夢裡不斷地乞求「山的守護神——祖靈」的賜予啟示。帶我去打獵的時候，一路上他總是走走停停地鳥占，甚至於把背上的東西拿下來，趴在路中央，疑問著草叢裡的聖鳥說：「我可不可以被您們分享。」也難怪每獵獲到動物，行行又停停地祭拜表示感恩，還要跟自己獵到的動物安慰地說：「因你的來臨，使整個族人歡欣喜悅，你的犧牲即將昇華變為另一生命的力量。」也難怪連已經腐爛發臭的獵物，從來沒有浪費過，縱使是吃不下，永不可以說：「我吃不下。」而要說：「留著等一下吃，」或者說：「留著明天吃。」甚至於連吃剩的骨頭，從來是安放在體面的地方。

父親對這個地方又補充說：「自古以來，祖先要去尋找動物，從舊好茶部落東邊郊外一處『佩刀區』直到這個地方，是屬於鳥占的路段，過了達啦哇廊溪谷以後，就不需要鳥占了，因為已經進到神聖的領域——尋找動物的地方。」

我們在那裡坐下來稍作停留休息，並喝一下從懸崖瀑布流瀉下來冰涼的泉水。那時是冬末初春二月底，在喝水的同時，發現水的流量只有我手臂那麼粗，但因為從遠古流到現在，流經的岩壁已經磨成正好是我手臂粗的凹溝，也就是說明這個水恆定不變的流量，我深深感動的是天地和山林的結合，然後以細水長流永不斷絕地賜給我們那麼豐沛的水。想到在這裡，靠這個那麼小的水源生存的動物，依然蓬勃發展，繁衍子子孫孫。也想到遠古祖先，經過無數世代交替直到現在，不知道有多少人經過這裡像我們一樣在這裡掬手喝水？

又頓時想起古時候的祖先到底是什麼感覺？卻又聽到鳥兒歌唱在不遠的地方飛舞嬉戲，或許是在說：「縱然我們的水很少，請聽！我們依然在歌唱。你們忙碌得無以閒暇思索你們的人生，什麼時候才能歌唱跳舞呀？」也或許是土地在說：「你們自稱大洪水時早已存在，我們哪？」又好像在說：「獵人啊！你不僅僅是取得山林的賜予，不如說，『你們是來學習聽一聽自然界的話』。」

我們吃點食物補充體力，接著衝上去越過達嗚尼班[1]，這個地方整片都是一種「會長菇的樹」而得名的斷崖。這路段是最危險的地方，稍微一不留神每一個踏腳點，不攀附左右的五節芒和野藤，隨時會滾落到剛才喝水的地方，人仰馬翻、頭破血流。

之後，我們繼續攀升稍微斜行緩和的峭壁直到山頭稜線上，約兩個小時的路程到山頭休息區。這個地方古人稱呼「都目朗」，直譯即「藍色的黏土」之意。在這裡，祖先用厚實堅硬的頁岩石鋪成臺面，然後豎立著箭頭似的、半個人高的石柱，底下再放一塊可供人祭拜的地方，西邊長著一棵高大而茂盛的樹，它的樹幹是直的，外皮是棕色有鱗片的，樹冠很雄壯而高雅，葉子是一朵五根頭髮豎起來似的，圓錐形的果實像是用小薄片堆砌而成的，薄片之間隱藏著神祕的生命種，看了心裡很想跟它說話，卻又說不出話來，又想為它歌唱，卻又唱不出所以然來，只有在心中留下難以磨滅的印象。

我心裡莫名情不自禁地問我父親說：「這棵是什麼樹啊？」「這個樹名叫『阿楞』（alheng），即『松脂』之意。」他說。在這區域獨獨一棵阿楞樹長在這裡，使我想起我和父親起火的時候，事先是左手拿著水晶石和點火草，右手握著鐵片互相磨擦，然後以瞬間擦撞產生的星火掉落在點火草起一小點煙火，再以棕櫚樹的毛髮把小煙火裹起來吹，使其產生火燄，再以松脂點燃，然後先以細枝的木柴，最後再以大的木柴起火燃燒。而當我們在白天趕不回家必須夜行時，老爸總是以阿楞當火把。

從它的樹幹底部，一大片傷口正在癒合，我思索了一下，覺得可能是晚歸的獵人，因為趁黑夜要趕路回家，不得不取它的肉拿來當火把。也可能是祖先考慮這個需要，因此把這個樹的種子，從上頭雲霧帶針葉林那裡帶來這裡種下的。如今，這一棵樹已經長成高大的樹，而且依然長青茂盛。它的年歲，算是非常年輕，可是對我們古茶部安的祖先達瑞卡哦格勒來說，可能一千年有餘，甚至於更久。我又從這一棵松樹想起祖先達瑞卡哦格勒，如果是他們所種的，他們的思想是那麼樣地周詳而深遠。而當想

1　達嗚尼班（taunipane）：楠木的一種，會長出白色菌菇的樹。

起我自己，只顧今日自己所需，從來不為未來的子孫考量，感慨地自嘆不如而不敢靠近它。

四目觀望，如果把巨大的圓規以阿楞所站的位置為圓點中心，然後，以南方的北大武山為起點，反時針方向移動，沿中央山脈經過東方一排的山嶺，最後到北方的井步山停住，圓規的線條正好是中央山脈串聯北大武山、茶部岩山、霧頭山、霞底爾山、燕子山，和井步山六座山形成向西方半圓的弧形，我們在中央阿楞休息區鬆懈一下。

那時是晴空萬里的春天清涼的早晨，東方出太陽的地點已經離開茶部岩山移位在巴魯冠聖地，正準備回到霞底爾山伴我們渡夏日。朝陽緩緩上升發出溫暖的光芒，下身穿著小短裙和上身穿著長鬃山羊皮的我們，可以感覺到山神祖靈正以神祕的光熱溫暖我們，不僅照耀我們的路，同時也照耀大地。背對著東方面對西邊眺望，朝陽從頭上絲似般地普照所有在南隘寮溪兩岸的十幾個排灣族部落，甚至於西方高屏平原溪直到碧海處的地平線一覽無遺，而且是那麼樣地神祕。我突然想到一件事情，為什麼我們人死亡埋葬的時候，必須背對東方面對西方的姿勢？我們現在活著的人，是否因為太陽從東邊出來，然後在西邊日落，而意味著人生也正如日出夕落的形式行徑呢？甚至於因此所有南隘寮溪的水向西流呢？我們從高處看到平地那裡一直到出海口地平線，是這般地神祕又迷人，然後又想起部落的族人和親人，是否也因為著迷於那裡而陸續從紅櫸木往西方移民呢？若果真如此，難道連我們死亡之後的靈魂，也要順著夕陽往西方那裡，那看不見神祕永恆的國度也是在那裡嗎？

從這裡眺望，南隘寮溪兩岸的山由高而逐漸地低矮下來，兩邊山的稜線相會於盡頭低凹處，是英文字母的大V形，向西流下的水就在那裡消失，然後是一望無際的平原。從最近的地方看起，是由綠色而漸遠漸藍的色彩，然後是天地分不清界限的隱密處，只有在晴朗的天氣，才能辨別出是陸地還是海洋，或者在夕陽西下，可以清楚地看到因夕陽反映出彤紅的光輝橫線。我竟在這裡親眼目睹在這一生裡最難忘的景象。令我疑惑的是，祖先雖然死亡的時候背對日出、面對夕陽，可是，靈魂必歸到東方日出的巴魯冠祖先永恆的歸宿那裡。後來父親告訴我，我們死亡的時候不能向日出的原因是，你已經在你一生中享有過無數個屬於你的早晨，當你死亡的時候又想要繼續享有，這時祖靈會說：「你太貪心了。」然後又會說：「因你已經享有過，死亡之後又想占有你後裔的份，所以你的子孫會短命。」

他說完之後，我在阿楞樹底下閉目深思他剛才所說的話，又一面靜聽一種因微風吹拂著阿楞樹冠而產生沙沙的低吟微語之聲，我以為是下方南隘寮溪的流水聲，仔細聽之下，是大地母親的呼吸，隨著她心靈的情感而產生高低韻律，父親早已被她神祕的催眠曲催眠得頓時沉睡，我卻陶醉徜徉在神祕的境界……父親輕輕地拍我說：「孩子！」一聲呼喚，我頓時從白日的幻夢中驚醒，我們又再啟程繼續往神祕的叢林。

在我們的正前方要走的小徑，下方是一大片種植地瓜和芋頭的墾地，「這個是你大姑媽的田……」父親說。那時，姑丈和姑媽正好不在那裡，但父親還是引領我經過他們的小茅屋的陽臺稍作停留，我可以感覺到父親，他以心靈對我姑媽說：「妹妹！我和孩子來過，假如妳在的話。我跟孩子就不會挨餓……」的意思。

我想到姑媽以前收芋頭的季節，總是帶著特選的芋頭來到我們家裡，並說：「哥！這些是從都目朗帶來的，你去打獵經過的時候，常常看到路旁的那些。」姑媽總是帶來一種是白色的，一種是紫色的，這兩種芋頭是最好吃的，才明白都是從這個地方來的。

後來從姑媽的口中說：「我擔心你爸爸和你姑丈去打獵時食物不夠，或打獵回來肚子餓和疲憊，因此我鼓勵你姑丈在那裡開耕種植芋頭和地瓜，並且我還可以先煮，等待你老爸回來吃。」後來我姑媽他們一家搬到平地水門下方的三和村之後，我父親要去打獵的時候，沒有以前那樣的興奮輕快，回來的時候，身體是那樣的消瘦。

而那一段姑媽不在那裡的歲月，所獲得的獵物愈來愈少，但是一旦獵到，不論是大小，一定留下一份並叫我下去送到三和村給姑媽。從此，才明白從遙遠的地方經過曲折坎坷的路所帶來的禮物，是那麼樣的珍貴，也了解他們兄妹倆的情意非比一般的深。如今，再度以當時還年幼的心情巡禮這個古道，田已不復存在，父親和姑媽也已經不在了，但是，那個時候所看所見，永遠深刻在我的回憶。

我和父親再以石柱為起點順著向北方霞底爾山的稜線，一路上兩旁金毛杜鵑花夾道歡迎，繼續走約五百多公尺陡坡上寸步難行的路段，經過一處緩坡，漫步縱遊高山杜鵑穿梭林蔭間，心情別有一番彷彿即將進入另一個人間——神祕的仙境。再進去一點便是一處臺地，這個地方名叫「鹿鳴安」，因為這個地方是古茶部安的祖先在遠古一度住過的地方，所以現在我們稱為古代的古茶部安。

我們沿著老聚落的第二行進入，行在其中，使人想像遠古時代，我們的祖先在這一排用茅草、樹皮和石板蓋的矮屋人家，來來往往、忙忙碌碌地為生存活命奮鬥。乍眼之間，我們似乎又回到千年古時的情景，置身在他們其中，親眼看見許多小孩子赤裸裸地奔跑其間，又似乎聽見他們像畫眉鳥般地在郊野互應亂啼，卻又聽到他們交談的呢喃聲於林中深谷間。

直入聚落中央，便是這個聚落以石板蓋的幾家還尚完整的輪廓和牆壁，其中一間可能是大頭目或者是首領的家，裡頭是神聖的象徵，還保存得很完整。「這個是聚落的喇笆（lhaba），即『神聖的家屋之標記』之意。」父親說。我們在那裡停住腳步，父親為那裡的祖先祭拜之後，為了避免汙染神聖的空間和打擾他們的寧靜，我們便悄悄地離去。

我們不知不覺已經耗掉了一天，太陽慢慢西沉，傍晚我們從鹿鳴安下來不遠的一處洞穴過夜。吃過晚餐之後，我們父子交談著許多種種有關這一天所見的事直到午夜。還記得黎明將近的時刻，嘟貼雷[2]正在鹿鳴安古聚落那裡的山頭聲聲呼叫。低沉的呼喚聲，正像神話中所說的，「是哥哥在尋找他失去已久的弟弟」，又好像一位父親在山林中尋找一位失蹤的孩子，卻又好像是鹿鳴安祖先，以慈祥的聲音在對我們說：「子孫們啊！你們要往何處去？」

第二天一早醒來煮早餐，匆匆吃完之後，又再啟程。經過巴布卡勒、嗎歷得隆兩個相距不遠的古人獵寮，翻過中央山脈往東方偏右前行緩緩下來到卡烙啦鳴安獵寮，再吃個午餐之後，便沿稜線下到太麻里溪和知本溪之間名叫「卡哩咕嗡」的獵區。到達的時候已經是下午，父親看一看陽光，尚有一段時間才天黑，於是帶我去獵寮後方知本溪釣魚。我們到達的時候，我和老爸各自去採岸邊的芒草莖製作釣竿，順便在岸邊挖落葉下的小蚯蚓作餌，便在那裡釣魚。所釣到的魚只有一種，名稱叫「烏氣[3]」的魚，這魚有我少年時一又二分之一的手掌那麼長又胖。我猜想整條知本溪谷應該只有這種魚。我們釣不久便是老爸的一聲：「已經過了，我們該回去了……。」在我們回獵寮的路上，想著剛才每一次釣魚必釣到的快感裡，同時心中疑問：「這裡離海洋那麼遙遠，而且從知本上來的溪谷必定層層是瀑布，牠們的祖先是怎麼游上來的？牠們為什麼選擇高山又寒冷的地方？」後來我們在獵寮的時候，老爸對我的疑問做如此的回答：「最初時期所有的魚都在一起，不料大地突然改變，不知不覺便把魚分家了……，後來牠們慢慢習慣沒有鹽分的水，又感覺不被打擾的好處……」他又幽默地再補充說：「就像我們魯凱人選擇山上寒冷的地方，因為敵人懶得上來殺我們……。」聽父親的這番話，好像滿有道理。

又一天，從獵寮往太麻里方向去打獵，我們獵獲一隻大水鹿。我們又來到都目朗這個長有阿楞樹的地方休息，因為是我的獵夾夾到的，所以我父親要我親自取下獵物的一

2 嘟貼雷：魯凱語，即「灰林鴞」之意。

3 烏氣：uchy，魯凱語，即臺灣鏟頜魚，又稱高山鯝魚、苦花。

小血塊塗抹在石柱上，並教我說：「我們正在分享祖靈祢們所賜的獵物。」之後，我們一路下去以和聲的方式不斷地高呼長聲，向族人宣告「我們獵到水鹿」的消息，一則是向祖靈誦詠祂們能賜予我們福氣。

那時我們父子倆和音高呼的和諧，從那裡到部落還有一段路程才能到達，在家裡等待的母親如此說：「遠遠聽到一高音一低沉的聲音，像一粗一細的直笛之聲那樣嘹亮和諧，就知道是你們。」

我們來到部落對面的山頭，路旁左邊有一塊石頭的地方停駐，老爸首先高呼長聲「ㄛ——」兩次，表示「我們獵到的是水鹿」意思。然後教我對族人高呼長聲三次表示「我們獵到的」意思。我們下去不久便來到部落郊外佩刀區休息，父親教我如何祭拜，最後，我自己背負自己的獵物要進入部落之前，又教我以獵物的鮮血沾在路旁左邊的大石頭，表示感謝祖靈的庇佑和賜福，然後才行離去。我們進到部落的時候，許多人早已在路旁夾道歡迎我們。

我們父子倆去打獵的那一次，那時我才十五、六歲，後來又兩年忙忙碌碌地在他身旁工作，之後，下去平地到臺北讀書，又去當兵，回來又去學校繼續完成我的學業。當我正好二十四歲那一年的春末，民國五十七年五月二十五日，就在大自然那一陣豪雨，將我的老爸偷偷地帶走了。當安置我老爸的那天晚上，聽我舅公說：「你爸突然告訴我，『瀑布突然從天上流瀉俯衝下來，衝擊地面反彈向上噴灑的霧氣瀰漫，一道彩虹拱門指出它內在神祕的吸引力。我好奇地緩緩靠近，不料意識卻迷失在永恆的黑夜。』他這一場夢，我就知道你爸即將不久人世了。之後，果然不出我所料。」聽舅公的話，使我想起以前我和老爸去打獵那一趟古道巡禮，我們在冷箭谷他提到「在夏日裡所看到的景象」，那景象不僅烙印在他的記憶中，而且又會重現在他的夢中，形成一種有含意的啟示，並且構成一種對他未來命運的暗示。而我和父親一起去打獵順便巡禮古道那趟經驗，竟成了我永恆的回憶。

大洪水之說

我和老爸去打獵的那一段回憶，以及在鹿鳴安所見的一切，總是心裡激盪，然後聯想起一度存在過的祖先——達瑞卡哦格勒。

從「大洪水」之說，令我想起我的舅公，最後的史官喇叭部提起過有關古老的聚落鹿鳴安和一些零星相關口述。在遠古冰河時期，因為一度冰河融解而海洋暴漲，造成山嶺被洪水氾濫成災的傳說。

我的舅公喇叭部口述如此描述：「向西流下的河水，突然被倒灌的鹹水逆向暴漲，然後掩蓋整個大地，所有能看到的陸地，都在一片汪洋裡沉沒，只有北大武山、霧頭山，以及井步山三點鼎立地露在汪洋大海之上。我們魯凱人逃到霧頭山和井步山，而所有的排灣族則爬到北大武山逃難。那時，我們的啦高告祿[4]，還在鹿鳴安的時候。」

據逃到霧頭山的那一群如此描述：「我們在霧頭山和井步山山頂一處僅有的臺地，有一天，我們僅有的星火突然熄滅，井步山的火也熄滅了，除了北大武山還有煙火之外，無處可取。於是我們派山羌去取火，因為牠的角在所有動物中最長且美。我們以松木乾柴繫在山羌的兩角，於是牠游向北大武山取火，但是，取了火游回來的途中，總是失敗，因為山羌的身體小，角又重，經不起大浪；於是改派水鹿，可是水鹿的角太短，不僅不易繫上火把，連火也難克服浪濤，於是水鹿說，『不然把山羌的角借給我，回來的時候再還給牠。』這個好主意大家都認同。於是水鹿把牠的短角卸下來給山羌，而山羌原來是長長且又漂亮的角卸下借給水鹿用。水鹿帶著借來的長角，以及繫好的火把游向北大武山，過了一些時候，終於看到水鹿在浪濤洶湧中載浮載沉地帶著火把游回來靠岸。」又說：「水鹿回來的時候，山羌向水鹿要回牠的長角，但是水鹿一直迴避，直到現在。」

當洪水之前，眼前所看到的陸地一定不是這樣。或許那個時候的陸地比較平，甚至於接近海平面，所以那時候的祖先——魯凱人，還是住在一個平坦地方，洪水來的時候，被推進到較高的地方。當等到洪水慢慢退潮，整個地貌改變了，同時鹿鳴安臺地露出水面來，祖先覺得「這個地方很好，地勢高，萬一洪水再來，比較容易逃避。」於是定居下來，繼續生存、繁衍下一代。正如「高山鯝魚」原來是生存在海洋，但是被洪水的浪潮推進到現在的高山，因為那時候所有的高山都淹沒在洪水中。當洪水退潮之後，卻已經被孤立於山中，並適應高山沒有鹽分的淡水而不必一定下去海洋。

4 啦高告祿：即「一般平民」之意。

鹿鳴安的地理環境

我回去舊好茶之後，重新回憶已過的僅僅三十年的山居歲月，以及所見所聞的一切，並試著以文字記錄，想加以整理從口述裡難以理解的古人傳說。於是在民國八十七年的春節，我帶著兩位夥伴，其中一位是表弟巴格德啦思。我想去那裡看清楚整個地貌，並尋求古人的蛛絲馬跡，試著核對口傳歷史。

那一天，我們三個人從舊好茶出發要去鹿鳴安已經是下午了，所以早有心理準備要在冷箭谷過夜。那一天晚上，天空萬里無雲，一輪明月照耀著大地，山嶺的輪廓是如此般地清晰，落山風夾帶著秋風濃濃的寒意。我沿著賀伯颱風蹂躪過的溪谷，深夜裡悄悄地走到三十六年前我和老爸去打獵在那裡休息過的地方巡禮。雖然我們的相會不見人影，只是以心靈和回憶與他相遇，但我深信他在我旁邊靜聽我的心語。對於明天，雖然有一股天真的熱情，但是否能到達目的地，仍然心裡很無助地向老爸的靈魂祈求說：「老爸！我這一趟去那裡，無非是您早在冥冥之中為我安排，不然我是沒有勇氣面對的……。」

早上醒來煮一鍋稀飯，吃個飛鼠湯，之後我們便開始上路。沿著古道，在密密麻麻的雜木草叢中，幾乎看不到二十五年前獵人的走跡，而有的路段已難以辨識，只好以目測和記憶來尋找老路。四十幾年前所看到的路，人文造化的樣貌，都已不復存在，只剩下不太明顯的痕跡，但是，當我們看到滿山遍布綻放的山櫻，又覺得春天到了，使我們的心情不由得又盎然起來。好不容易我們爬到五葉松，想到我和老爸行走在這一段陡坡，那時，我如同是要登天到那一處沒有雲彩的國度，那麼樣地令我興奮和輕鬆。如今我已經是三個孩子的爸爸了，體力和心情的差異，已經不能同日而語。

從霞底爾山（標高海拔兩千兩百八十公尺）是一條稜線直達南隘寮溪谷，稜線西側是一片寬大的斷崖峭壁，形成鹿鳴安的自然防禦屏障。在稜線約一千六百公尺左右的高度，形成一塊肩膀形狀的臺地，東面微微傾斜向東南方的地形，祖先依坡而建四行整齊排列的房屋。中間第二行是最長的一行，約兩百五十公尺長，中央有幾家輪廓尚完整，其中一家可能是這個聚落首領的家，或者可能是他們祭拜中心（靈屋），因為裡頭還保留著完好的穴槽，而穴槽的設定位置是在石板屋的入口一進去左邊角落。

從穴槽的設施來看，蓋石板屋的時候就已經設定好的。穴槽分兩層梯形，最下面一層排放著一顆大而扁平的卵石，最上面一層則排放兩塊較小一點也是扁平的卵石。另外一顆則放在穴槽的右側角落裡，是不規則的長方形外表、光滑的卵石。

從這些石頭的表面來看，應該是取自河川。從鹿鳴安向東邊不遠的地方，約一小時的行程，便是南隘寮溪上游的支流，源頭是霧頭山。毫無疑問的，這些石頭應該是從這個地方撿來的，可是，它們代表著什麼意義？這些石頭應該不是工具，因為外表沒有傷痕，也不是手工打造的，從堅硬光澤發亮的表面看來，應該是經年累月用萬年歲月沖積的工夫豁然形成。而最令人好奇的是，第一層的那一塊（直徑約二十八公分×厚度十公分）扁平的鵝卵石，圓得像中秋月圓時的那樣完美無缺。

這五塊石頭，它們代表著什麼意義，是否也意味著西魯凱屬雲豹的民族，正好是五個聚落——好茶、阿禮、上霧臺、下霧臺，以及達都咕魯社，也就是像舊好茶的聖竹分別有五個區域。打聽老人家之後，只有一種說法：「可能是喇笆。」用途是特殊神聖空間的記號，如「大頭目的住家和特殊神聖靈屋的符號」。但是在舊好茶的習俗，通常是大頭目和特殊家族才能放置陶壺，而且只能放一個或兩個陶壺。

後來我走過他們的前庭，也就是他們的走廊，幾回之後，在每家的前庭總是發現許多雙面平滑而不規則形狀、堅硬的石頭。從光滑的表面來看，這一定是磨刀石。從已發現的石刀來看，那時候的祖先沒有鐵具，完全依賴自然界的石片就地取材當工具，頁岩石片鈍時，隨時用來磨刀的用途。

另一發現是白石頭——水晶石很多。從直接的感覺，要是比照後代魯凱子民的習俗，是用來代替頭顱當作勇者永久保留的記號，但是在鹿鳴安，祖先是用來作爐灶的，還是另有用途，已不得而知。

據猜測，那時候他們沒有取得鍋子，煮熟食物時，一定是用悶熱法。所謂悶熱法，是先把白石頭排列成圓形爐灶，再用木柴放在其中燒熱，直到燒紅之後，將食物放在其中，再以樹葉覆蓋悶熱。這個方法是不難理解，因為我們魯凱人在野地沒有鍋的時候，還使用這方法。想到祖先們過這種艱苦的生活，我們這些現代的子孫，是難以想像的。

石板屋和芝草屋摻雜興建在四個梯田形狀的地勢，每一條約兩百公尺左右，一排排屋簷高度不到四英呎的低矮房屋，每一戶面積平均不到十二平方英呎，屋脊約七英呎的高度，很難想像鹿鳴安的祖先身材是這麼矮小，而直接給人的聯想是：「一度存在這個魯凱族的世界，所謂的『達瑞卡哦格勒』，是否就是原住民在鹿鳴安的魯凱人？」

史官喇叭部老人家曾經有一段如此描述：「鹿鳴安的聚落有三行梯田形式，每一行住有一百戶人家，三行就有三百戶人家。」他的話顯然和親眼所看到的有一點出入。又說：「他們開耕的時候，只要把掘木棒排在下方，只聽到開耕的吵雜之聲，卻看不到人在工作，不一會兒就已開耕完畢了。午餐的時候，只聽到吃飯的聲音，卻沒有見到人影。」在這一段話裡，似乎在說明「他們像小精靈的矮小人類——達瑞卡哦格勒」。

每年豐年祭展開的序幕，族人先歌頌說：「Runangili！Rudalapay！pacegese tagaraosu。直譯是說：儒哪依哩（指古茶部安部落大頭目的家名）！若達喇湃（指古茶部安部落二頭日的家名）！何其偉大啊！像北大武山的崇高。」因為他們是一群慓悍的人，和雲豹從希給巴哩吉來古茶部安捍衛土地。然後族人又為建造部落的家族歌詠著說：「Kalhivily la thakudrairy！Kia silang ki telebe。」歌詞直譯是說：「悠久的達咕萊哩家族，洪水的時候，早已存在！」古茶部安的史官喇叭部說：「達咕萊哩是建造古茶部安部落的家族，部落的社會結構是他們設定的。」達咕萊哩家族，毫無疑問是鹿鳴安的首領，享有這一份榮耀是必然的。

另外還有達樂阿爾尼和巴給達外兩個家族是從達咕萊哩家族分出來的。從他們家族的名稱，可以暗示其中的淵源，例如，達樂阿爾尼家族因為從大蒼蠅觀察到兩手磨擦而發生火光，從此學到兩個水晶石碰撞起火的方法，所以取得「我們看到了曙光」之意，而得其家族名稱之美譽。

另外巴給達外家族，他們到地底下的王國糴糧，因此他們取得「建交使者」之意的美名。據說：「屬巴給達外家族，矮小的一對夫婦，從村落西方一處往地底下的通路。

狹窄的路，只有矮小的人才能進得去。起初他們剛進去時，他們夫婦倆沿著黑漆漆的臺階緩緩走下去，走了一段曲折的路，慢慢感覺出口的一小點漏光，愈來愈明。他們來到出口，豁然是另外一個燦爛的世界，再走一段便是一處大樹，是當地的人休息的地方。從大樹那裡可以眺望一望無際的層層疊疊的山嶺，在肥沃而蓊鬱的叢林間，他們以過人的智慧想要什麼就能創造出富豐的糧食，因此是社會祥和幸福的國土。」

據到地底下糴糧的人說：「所有的房子都是用石板打造的，路面也都是用石板鋪成的，每一間石板屋和每一條路都是精心製作的。那裡的人所說的話和他們的語言不大一樣，可是他們夫婦倆懂得一點，所以跟他們說話可以了解。他們都很好客，家家戶戶都在邀請他們來到自己的家一起吃禮餐。在那裡，家家的檐桁都有雕刻⋯⋯。他們的五穀雜糧特別豐富，應有盡有，夫婦倆很想帶一些種子回家，可是他們沒有帶來要交換的東西，即使有一、兩件，也都是沒有交換的價值。失望之際，他們想出一套方法，偷偷把小米、高粱、灰藜的種子塞進他們的指甲縫，樹豆塞入耳朵裡，長豆塞進鼻孔裡，大豆莢則塞入肛門，這就是這種豆子吃了之後，之所以有一種人糞發酵酸味的原因。他們倆親切地向當地人一一話別之後，就朝原路回去，他們快到人間最後一個臺階時，他的太太懷著孕、頂著大肚子，把手中的苧麻線塞在她的腰褲說，『我好累啊！』這麼一說，她突然變成石頭，把往地底下和平王國的通道堵住，只剩她的丈夫回到人間，把偷帶來的種子給族人種植生產。通到和平王國的路被堵塞，因她一句『我好累啊！』竟然受到最嚴重的懲罰。一位撒嬌的婦人不僅不知道種子是得來不易，而且是偷偷得來的，還敢說累！」從此，人間開始過苦日子了。

這個原來是懷孕婦人的大石頭，正好是舊好茶通往西邊的路口，因此在西方意外身亡的屍體不得經過，必須繞行運回家。「在他們幸福的國土，死亡的陰影絕對是不存在的。」因此不能把屍體誤入他們神聖的空間，這是他們最為禁忌的，如果觸犯這個禁忌，會受到最嚴重的懲罰，使整個村落有可能會遭遇毀滅性的災難，如瘟疫。

再者，他們對懷孕的觀念，是生命意義，如生死接觸會相剋，而造成不幸的後果。從此之後，祖先發布禁令：「懷孕的女人，永不可以參與喪禮任何活動，縱使是自己的家屬。」直到現在，族人還保持這個習俗。

這些家名無形地在暗示著其祖先在歷史的意義，從達咕萊哩的這一首詩：「悠久的達咕萊哩家族，洪水的時候，早已存在！」也都在暗示著那帶著雲豹從東海岸希給巴哩吉來到古茶部安之前，鹿鳴安早已存在的事實。

關於來自希給巴哩吉的人之來歷，根據達爾瑪克部落的口述：「洪水漸漸地退下去，達爾瑪克部落的阿巴硫殊大頭目帶領著家族人順流而下，一面尋找可供他們生存的空間，不知不覺已來到了洪水退潮的極限，在一處地名浬低咕阿，即『泥濘之地』之意的地方落腳。」

從以上這一段達爾瑪克口述，並沒有直接提到「轉角處」這一群人，但不難臆測，既然是同在一處，那就應該是同路人。

「轉角處」那裡的魯凱人與別族混居一段相當長的歲月，人口慢慢增多而且愈來愈複雜，於是他們覺得不能永遠聚集在這個地方，要為後代子孫考量更寬闊的生存空間，必須離開群體自尋覓地，於是在那「轉角處」的一群，離開那裡，沿太麻里溪溯溪而上，翻過中央山脈，西向取道鹿鳴安部落。

然後又從希給巴哩吉帶著雲豹來到西方的鹿鳴安，那時候，鹿鳴安因為是單一社會領袖制，古人如此描述：「古時原本整個部落都是啦高告祿，沒有所謂的大哩阿啦賴，因為領袖喇達咕萊哩無法說服族人團結形成一種力量……，那時，那帶著雲豹的一群強悍的人……，便順理成章地被邀請做他們的大哩阿啦賴。」換言之，啦高告祿是最原始的古茶部安人，而大哩阿啦賴是那來自希給巴哩吉的一群人。

喇達咕萊哩在鹿鳴安建立新的社會之後，形成一股力量，然後才能從鹿鳴安推進到井步山(Alhuane)南邊的腹地，自稱古茶部安人，因為鹿鳴安的人早已用這個名稱命名他們嚮往已久的美地。史官喇叭部說：「Amany kai talialay ka ua rithi ki daedae……」(直譯是說：「推進土地使之闊大的是大哩阿啦賴」)。

重回鹿鳴安故鄉之說

那時候，人口眾多的鹿鳴安子民和來自希給巴哩吉人合併遷來古茶部安之後，形成一支強大的「魯凱民族」，外圍的別族也慢慢感覺到一種壓力和不安全感，於是以巴啦哩嗚嚕部落作主軸，聯合起來困擾他們，並把他們趕回鹿鳴安的老家。

那時，勇者伯楞已經從古茶部安部落移到現在的阿底爾部落下方一處叫「老道達爾」的地方定居。他聽到有關他族人的消息說：「聚落被外族偷襲打擾，而所有的族人已經回到老家鹿鳴安逃難。」他即刻啟程翻過霞底爾山，直接下到鹿鳴安聚落，率領許多那裡的男丁經過古茶部安部落搜索有無敵人埋伏，又繼續推進到巴啦哩嗚嚕，把那裡的人全部毀滅，之後，祖先才從鹿鳴安回來(好茶巴給達外家族後裔該怒安於民國七十九年之口述)。

在這個海拔一千五、六百公尺的山中，不難理解我們的祖先為什麼選擇這個地方為避難所，因為地勢易守難攻外，自古以來，本來是他們的老家園，可是取水的地方甚遠，是個很大的問題。

聚落往東邊一處名叫阿吉啦丹，即「取水的地方」之意，這個地方雖然稍微平坦，可是路途相當遙遠，在古代取水的容器相當缺乏，沒有鐵鍋、沒有陶器，怎麼取水呢？古人之所以無法在這裡久留是必有原因的。

神祕的消失

喇叭部史官以古人口傳生動的描述：「鹿鳴安人，達瑞卡哦格勒(喇部告碌)，他們是粗壯均勻的矮型身材，面貌勻稱的玲瓏可愛，口音帶一點幽默和親切的笑顏，雙眼明亮，目光銳利。」

有了平衡祥和的社會之後，古人如此描述：「他們曾經協助並且教導我們如何開採石板、搬運和取材料的技術，然後又教導我們如何蓋石板屋。」口傳清楚地描述搬運的壯觀：「一群去開採石板，一群去山上取橫梁和木板，另外一群負責砌牆；搬運回來的人群，猶如眾多的螞蟻……。之後，他們還為我們的祖先到地底下矮人的王國那裡糴糧。」從這一段話，不難想像他們還在鹿鳴安時「有三百戶人家」之說。

達瑞卡哦格勒，他們興建聚落東邊的三棟石板屋卡樂思安、卡達吶呢、達喇巴漾之後，就突然消失。但他們早已存在過的事實，已經隨著那逐漸遠離的歲月，慢慢從族人的記憶裡被遺忘。

據說，鹿鳴安人原來最早的社會結構，是單一沒有階層的社會，只有首領來領導，但是有時候為了爭取領袖的地位，總是爭論不休，造成不能夠團結外，還有可能造成分裂的危機。於是有人提議：「應該另外邀請外來的人作為部落的中心——頭目。」

直到當來自希給巴哩吉的人被邀請作為頭目之後，族人才開始平衡，就像熊鷹的左右翅膀，必須同一個觀念、同一個目標，密切地互相配合一致，才能平衡飛行。這是早在鹿鳴安時，已經知道一個健全的社會，必須有貴族和平民互相制衡，才能建造一個和平的社會，「貴族和平民並非名分高低之分，而是平行對等的社會結構」，老人家總是這麼說。

而現在的西魯凱人，依然保有他們所發展出來的社會結構和倫理文化——「貴族與平民的平衡原理」。

部落的水源地是在部落的東北方，也就是舊好茶部落的日本教育所的左側，經過一道大門似的出口，然後進入水源地。水源的上方走路約二十分鐘的路段，是古代舉行成年禮，叫作「達嘟咕目廊」的地方，斷崖下方水邊，有一希白巴力[5]的洞穴。

據說，在古代有一家的小男孩，意識初醒，每一次睜開眼睛，所看到之處的蒼蠅都會莫名其妙地死亡，於是他的父母親感覺所生的小男孩可能是希白巴力。這個小男孩隨著他的成長，眼睛神祕的力量，愈來愈有破壞力。小男孩的父母唯恐睜開眼睛會造成族人的威脅，於是族人選擇北方防禦屏障較弱的地方，讓他負責以神祕超人的眼力把關。他被送到這裡的時候，當他母親送飯之前，都會事先搖鈴示意，讓他背對母親好讓她進來，等母親走了之後，再搖鈴告訴他「可以吃飯了」。有一天，鈴聲響起，他以為是他的母親要送午餐過來，於是就轉頭背對出口閉眼睛等待，不料，長矛從背後刺進他的心

5　希白巴力：Si-paipaly，魯凱語，即「超人」之意。

臟，最後在他掙扎的時候，睜開眼睛來回掃描，所有被他眼睛所及之處，都形成一片焦黑的岩壁，當然，刺殺他的敵人，在一片焦土中也早已隨著煙霧消失。他被送到這個洞穴避開人群隔離，從此小男孩的家族取得「待煞哩啦呢[6]」的名稱。

據史官喇叭部說：「部落的人紛紛逃回鹿鳴安老家，最後，獨獨酋長家族留下來不願離開，想與部落同歸於盡。敵人早晚上來圍繞著石板屋，守在門口等待的敵人，幾乎把門檻砍斷。他們為了生存，在前庭種植小米，從窗戶趕鳥，後來不勝困擾、難以生活，趁白天由族人的勇者老京俺護送他們回到鹿鳴安。此時，全族的人都已經在鹿鳴安，唯獨老京俺以德勞(Derao)為據點，與排灣族單打獨鬥。」

後來伯楞達喇巴丹隱居在現在的阿底爾下方的老道達爾，那時還沒有阿底爾部落。他聽說：「你的族人被排灣族趕回鹿鳴安！」於是趕緊從老道達爾翻過霞底爾山來到鹿鳴安，率領族人男丁來到古茶部安把排灣族趕出去，繼續追趕到巴啦哩嗚魯，把他們的領袖朱麥殺死之後，才宣告毀滅。

當族人要回到古茶部安的時候，此時，拉伊邦家族帶一批族人分到現在卡烏達丹，即現在上霧臺上方的發祥地。後來有德溫家族帶領另一群族人來到卡巴樂喇丹，即現在霧臺下方的神山部落。

又一段時間，由達鹿啦隆幕（Tarudralumu）和巴哇老（Pavelhao）兩個家族翻過霞底爾山，來到老道達爾上方，取名為「阿底爾」，即現在的阿禮社。最後一批分出去的是達都咕魯社，指舊好茶東邊的一個小村落。

有關達嘟咕魯部落的產生，據說，古茶部安人還在鹿鳴安避難時，因為那裡地勢高，不宜種植五穀類，所以必須下到南隘寮溪畔，也就是現在達都咕魯部落一帶下方。又據說：「有一對夫婦在那裡種植小米，懷孕的婦人從鹿鳴安部落下到巴部丹溪谷開墾地，來回送午餐給她的老公，已經不勝疲憊，於是她對老公說，『你就在小米田那裡興建工寮，我就不必上上下下，甚至我們就永久居住在那裡。』於是產生第一戶住家在那個地方，之後變成達都咕魯部落的始祖。後來達都咕魯社在日治時期，又遷到古茶部安部落。

古茶部安部落西方往巴露兒（現在的馬兒村）部落的路上下方，走路約兩小時的距離。據說：「那裡原來還有一個魯凱族十幾戶人家的小部落，名叫『卡芮西』，大頭目

6　待煞哩啦呢：即「被隔離者」之意。

的家族名叫『啦嘟莎崴吉』，大頭目名叫『嘎答漫』。夏天雨季來到，有一天晚上，突然傾盆大雨，就在午夜漆黑的夜晚，部落被土石流沖垮，只有少數存活的人摸黑逃難，部落從此消失。」當古茶部安部落被巴啦哩嗚魯排灣族部落趕到鹿鳴安時，那時卡艿西部落還在，而這個小部落也可能是從古茶部安分出去的。這一段話是一位從霧臺遷到臺東達爾瑪克社的貌露老人家說的。

以上的西魯凱族，雖然不都是從古茶部安部落分出來的，但是傳統生活方式、風俗習慣，以及精神文化都一樣。唯一不同的是，除了屬雲豹民族古茶部安部落，包括出去的，凡是在霧臺鄉境內，不但不能殺害雲豹，並且永遠不能穿雲豹皮和穿戴雲豹牙；東魯凱族的達爾瑪克和高雄下三社的茂林鄉就沒有這個禁忌。

樹梢[7]

每年中秋，當草木開始枯萎的時候，日出的地點從霧頭山山頂開始，沿著中央山脈稜線向南邊的聖地巴魯冠緩緩移位，晝長夜短的夏季便要開始逐漸地換成晝短夜長的冬天。夏日裡燦爛的朝陽逼人，轉變為淡淡溫暖地照耀著，微風拂面吹來寒意和莫名不可思議的信息。每當去鹿鳴安向祖先祭拜，除了要表示對祖先無限的懺悔以外，希望從他們所遺留下來的靈魂走跡能夠取得一些答案。但是，除了鹿鳴安古聚落附近的高山杜鵑（魯凱語叫 pangangace），依舊在述說著「達瑞卡哦格勒」民族消失的歷史年輪之外，黃昏寂靜中蟬鳴，總是疑問。

在舊好茶部落北方，是一條溪水從井步山朝向西方流下來的，經過部落後方與由哩西安溪谷匯合之後，在部落西邊才轉折朝向南方流入南隘寮溪。因為地形凹深而堅硬的岩壁，形成部落南北方半徑之內的自然屏障。這一位發現這個地方的人，應該確定的是，祖先達瑞卡哦格勒民族對環境評估之後，比照鹿鳴安的大環境而奠基的。不同的是那裡的北方是山嶺為屏障，而舊好茶是凹谷和斷崖為屏障。

每年的二月，當青楓的嫩芽輕吐初開的季節，山櫻花遍布其間。宜人的春天，溫暖

7 樹梢（lldidu）：魯凱語，「結尾」之意。一般說話的時候，結構就像一棵樹，從根部說起，到了快要結束的時候，就是 lldidu，指最後的目的或結果。

的陽光下，鳥兒啼鳴，猴群嬉戲，徜徉林間尋尋覓覓和疑問的，總是祖先達瑞卡哦格勒的蹤跡。廣大而陡峭的岩壁面向北大武山，雜木和花草依然藉著岩壁的縫隙生長茁壯、開花結果。尤其是相思樹，它是長在沒有土壤的岩壁縫隙間，藉著僅有夏日雨季充裕的水分，其餘的只能靠霧水和微風帶來的養分過活，因此長得並不高，幾乎讓人以為是灌木——植物的達瑞卡哦格勒族類。但假如它的種子有機會被風吹到好的土壤，就會長成為高大的相思樹。

達瑞卡哦格勒——西魯凱的祖先，還在高山叢林的鹿鳴安時，因為那裡的水源很小又遠，物質缺乏，所以他們長得矮小，猶如相思樹的身量是被決定在有限的環境裡，只能夠供應相當量的能源需求；祖先遷移到古茶部安部落之後，因為那裡的水源充沛和物質豐富，因此他們後代子孫的身材慢慢演化成現代的魯凱古茶部安人。

另一個啟示，在鹿鳴安下方，也就是達勒德卡尼溪谷，雖然整條溪谷瀑布層層，水中依然有生物如螃蟹、青蛙在生存。而令人最驚訝的是卡察查比（kacacapy），即石板魚，牠們的身材小如小指，長相和特徵很像鯰魚，身上沒鱗片，可是，跟鯰魚不一樣的是肚子有吸盤，牠們能夠沿著溪谷爬上直立的斷崖瀑布，逆水急流而上。疑問的是：「為什麼選擇來到最高的山上？」又「為什麼那麼那麼小？」

去年深秋，青楓落葉的時候又在鹿鳴安漫步，經過溪谷戲水時，頓時又得到了一些領悟，「在祖先他們小小世界僅有相當量的物質，是決定他們身材的關鍵。如果他們身量太大，而他們能夠過活的物質有限，豈不就因為吃不飽而死亡！」假如有機會從那裡把卡察查比遷移到新好茶部落旁邊的大溪流，或者送到大海，那牠們是否也會和達瑞卡哦格勒一樣，因環境生態的改變而逐漸地消失原來的生命生態！這個答案是肯定的。

古茶部安人於民國六十七年，離開祖先留給我們美麗的故鄉，搬遷至西方下方的南隘寮溪旁，現在我們稱作「新好茶」。之後，古茶部安整個老聚落逐漸地被相思林陰影覆蓋住。這個種子來自叉阿勒山岩壁，是矮型相思樹林的種，被東北季風吹來這裡的，使原來像灌木的樹逐漸地恢復喬木的特質。人類也如是，遷到新好茶之後，僅僅二十幾年的歲月，所有在那裡出生的小孩，個個比在舊好茶出生的父母高大得多。

自從於民國八十年回到古茶部安老部落重建家園，也同時尋尋覓覓達瑞卡哦格勒祖先的走跡，幾乎已經走遍了整個舊部落附近的遺址。那就是在歷史以來，所有的祖先長眠在每一處的古聚落遺跡。走一趟巡禮他們曾經以生命留下的每一塊石頭和每一步臺階之外，一窺探究祖先「達瑞卡哦格勒」神祕消失的蹤跡，然而總是敗興而歸，但是我現在已經明白了。

從石板屋廢墟中長滿了青苔的每一塊石頭，祖先的生命精神，就如鹿鳴安慢慢消失在高山杜鵑花開、凋謝的層層歷史堆積中長眠。白天蟬鳴綿延永無休止，深夜裡灰林鴞聲聲吼叫，似乎在奏鳴最後的安魂曲。也似乎在述說未來的子孫對自己文化的熱情，會愈來愈冷淡；似乎在暗示這個高山民族，在未來的一天，也會在褪色的落葉飄然落下、一層一層地被掩埋在歷史的土堆裡，然後消失在這個土地上。

大環境變遷的經驗，似乎以堅定而真實的歷史見證，替在石板屋地底下長眠的祖先們述說：「遠古祖先魯凱民族的子孫啊！我們以堅韌的生命力造訪過這個地方，我們能夠熬過，只要你們堅持一個理念，維持生命精神文化，也一定更能熬下去。」也似乎在暗示著另一個詮釋：「石板文化的高山子民——魯凱人，如果有一天消失，並非是大洪水，也並非是飢餓、瘟疫，而是溺死在現代文明的浪潮因本質褪色。並非生命死亡，而是生態進化。」那一天，或早或遲，一定會來到，就像我們的祖先達瑞卡哦格勒，從鹿鳴安來到古茶部安，距離僅僅只是一天的路程而只是改變環境而已，遠古祖先鑄造以形於永恆的太陽，竟然神祕地消失在生命歷史無限的長河。

「身材愈矮小愈不引人注目，遠離塵世愈遠，甚至於住在愈貧瘠的山中，愈是最安全的地方。」或許是這個理念，使做他們後裔子孫的我們才有今日。

我僅以這一首詩，弔唁魯凱族古茶部安的祖先——達瑞卡哦格勒民族，以「矮人啊！我的祖先」致最崇高敬意。

Tharikaegele, ka mubalhithi-ly!
達瑞卡哦格勒，我的祖先啊！
Kalhivily numy! ka kia silang ki telebe.
你們何其偉大啊！當洪水時早已存在。
Tua alay numy ki ka lhegelhegane tali talhauane,
您們是來自東方的高山峻嶺，

La Idrepele numy ka ta thiathingale,
都是有智慧的人，
Idrepele ka taki lialibake,
個個都是有愛心的人，
Ku ni yiayiane ku rathudane,

和諧團結的民族，
Ku nia kulikuliane ka cekele.
令人神往的國度。
Tharikaegele, ka mubalhithi-ly!
達瑞卡哦格勒，我的祖先啊！
Kalhivily numy！Kai alhulhi numi ka sa drikisane.
您們真偉大啊！您們留下的精神。
Ku ta bulhuane numy tu lhenege,
您們教授給我們如何開採石板，
Thurade, tu tala-aliby ku daane.
取材料，以及如何蓋石板屋。
La pasi kai numy naiyiane ki bungu ku taleke,
您們為我們取得五穀雜糧，
La bulhuana numi naiyiane pautaleke.
還教導我們如何生產。

Tharikaegele, ka mubalhithi-ly！
達瑞卡哦格勒，我的祖先啊！
Kalhivily nay ki tuaramurane si kulhungane.
我們是何等地羞愧和無知。
Lu kaesaesaesay nay,
當我們有了幸福，
Lu ki drengedrengere nay,
當我們有了榮耀，
Lu ku akulikuly nay,
當我們被愛慕，
Kai nai lhika rimuru kai suru numy.
我們永不會忘記您們留給我們的一切。
Tharikaegele, ka mubalhithi-ly！
達瑞卡哦格勒，我的祖先啊！

Paceacepanga kai kulhungane nay,
請您們以包容和原諒，
Miyia ku taki libakane numy naiyiane,
一如您們以前容忍我們，
Li pucacugane nga nay.
我們會永遠學習。
Tharikaegele, ka mubalhithi-ly！
達瑞卡哦格勒，我的祖先啊！
Lu ku pusamalhamalhanga nay,
我們被愛慕嚮往，是因為
Lu kaesaesaesay nay si senasenay,
我們懂得相聚和諧，
Lu ki lhigulhigu ki raurathudane nay,
團結而強大，而受到尊重，
Amany numi ka tua cekele ala ngi ratheke naye.

因為你們建造的聚落孕育我們。
Nay yiayianga,
我們會永遠記得，
Ngulhingan si thingale ngika kibake,
並且懂得尊重自己，
Si thingale tu-lhumalane ka ngudradrekay.
也懂得維護您們所留下的傳統精神。

Tharikaegele, ka mubalhithi-ly！
達瑞卡哦格勒，我的祖先啊！
Lhi patarumara ko kai karuthaily numi ka la-umu.
敬以崇高的酒杯致最高敬意。
Talamelamenganga tivalivare ki ngi papaobalhithi numy,
祖先啊，您們庇佑的光芒必照耀我們，

Pakela lumamilhing.

直到永遠。

夏本・奇伯愛雅

〈掠過饅頭山〉（二〇〇四）
〈空間觀念〉（二〇〇四）
〈想不到又再念書〉（二〇〇四）

Syapen Jipeaya，一九四六年生，臺東縣蘭嶼鄉紅頭部落（Imaorod）雅美族。童年名字是「西阿那恩」，當爸爸後更名為「夏曼・佳友旨」，當祖父後再更名為「夏本・奇伯愛雅」。

曾當過臺灣世界展望會雅美中心的輔導員，也曾在中研院民族學研究所、國立臺灣大學外國語文研究所從事翻譯蘭嶼雅美語言的田野工作。如今他和妻子住在蘭嶼，維持捕飛魚、種芋頭的傳統生活，並以文化傳承、寫作為志業；由於他的文字質樸、不修飾而被稱為素人作家。著有《釣到雨鞋的雅美人》、《蘭嶼素人書》、《三條飛魚》、《五對槳》等書。

掠過饅頭山

太太懷孕第九個月時，和她商量要到臺東生產一事，首先她問我說：「你怎麼會想到要我到臺東生產呢？以往在家生產不是很好嗎？」我很正經地告訴她原因：「是這樣的，妳已經十幾年沒懷孕了，骨盤比較頑固，突然來一個，不易生產。另外，這裡的衛生所設備沒有那麼完善，再說，以前的阿姨『助產士』已經去世，沒有一個比較好的人來作為妳的助產士，在這種情況下，為了妳的安全，只有選擇去臺東生產比較可靠。」內人想了想，點點頭，答應我的看法。我們夫妻就這樣決定去臺東生產。

蘭嶼冬天的天氣變化無常，一個月當中，僅有十天是好天氣，其餘的都是不饒人的惡劣東北季風。

因為預產期快到了，不管天氣是好是壞，都要趕在十一月分的預產期去臺東生產，不過，那個月分沒有一天是好天氣，害得我煩躁不寧，飯都吃不下。太太懷孕已經很累了，也等了好久的好天氣。

該來的總是要來的，盼望已久的好天氣終於來了。那天早上，對太太說：「今天的天氣比較好一點，不管怎樣，我們就去機場買票好了，把要帶的東西準備好。」太太看看四周情況，覺得還可以，於是就準備行李。出門之前，先把這件事情告訴在國中念書的小女兒，讓她了解，之後就到旅館門前等車。這旅館負責旅客接送工作的是一位禿頭的外省人，等了老半天，他才以緩慢的步伐走向自己所開的車，我們兩人也跟著上車了。熟練的禿頭司機一發動車子引擎，不喊再見一聲就飛也似的往前跑，越過千百株的芋頭，強勁的西北風吹著那楊桃般的芋葉，彷彿搖手向我們道安，不到幾分鐘，就到達機場。我打開車門先下，然後牽著太太的手下車。進到候機室，先讓太太坐下，之後拿出身分證到櫃臺去買機票。我看看四周，一個登機的人都沒有，心想：也許這種天氣不是搭飛機的時候吧！候機室內所看到的，只是一些老太婆和一、兩個年輕無賴，他們在那兒坐著吃檳榔，等待客人上門來買他們的產品。看了他們，覺得也是滿可憐的，賣破蚌貝、貝殼、粗糙項鍊、沒有包裝的水果，和旅客交易只能比手畫腳地推銷產品，語言不通。

櫃臺小姐故意裝作沒看到我的樣子，雖然我沒有識人三分鐘的學問，不過，直覺上即可了解這種人的心態。問她說：「小姐，有沒有位置？」她聽到我這麼一問，如魚得水似的回答說：「有……有的。」又問她：「坐第幾班次的飛機？」她很快地回答說：「就是第一班機。」我點了點頭表示謝意，遞給她我倆的身分證。她接到後很快地低頭揮筆，片刻間就完成手續。「多少錢？」她抬頭看我說：「一千多塊錢。」從口袋裡抽出兩張千元大鈔遞給她。鈔票一收到，很快地找零並把登機證給我。證件拿到，走回太太那裡，讓她把零錢收好，在那兒等待檢查。椅子還沒坐熱，那位小姐又叫我們到檢查室去。我們起身時，回頭看一下有沒有人跟著，只見到有兩位不夠帥的中年男人跟來。進去受檢時，把登機證、身分證一併給檢查人員查看。檢查完畢，屁股還沒坐上椅子，又叫我們登機了。

走出登機門，我扶著懷孕的太太一步一步地走下臺階往飛機的門道走去。看到了等我們已久的大飛機，慰藉的感覺自心中油然而生，它好像有能力保護我們的模樣。不過，耳邊的風聲不斷地呼嘯，令我膽寒。進到機內，有二十多張椅子，其中我們只坐了五張，其餘是空的。駕駛員往後看，對我們說：「腰帶繫好。」我們聽到後，馬上將腰帶繫上，太太不方便，我就為她繫。我從來沒繫過腰帶，不論風多強，也是一樣不掛上它。駕駛員發動引擎，飛機就開始滑行，經過不光滑的水泥地，往起飛的位置去。到了起點，稍微停了一下，加足馬力，之後就聽到怒吼咆哮的引擎，片刻間，帶動機身飛奔地往前衝，與風搏鬥，一飛即騰空而去。那時，西北風很強勁，飛機在空中搖搖晃晃地航行，機內的我們受到這種刺激，驚駭中，太太睜大眼睛地看著我，差一點昏倒了。我俯視下方，海邊一片平靜無波，海中的小浪花如一片白雲似的。一直到越過饅頭山，心湖才比較安靜，雖然它並不高，卻是飛機必經的航線，駕駛員稍微一不小心低飛，就可能剷平山頭，或是連機帶人送命。

在空中飽受了驚駭的心情，終於安全地到達臺東機場，一下飛機就要找回已驚逃的靈魂。走到出口處，在那兒等待永興接送車。待了老半天，才來一部紅色邊的車，我們搭上之後，「咻——」一聲地轉了許多彎路，才到達目的地「臺東市」。下車後，步行到一家旅社休息一夜。第二天繼續往前走，找一個可以住的房子。經過一整天的打聽，才找到一間破舊的老房子。和屋主談價錢，她說：「一個月一千元好了。屋子不怎麼好，很老舊了。」為了有房子住，我答應說：「好的，房子破了沒關係，修一修即可。」當天我們還住旅社，因房子必須修補才可以搬過去住。我到處找破木片、鐵皮等來修補漏雨的部分。忙了一整天，到了下午總算完成了，我們三人就搬到那兒住了。

住了兩天後，因我還要上班，不得不回到蘭嶼去。走的那天，買了一點菜，太太還送我到永興航空公司。接送車來了，準備行李上車，臨走前向太太說一些安慰話，夫妻倆面對面時，她眼淚從眼眶溢出，滴滴地往下流，浸溼了胸前的外衣，我也感動地流下眼淚。分手是多麼悲傷，這是我第一次因為女人而流下眼淚。上車後，在車窗揮手告別了懷孕的太太，車子漸漸遠去，太太在眼裡也只是忽隱忽現了。我自言自語地說：「我知道她所想的一切的一切。」不過，我是為了將來而努力的，只求神保佑她。登上飛機之後，不斷地回頭看太太住的地方——臺東市，祝福她多保重自己。在機上想到太太不足的知識，怎能應付科技文明的生產手續和方式，眼淚有如雨般地滴下，衣角滿是淚水。這種傷心的心情一直到飛機在蘭嶼落地後才消失。下了飛機，拿著行李往候機室去。這時，剛好有旅社接送客人的車到來，我就搭車回家了。

回到家之後，一夜都沒睡好，擔心太太沒人照顧，雖然有岳母在她身邊，不過，她對岳母沒有安全感。沒在太太身邊，飯都吃不下了，可見夫妻之情何等可貴。這樣不愉快的心情，一天過一天，有時幾天不吃飯，只想與她共同分擔痛苦的日子。在家算算日期，時間過得很快，一轉眼便是太太生產的日子了。在辦公室內，沒有一天不期待太太的消息，算算日子已是十二月初了，心裡焦急不已。

企盼的電話終於響了，接過來一聽，是讀高中的大女兒打來的，她說：「媽媽已經生產了，是個男孩，好高興喔！媽媽要你過來看看弟弟。」在她說話前，心裡還做過最壞的打算，得知好消息之後，就回答說：「好的，祝妳們平安。我會在星期六早上搭飛機過去的。」「好了，沒事啦！」掛斷電話之後，擔憂的心轉變為喜樂。星期六一大早，就去機場買機票，這日好運地搭上穩定的永興大飛機，天氣非常好。飛機在空中如鳥一般地飛翔：俯視下界風景，每幅眼中的畫都非常優美。尤其掠過饅頭山，令人喜悅，越過海洋，平靜如鏡無波。飛機一定要越過饅頭山的航線嗎？難道其他航線不可行嗎？這我不懂。由於天氣好的關係，在空中俯視下界，所看到的，真是難以形容的優美風景。越過海洋，飛機慢慢迫近臺東沿岸的白色浪花，前方美麗的臺東市全貌，浮現在眼前。越過一塊塊的稻田，飛機很快地降落在機場的跑道上，機門一開，即湧出各種不同顏色的人。

和一群人下機之後，在出口處等待接送客人的車往臺東車站。坐不一會兒，車身寫著「永興航空公司」等字樣的車遠遠而來，大家很高興地擠上車，我卻不然。先與後有什麼兩樣？反正就是坐這班車嘛！上了車之後，司機是同樣那一位，不過，鬍鬚沒理，看來面孔稍有改變。車子引擎發動，一溜煙飛似的往前跑，路過各色各樣的雜貨店及高樓大廈。路上車子川流不息。有一件東西可讓我們停止呼吸，那就是高掛在木頭上的紅燈。說也奇怪，車子怎會那麼怕吊在上面的紅燈呢？為什麼各種車看到它就停下來不走？實在搞不懂。當我們停住時，真恨不得爬上去把它拿下來。就這樣走走停停，很快車就到達車站了。我下了車後，飛奔地往太太的住處去。經過許多條街，轉來轉去才到達。小心翼翼地敲門，應門的是太太，一臉微笑，呈現出青春的面孔，我也微笑了。看看屋內，祖孫在那兒安詳地躺著，看到他們平安，心裡非常高興。行李解開後，分配該送給關心他們母子的朋友一份禮物。

過了幾天，我與太太商量回蘭嶼一事，決定了日子回蘭嶼。回家那天買了一隻雞、三斤豬肉等，這是照雅美族的生活方式做的。買了機票之後，雇一部計程車，一家人道別了屋主及那可愛的房子。幾分鐘後到達永興航空公司，在那兒等往機場的車。接送車來了，全是去蘭嶼的旅客。前往機場的途中，瞄了一下四野，得知東北季風很強勁，心想：怎麼辦？明明知道這種天氣不好，為何一定得冒著風回家呢？而且又帶著嬰孩，不會驚壞了嗎？雖然我這樣想著，不過人已經都在機場了。

在雅美人的生活習慣上，嬰孩外出都要蓋上自製的禮服，表示任何人都要以人道關懷來對待之意。也由於這樣，候機室內登機的人的眼光，全灌注在我們身上。不知他們是在評估或是好奇，我們很不好意思。其中有一位陌生人前來問說：「你們要去蘭嶼嗎？天氣不太好。」我回答後，他點了點頭，轉身就走。心想：不知道是在安慰，還是看人低？從他表情來看，是在低估我們不懂氣候現象。

不管如何，我們一行人以及幾個遊客還是搭上永興航空公司的小飛機。飛機剛離開地面的跑道就發抖了，我坐在太太的旁邊，嬰孩在我們中間抱著。飛機在強勁的東北季風下不斷地搖搖晃晃且顫抖，像個十分酒醉的酒仙，就這樣越過海洋。臨近蘭嶼時，我就提醒太太說：「稍微注意一下，我們快到氣流不好的地方了。」話剛說完不久，便來了一個下降又上升的航行。因我們夫妻倆已有心理準備，所以感覺比較不怎麼害怕，可是跟我們一道坐的客人，當場哭了，互相擁抱，以為今天是末日了。他們有的瞪著我們說：「你們不怕嗎？為什麼還是很安詳？萬一怎麼的……。」我安慰他們說：「這種九死一生的困境，是人人都必經的考驗，安靜地和我們在一起，不會怎樣的。」之所以這樣說，並不是因為有把握讓危險不降臨，而是讓他們平靜地面對，才不至於過分恐慌心亂。他們聽是聽，還是很害怕，只是比較安靜些了。掠過饅頭山，更是搖晃不停，如要奪去我們生命似的。這時，又有人大聲哭叫起來。我怕嬰孩被驚壞了，對他們說：「安靜一點是比較好的，不要過分緊張害怕，上帝會保護善良的人。」這樣對他們說，不知道他們有沒有聽，也沒作聲。

飛機在這種不良氣候降落，更是心驚肉跳的時刻。不過感謝主，讓我們安全地落在地面的跑道上。飛機滑行了幾百公尺轉彎就定位在安全的地方，大家才鬆了一口氣。有乘客說：「下次不敢來了。」我只是對他微笑著。機門開了，我們一步一步地下了飛機。當我們要落地時，候機室內看戲的人伸出頭來看飛機降落，門口也都擠滿了人，大家都面帶驚慌地看我們下飛機。走到候機室內，許多圍觀的人過來安慰我們，口口聲聲地說：「他們命大，像這種天氣哪能安全降落呢！」老前輩的雅美人用雙手迎回自己失去的靈魂，且祝賀我們白頭偕老，直到永遠。

一個月之間，陪著太太和小嬰兒兩次搭飛機掠過饅頭山，驚險的經歷已成家人平安在一起的回憶。

空間觀念

雅美族認為有良好的空間，才有富裕、快樂的生活，因此非常重視空間基律。雅美人以木船能划到的視野只有綠島北方、巴丹南方、臺灣南端屏東一帶，所以族人覺得世界就是這樣，自己住的地方是世界中心點，而四周方向為其他人居住的地方。族人說：自己住的地方叫 doirala，別人住的叫 doilaod，這是把自己當作世界的中心，所以 taodoirala 意思是住在內陸、住在靠裡面的人，而 taodoilaod 則指住在遙遠地方的人。祖先說：amiyan so pongso do likod no pongso ta ya，意思是「我們住的北方有島嶼」，指的是綠島；amiyan so pongso do kawanan no pongso ta ya，意思是「我們住的西方有島嶼」，指的是臺灣的南端屏東縣；amiyan so pongso do teylaod no pongso ta ya，意思是「我們住的南方有島嶼」，指巴丹無人島。因為族人有這樣的看法，便稱自己住的地方是世界軸的中心，叫 ilala。

雅美人認為自己身處中心，其四周的方向為東西南北：dodadan no araw, asdepan no araw, teylaod, likodan。此東西南北方位，對族人文化很重要，也具有象徵性的意義，如為嬰孩起名、祝賀自己、迎福儀式等等。當事人行祭時，務必面向東方來迎福。

相反的，西方這個方向是一定要拒絕的，它帶給人、事、物走下坡的象徵，沒有一位族人採用這方向。而南方為吉祥、光明正大之意，族人興建房屋，門面朝南方，迎接幸福、快樂；南面也讓人長壽、繁衍增多，祝賀人生及成品誕生均宜。北方代表陰謀、邪惡，心黑的人常做背面的事，如偷偷摸摸、偷東西、做壞事、背後說人壞話，把壞話當成好話來講等等，族人沒有一個喜歡取用北方位，怕帶來不利的後果。

海與陸地相對軸，對雅美人的文化也很重要，較常使用於吉與凶的分野。另外，族人採取這種相對的基律，用在如建築及造船等的觀念上。

族人興建三、四門屋，其屋脊與海面平行，門牆梁柱的直角線要直，使住家在地面上端正立著，亦使家庭與人日日平安。漁夫外海釣飛魚，海陸軸之水平線作為自己與陸地遠近的標準定位。如水平線上升到各個山頭，便得知自己已經超越了航線界線，視為凶多吉少。蘭嶼是個島嶼，四周的部落漁夫視海陸之軸是漁場的標誌。

海陸軸面向海洋，右邊視為吉祥，左邊是不利；就如人的手，右手打人猛，左手打得輕，所以左手對你不利。漁夫在飛魚季釣到鬼頭刀，不論是多少條，船隻務必向港口右邊歸航，表示運氣好；沒有釣到的，船向左靠岸，表示運氣壞。卸下漁獲，都是右邊吉利，沒有一位族人把飛魚、鬼頭刀等等飛魚季魚類卸到左邊。十人大船海祭、領祭等的船組，全靠右邊迎福。海陸軸除了應用在文化之外，也被族人用在歌謠上，如：mangay mo rana ikawanan do aharang，意思是「使你靠右邊接受好運」。

雅美人善用地理方位的標示，指定方向的位置，尤其地名之東西南北方位更為重要。各部落區域內有大約上千個地理名稱，六個部落約有一萬個以上的地理名稱，如：沿海岸地區、礁石、水溝、平壇等等，這些區域名稱都會被族人實地利用。樵夫在森林伐木如迷失方向，家人以他伐木的地點鎖定目標，尤其地點的東西南北方位，以及山頭的面向、山谷的形式等等，便可判別那樵夫的位置，而順利找到他。族人造船的樹材，由知道的船員指示樹木的地理位置、山名的東西南北方向，便可順利取得。採龍眼的人如從樹上掉下來，傷勢嚴重而無法起身回家，這時，由家人指示他們的果園地理位置，找回受傷者。雅美人雖然相信絕對性，但是必須要有相對的觀念來輔助尋找，才能確實明白方位，找到目標。

雅美族的空間觀念，是族人千百年經歷世居在這島上所累積的經驗，族人應在生活上善用這深奧的先人智慧。

想不到又再念書

那一天下午，按照生活慣例去餵豬時，前面走來一位紳士樣貌的人。因老人視線不足，認不出他是誰，我稍微瞄他一眼，看到那個人加快腳步朝我走來，也許是怕我走進豬圈而不出來。

等他走到我面前，一看，原來是一位國中老師，心想：「今天犯了什麼事而來找我？」平常見到他僅是打個招呼，並無其他事，心中有點怕怕的感覺……不管怎樣，我還是停下來等他。我倆一見到對方，便帶著微笑面容，讓距離愈來愈近。古人說：「人與人接近，要保住生命安全之距，家人當不在此限。」之後，誰也不敢先說話。因為他有目的，於是先開口，他的第一句話是這樣講的：「我知道你是個很喜歡讀書的人，所以來拜訪你。今年我們國中附設夜間部，讓有興趣的人有機會念書，是否要參加來充實自己？」聽他這麼一說，整句話都灌輸在我的腦海裡，根本沒有絲毫考慮，便一口答應。一聽到我答應，他來個三十節速度，面對著我又說：「好！我還以為你不喜歡念書呢！那好，你去餵豬吧，而我還要環島打聽需要讀書的人。」說完，就匆匆走了。他離去後，我也該去餵餓壞肚子的豬了。

那晚沒睡好，一直想著書要怎麼讀。自己的年紀大了，不像十幾歲的孩子頭腦比較好；而且想到國小畢業到現在已有二十七年，不知道要怎麼去念書！那時也還想到家庭生活，本來就是窮苦家庭，又要念書，豈不是更苦？那一夜想了一堆瑣碎之事，使我三心二意、猶豫不決，不知道要不要去念國中，尤其是家人是否會讓我去讀？這也是最大關鍵。恨不得快天亮，讓我安靜了心，免得夜晚當白天，不睡而想這事。

第二天，我把這件事告訴沒生過氣的內人。她看了我一眼，露出微笑對我說：「你還有把握能認識漢字嗎？小學畢業已經二十七年的光景，那時你讀的書與現在的國中書本相差太多了，你怎麼念？如果你願意讀，我是很樂意讓你念，只怕你讀不來而逃學呢！」我知道她誠心誠意讓我去念，便很謙虛地對她說：「我去念書前，家庭的事一定會分配清楚，也會擬出計畫，讓我們的生活不至於窮苦。」「是你說的哦！」她不要讓我食言而肥而說。「男人做事不是一場夢。」我不雅地回敬。

盼望的月分終於來了，九月是我們國中補校開學的時候。當夕陽畫出一幅優美的風景之時，也是我嚮往夜校之時。九月分多半是東北風，吹著溫柔的涼風，在太陽還沒下海游泳時，我就騎上二十年的摩托車上路。車子不是喊叫，就是東來西去地行走，它就是這麼爛的車，想摔掉它，但總是比走路好得多。開車的方向是西方，順著日落而行，在路上東張西望地看有無其他人跟來，但半個人影都沒有。我知道紅頭（imorod）部落除了我之外，還有四位要讀書的人，在路上沒碰到他們，心想也許他們先去了。在路上大致花了幾十分鐘的時間，才到達蘭嶼國中腹地。

剛踏入校門後，車子一直開往陌生的建築，覺得自己好像進入另外一個世界。放眼望去，見到幾個別村的人在那兒坐著聊天。以年齡鑑別，我比他們老很多。「紅頭部落只有你一個人來念書嗎？」剛到達的別村人問。「就我所知還有四位年輕人，不知他們來了沒？」我以老人的口語回答。「可能還在路上東張西望地看美人吧？」坐在那兒的其他部落人說。之後，要念書的雅美青年也陸續趕來了。

該校的雅美子女（國中生），看到我們新生老人家，從窗戶探出頭來，有的走出教室外看，也許是看到自己的家人或哥哥姐姐。在念補校的學生中，我是最老的，來到國中讀書，知道自己會被人笑不止。這幾十個阿爸阿媽進了教室，大家聚精會神地看著學校布置的壁報，以及孩子們的畫畫、寫作和成績表等。這國中學校已有二十幾年沒進來過，很陌生，覺得又回到二十幾年前的學生時代。

回頭又再去念書，真是料想不到的事，也許是被想要學習和認識一些東西的強力渴望，一步一步地引導吧！

胡德夫

〈牛背上的小孩〉（二〇一九）
〈為什麼〉（二〇一九）

Parangalan，一九五〇年生於臺東縣金峰鄉的嘉蘭部落（Buliblosan），母親為排灣族人，父親為下賓朗部落的卑南族人。初、高中時，因參與教會詩班與同學組成四重唱而展開音樂表演之路。胡德夫考上臺灣大學外文系後，在哥倫比亞咖啡館擔任駐唱歌手，並與李雙澤、楊弦等人開啟民歌運動，被譽為「臺灣民歌之父」。

胡德夫為原住民社運先驅，曾任臺灣原住民族權利促進會副會長，其音樂創作攸關原住民知識分子的心路與對原鄉的思念。二〇〇五年發行首張音樂專輯《匆匆》，其中〈太平洋的風〉獲得金曲獎最佳作詞人獎、最佳年度歌曲。二〇一二年發行的《大武山藍調》英文專輯，獲得華語傳媒大獎的「最佳爵士藍調歌手獎」及金曲獎「評審團大獎」，並曾參與《練習曲》、《很久沒有敬我了你》、《阿莉芙》等電影演出。

牛背上的小孩

一九五〇年，我出生在臺東東北方向阿美族的一個族區，那裡距離臺東市區有七、八十公里的路程，用阿美族語講，那個地方叫作「Shin-Ku」，後來又輾轉被漢人改名叫作「新港」，再後來被稱作「成功」。

我媽媽告訴我，在我出生之前，祖父從臺東市附近的卑南下賓朗部落趕來新港幫我接生、剪臍帶，並將我帶到海邊的一個小港口，用太平洋的海水為我洗了人生的第一個澡。聽祖母說，祖父回到部落以後，常常會望著他曾經幫我剪臍帶的方向低語呢喃：「Shin-Ku, Shin-Ku, hi na-va wu jine?」（你還好嗎？）就是這樣不斷地呼喚著我，我的乳名也就由此而來。

我媽媽是排灣族人，爸爸是卑南族人，我是家裡的第五個孩子，前面還有一個大哥、三個姐姐。我爸爸是日據時代的員警所長，後來轉到鄉公所去當戶籍科長。因為爸爸工作比較忙，所以我從小跟著媽媽長大。

在我三歲的時候，爸爸調職到大武山下的一個部落去工作，當局為了方便管理，把來自大武山上七個小部落的人們遷徙到靠近平地的一個叫作「PuLiu-PuLiu-San」的地方去生活。後來這個部落以其中最大的部落名稱「Ka-Aluwan」來命名，而現在這些部落都已經彙集在一起了。這個地方也就是我後來在〈芬芳的山谷〉中寫到的「Sweet Home Ka-Aluwan」，嘉蘭村。但在當時，這裡對我來說是一個新鮮的地方。

嘉蘭村隸屬於金峰鄉公所的行政區。我爸爸那個時候擔任公所戶籍科長，要給部落的人安排居住區域，不能讓遷徙來的人與他的部落分開。這是一個排灣族的部落，而我和我爸爸卻是卑南族人，我們在這裡算是外來的。爸爸被派來這裡工作，我們就和他們生活在一起。

我從小在這裡長大，因此我很多的歌都指向這個地方——嘉蘭山谷。從我三歲開始，母親就常常牽著我的手，到這個我從來沒有去過的山裡面玩耍，提水的時候也會帶我到河邊去，在河邊給我洗澡，在溪水邊讓我看看蜉蝣和小魚。滿山的月桃花、飛舞的蝴蝶，那真是一個芬芳的山谷。

在我小的時候，我們整個部落不過幾百個人，那時候我媽媽是鄉民代表，有時也會很忙，就連開會也不得不帶我去，可我常會給他們搗亂。於是在我還不滿五歲的那年，媽媽把我交給學校的校長說：「因為我們還沒有幼稚園，所以這個孩子放在學校，麻煩你照顧一下。」後來這校長在一年後竟然將我直升二年級，這樣我就比人家早讀了一年。回想起來，這一輩子最快樂的時光就是那一段生活在山谷裡的歲月。

我上小學時，經常要去砍一些草來給家裡的牛吃，牠是要負責耕田的。後來牠生了小牛，我就經常在上課前，牽著牠們到山上去，找一些有草的地方，把牛繩牽長一點，讓牠們可以去吃草。我呢，會在山上看老鷹：大鷹帶著小鷹在天上飛，教著小鷹飛翔，在天上「噫——噫——」地互相呼喚著，小鷹在後面緊緊跟隨。我在山上放了六年的牛，禮拜六、禮拜天的時候，躺在那個地方，看著那邊的天空和高山，感覺這就是我的世界；一個山谷的天空不怎麼大，但這就是我的整個世界，但一個人放牛的生活也滿孤單的。

臺灣有個名叫「葉宏甲」的漫畫家，他畫了很有名的漫畫書《諸葛四郎》，這部漫畫講的是古代的故事，四郎他們三個人是結拜的俠士，為皇上服務。我每個禮拜三都會走路到七公里外的太麻里街上、靠海的地方買漫畫，我時常幻想著自己是漫畫書裡的四郎。

那時候的小孩子們都有一把短刀，但那刀是不能拿起來玩耍的，只能用來砍荊棘。於是我們自己做了竹刀、竹劍，我把牛當坐騎，從小騎著牠跑，牠跑起來鏗鏘有力，還會跳田埂、跳水坑，彷彿就是一匹駿馬。我騎著牠飛躍，手中的兩條韁繩就和漫畫裡描繪的一模一樣。

我看完漫畫後會傳給我的同學看，大家都看這部漫畫看得入神，接下來的這個禮拜，我們就會扮演漫畫裡的各個角色：我堅持扮演四郎，其他同學演林小弟、真平，而對方陣營裡都是一些戴了面具的同學，假扮成了我們的敵人。我們一下課或放假就會玩這些東西，玩得快樂極了。

上學的時候，我並沒有在課堂上坐下來好好聽老師講課，而《諸葛四郎》漫畫和我幫大哥唸的那一本《聖經》，是我看得最多的書。但正因為這樣，我認識的字卻比別人多，遇見很複雜、很深奧的字，我還要查字典。學校的課程我沒有認真對待，每天只忙著和同學們玩耍。尤其農忙完之後，牛沒事可做了，稻田的稻草多起來，我們就把稻草搭成皇宮的樣子，旁邊的水溝被我們當作護城河。我和同學們扮演著漫畫中的正反兩派，點著火把、一箭射過去，那稻草全都燃燒起來，反正它們遲早也要被燒掉當肥料，不如讓我們先燒了。

快樂的玩耍看似沒有盡頭，每本漫畫的最後都寫著「敬待下期」，下個禮拜再去買一本回來，再繼續這樣玩，但小學畢業後，一個偶然的機會使我離開了孩提時代的玩伴，也離開了美麗的山谷，我的一生從此發生了改變。

我大哥和我爸爸因為宗教信仰的問題，父子反目不說話，爸爸甚至把哥哥趕出了家門。我哥哥大我二十幾歲，他是一個眼睛看不到東西的傳教人。那幾年他跟爸爸沒有說話，我常常在這兩個人當中傳達訊息，也會因為要照顧哥哥裡外兩邊跑。小學六年級的時候，有一天我騎著牛回來，哥哥跟我說淡水有個學校在招生，這是臺灣一所將近有百年歷史的學校，也是一個貴族學校，臺灣的東西南北地區各有一名原住民的學生可以獲得免掉學費的獎學金，但是需要去參加考試才行，我們整個臺東地區要錄取一名這樣的學生。哥哥要我去參加這個考試，但那時候的我哪裡有讀什麼書呀？平時的學習只不過為了應對考試而已，要去和那些生活在平地的原住民學生比試，他們一定比我們山裡的孩子強得多。

哥哥希望我去跟爸爸說，要他准許我去考試，因為我爸爸曾經從高級學校畢業，他是個知識分子，應該會認可男孩子到遠的地方去讀書。

我爸爸雖然跟我哥哥不說話，但是看到了這個招生簡介，他仔細研究，覺得那個學校應該是不錯的。終於有一天我放學回來，爸爸對我說：「好，我答應你，明天就帶你去考試。」

讓我自己也沒有想到的是，兩百多個人去參加的考試，最終只有我一個人考上。現在想來，這也許是讀《聖經》、看漫畫的結果。哥哥眼睛看不到《聖經》，我要幫他讀，盡量解釋給他聽，那裡面有很多世界歷史、地理，也有很多的小學讀不到的字。那時的小孩子誰能讀那麼厚的書？漫畫裡那種古早的字眼，又有多少小孩子會呀？可是漫畫裡面就是這樣畫的、這樣講的，我也就是這樣運氣好地考上了那所學校。

其實我也參加了其他的考試，考上了臺東一些不錯的學校，甚至包括臺灣東部最好的學校。而我爸爸覺得我還是應該去離家遠的地方求學，況且這學校是免費的。但是我媽媽堅持不讓我遠離家門，於是就跟我爸爸據理力爭，說：「這孩子不能離開我們的視線，不能離開臺東。他沒有離開過我的身邊，去那邊要自己洗衣服、縫釦子，要整理自己的生活，他怎麼可能呢？」我爸爸被她說到最後，只講了一句話：「你一個女人懂什麼？淡水呀，距離日本比較近，往那邊讀就對了！」

我要離開家的那天，大哥一路把我送到淡水，我牽著他的手，他眼睛看不到，我就是他的眼睛。我回過頭去看，發現我媽媽在哭，遠遠的樹後面，小學的同學們在跟我招手。我也不知我將要往哪裡，淡水在哪裡我也不知道。對我們來說，出了這個山谷，任何地方都叫作很遠的他鄉了。以前很多人出去當兵，從此再沒有回來，所以我們的想法是出了這個山谷，以後會怎樣就難說了。

像我後來在歌中寫到的：悲泣的媽媽，懵懂的孩子。我就是這樣懵懵懂懂地離開了家，和我的牛隻，還有我的國度——嘉蘭山谷。

我和哥哥從部落出來，走了七公里的路，來到太麻里溪頭的省道，要先從那裡乘坐六個小時的「金馬號」長途巴士到達高雄，再轉乘晚上九點的火車往臺北。到達高雄以後，時間尚早，於是哥哥帶我在高雄隨處逛逛。他聽說高雄大統百貨的七樓有個遊樂場，便帶我去玩碰碰車消磨時間。

碰碰車場地裡面，十幾輛載著小孩子的碰碰車橫衝直撞，發出「砰、砰」的碰撞聲。我沒有來過城市，沒有見過這麼多小孩子，更沒有玩過碰碰車，坐在碰碰車裡面轉了一圈後，發現自己看不到場地外面的哥哥。我急忙從車上跳下來，從車與車之間的空隙中跑出去找他，告訴他我不要玩這個了，哥哥就帶著我一起到七賢的火車站等火車。路很遠，但我們還是走去了。

我們走到火車站後，在旁邊的餐廳吃過晚飯，買票進了月臺等車。小時候課本裡的火車都是跑在田野裡，從書上看火車很小，我也沒有見過車站，所以我認為我們要通過月臺往外再走上一段路，也許火車在那樣的一片田野裡等我們。但走上月臺後，沒想到火車直接開進了這座「大房子」裡面，巨大的火車頭「叮叮噹噹」地奔襲過來，我被嚇得對哥哥大喊：「火車要撞到房子啦！」然後拉起他的手就往外面跑。哥哥站在原地不動，我鬆開他的手，自己往月臺口跑去。這時哥哥喊我回來，並告訴我，我們就是在這裡乘火車，這就是火車接人的地方。

這趟火車是夜車，夕發朝至，晚上九點從高雄出發，早上六點到達淡水，中間需要在臺北換一次車。我在火車上第一次看到還有茶水服務，座席前桌子上有空茶杯，一會兒提著開水壺的列車員熟練地打開每個人的杯子，「嘩」地一下倒滿熱水，這個場景留給我的印象很深，讓我一直記到現在。

火車在黑夜中奔跑，外面什麼也看不見，只知道自己離家愈來愈遠。經過一天的奔波，我終於感覺到疲勞，在座位上慢慢睡去。

等我醒來的時候，火車已經到了臺北。我們需要換車，哥哥拉著我去問人家要換哪部車才可以到淡水。當時臺北到淡水的車程大約需要一個小時，在車上我又睡著了，直到聽到廣播裡喊：「淡水到了！淡水到了！」我才睡眼惺忪地睜開眼睛，向外面看了看，然後轉頭問哥哥：「這就是我要來的地方嗎？」

「對，你要留在這裡讀書。」哥哥說道，又說：「窗外左邊一片水就是淡水河。」那是我第一次見到沒有聲音、看似沒有流動的河啊！

我繼續問他：「這邊還有誰能聽懂我們的話？」

「沒有，這裡沒有人知道我們的話。」

我失望地和哥哥走下火車，步行四十分鐘以後，在七點前到了學校報到。哥哥在校門口把我拉到牆邊，對我說：「你要在這裡好好地讀書，我要回去了。」那時家裡窮，哥哥不可能在這裡住旅店，只能把我送到學校後，算好回程時間，坐車返回家鄉。

舍監和訓練新生的老師在學校門口迎接新生，我拎著皮箱，皮鞋掛在肩膀上。我小時候沒有穿過鞋子，更穿不了皮鞋。在排灣部落裡長大的孩子都是不穿鞋子的，我小時候放牛，走的路布滿了各種植物的刺和堅硬的石頭，時間長了，我的腳底長了厚厚的繭，所以腳根本就穿不進皮鞋。在我之前進來的學生都穿著筆挺的服裝，而我卻還穿著家鄉的衣服，皮鞋掛在肩上，顯得非常特別，連老師都會笑我這個形象。

分配好宿舍以後，我和同宿舍的學生講話，他們卻聽不懂我講的國語，後來兩個原住民學長，他們是卑南族高一學長吳賢明，和排灣族初三的許石生學長，查看了新生資料，知道我是卑南族和排灣族人，所以特意過來看我，和我說我們自己的語言，這時我的心才稍有了點安慰。

我剛到淡水念初一的時候，常常想家。在家放牛的時候，我偶爾會把牛騎到山頂上去看海。淡水的學校也可以看到海，那海跟我們學校中間隔著一大片草原，上面卻一隻牛也沒有。我寫信給爸爸，要他趕快把牛寄過來，我可以一邊讀書、一邊放牛。我們的山上很難找到那麼多草，我在信裡說這邊的大草原上面沒有牛，我可以在這裡放牛，下課還能把牠們帶到山溝去喝水，這邊的水草都足夠豐富。對我爸爸來說，這顯然是無法實現的事情，那時候連人過來都很困難，牛怎麼能寄過來呢？但那時候的我天真地覺得他真的會把牛寄過來，沒有等到他回信，我就越過學校的圍牆、鐵絲網，越過山溝去看那片大草原。而當我臨近一摸，那草卻只有短短一層。後來才知道，那原來是一片高爾夫球場。我的夢破了，就算牛過來也咬不動那個草。當然，最後爸爸也沒能把家裡的牛寄過來，但是會常常想念那段在牛背上的日子。我人生中寫的第一首歌也正是那首〈牛背上的小孩〉。

說起這首歌的創作，就要說到哥倫比亞咖啡館，說起李雙澤，但這一切，都要從爸爸生病說起。

一九七〇年，爸爸生病了。我的姐夫在臺東的保健院裡面當醫生，他發現爸爸吞嚥不下東西時，便帶他到臺東的醫院去看病，那裡的醫生懷疑他是食道癌導致無法吞嚥，但臺東的醫院沒有做切片檢查的設備，所以只有到臺北來才能弄清爸爸的病情。

姐夫打電話告訴我爸爸生病的事情，卻沒有辦法帶爸爸過來，我只好回到臺東將爸爸接到臺北，負責他的醫療。我帶他到三軍總院和臺大去看，結果證明是食道癌，而且有蔓延的可能。醫生跟我說要開刀動手術，我說那就動手術好了，我要救爸爸。

那個時候的臺灣還沒有什麼保險制度，原住民得了這樣的病是不會去看醫生的。我作為他的兒子，看他這麼勇敢地面對疾病，於是也想和命運鬥一鬥，便開始拚命地工作賺錢。爸爸住院需要保證金，三軍總院也要，臺大也要，不然進不去醫院。我艱難地拼湊出一些不足額的保證金到醫院去，還必須把自己和另外一個就讀臺大醫科高正治大哥（金峰同鄉）的身分證掛在醫院，等到差額的部分補足了才可以贖回。

爸爸生病的前一年，我經人介紹認識了萬沙浪，那時他剛剛退伍，本名叫王忠義。他跟他的老樂團見了面，在臺北一個叫「健生」醫院的地下室裡練團。我們都是卑南族人，他是我爸爸朋友的兒子。我當時聽了他們的排練，覺得萬沙浪的英文歌唱得非常好，但發現他們缺少一個給他和聲的人。他們樂團鼓手、吉他手都沒有和聲的能力，而我憑著一些在淡江中學時期唱四重唱的音樂基礎，向萬沙浪建議，由我來為他和聲，他於是決定讓我來試試看。

當時的樂隊除了主唱以外，通常沒有單獨的和聲歌手。我沒有樂器，空著手站在那裡和聲是很奇怪的事情。他們樂團當時正好沒有鍵盤手，而很多歌曲又必須有鍵盤的聲音才能讓音樂的表現力更強，於是他們便教我彈鍵盤，讓我在充當鍵盤手的同時來和聲。好在我小學時候有過為合唱伴奏的經驗，所以很快就能學會，並與萬沙浪配合和聲的效果非常好。這種和聲的效果讓萬沙浪的聲音更加從容而豐富，我也因此成為潮流樂團的正式成員之一，做了一名和聲歌手。

當時正值臺北六福客棧開業，那裡迅速成為人們追捧的時尚據點。它的二樓開設的夜總會需要樂團演出，舉辦了一場樂團的評比賽會，優勝者便簽約駐唱，幾乎全省樂團都來比賽。消息散開後，全省二十多個知名樂團一下子都參與進來，我們潮流樂團當然也要去參與競爭。這些樂團高手雲集，競爭異常激烈，但我們最終幸運地脫穎而出，贏得了在六福客棧駐唱的工作。當時我們欣喜若狂，覺得自己就是臺灣第一樂團！從此，潮流有了固定的演出場所，我也有了穩定的收入。

但六個月後，突發變故。萬沙浪在六福客棧與客人發生爭執，最後演變成我們都參進去的鬥毆，六福客棧因此停止了我們的演出，我們失去了工作。在這之前，萬沙浪和歐威他們拍《風從哪裡來》，並演唱了電影的主題歌〈風從哪裡來〉，這時萬沙浪的黃老闆剛好從新加坡來了，說這個電影殺青了，他的新歌就要發出來了，要開記者招待會。

萬沙浪於是決定將樂團解散，因為他從此要走上國語流行歌的路線了。

萬沙浪的電影和歌一出來，一夜之間便成為了臺灣最耀眼的新星。那時候名氣很大的歌手余天在第一飯店演出，一個晚上的演出費是三千塊臺幣，而萬沙浪一出場就是三萬塊，真是「天價」！

當萬沙浪受邀演唱〈風從哪裡來〉的時候（我之前常陪他去錄音），我成了他的小跟班，在旁保護和協助他，但同時我也在尋找自己的出路。後來一位從日本回來的朋友郭先生，朋友都叫他「Telou」（也是影響我的音樂和眼界極為深的人），因為知道我正苦於為父親籌醫藥費，所以出資和我一起開了臺灣的第一家鐵板燒餐廳——洛詩地，為我增加收入，並介紹我到他父親去世遺留給他的紡織廠工作。這段時間我一邊看店，一邊在紡織廠工作，但父親的醫藥費實在太高了，即使打兩份工也依然入不敷出，我只得繼續尋找其他工作。很幸運地，在哥倫比亞大使館咖啡館裡彈佛朗明哥的阿美族同胞楊光野，這時候給了我一個好機會，他介紹我到哥倫比亞咖啡館去唱歌，時間是每週的一、三、五。

試唱ＯＫ，就這樣，我成為了一名在咖啡館裡駐唱的意外歌手。其實我並不在乎誰在下面聽我唱，更沒管歌的事，反正我會唱很多歌，我就是要用這份工作的薪水來幫爸爸治病。我是個意外的歌手，萬沙浪也是意外的歌手，一個往流行歌那邊走去，而另一個走進哥倫比亞國家大使館附設商業推廣中心的咖啡館裡，沒想到這條路走下來，走進了一個民歌的搖籃中。

在哥倫比亞咖啡館駐唱的時候，我認識了李雙澤。第一次見到他是在一九七二年，我當時唱歌的地方前面有幾張桌子，半圓形地圍繞起來，座位的中間是一個很大的迴旋樓梯。迴旋樓梯是鐵板做的，如果有人走上來便會砰砰作響，李雙澤個子沒那麼高，人很胖，看上去有點邋遢，牛仔褲不知多久沒洗過的樣子。他胸前掛著個照相機，身後背了一個他畫畫用的畫架，看起來像個流浪漢。

我正在唱歌，他乒乒乓乓走過來，往最前面的那個椅子上一坐，開口便直接喊我的名字：「胡德夫！我聽說你是山地人呀！你是哪一族？卑南族？好，那你會唱卑南族的歌嗎？」那時候臺灣的人叫我們山地人，不會叫我們原住民。他這樣問我，直截了當地說：「Bob Dylan 的歌我會唱，但是我們自己的閩南歌我也會。你把卑南族的歌唱給我們聽吧。」

那天在場的人我誰都不認識，而他卻大概都認識，他就是這樣的一個文青，跟席德進他們都是哥們兒。他還跑到恆春去聽陳達唱歌，跟陳達也是朋友。他那樣一個大學生走過那麼多山川大河，對自己的土地那麼用心，所以他寫〈美麗島〉，實在是夠資格的人。

他向我吆喝的那一下，讓我在上面愣住了，心想：我才來上班沒多久，你就來踢我的館呀？李雙澤問我會不會唱卑南族的歌，說實話，我沒有在卑南族的地方住過，而是在排灣族的地方——大武山下長大。我小時候並沒有唱過歌，被他這麼一問，我在那發愣了很久。

他看到我有點尷尬，就說先唱他們的歌給我聽，他上來唱起陳達的〈思想起〉，而那個時代唱這樣的歌是不入流的，是根本不能唱的東西，所有的人都這麼認為，但是他唱得很自在、很有力。我在臺下聽他唱的時候，心裡一直在找歌，我到底會不會卑南族的東西？後來我想到小時候聽過的我爸爸唱他同學寫的一首歌，也就是〈美麗的稻穗〉（〈Pa-Sa Law Bu-Lai〉，中文歌名是我後來命名的）。

這首歌有三段歌詞，分別講稻米、森林和鳳梨，而我只會前面講稻米的那一段歌詞。小時候只有我一個人在爸爸旁邊時，常會幫爸爸添飯、斟酒，他喝醉的時候就會把這首歌哼唱給我聽。我爸爸五音不全，當我回想起這首歌，想把它串起來的時候感覺很難，不過我還是知道這首歌韻律的大概走向，但歌詞我就只能胡謅了。我把第一段歌詞唱了三次，唱完之後我告訴大家這首歌叫作〈美麗的稻穗〉。其實這首歌原本是沒有中文名字的，我按照歌詞裡所講的稻穗，把它的第一句當作了名稱，為這首歌取名為〈美麗的稻穗〉。

出乎意料的是，滿滿在場喝咖啡的人全部站起來鼓掌並驚嘆道：「哇！有歌呀？」李雙澤說：「我們就是有歌！就是有歌！」我一下子愣在那邊，在那個地方彈唱了幾個月，從來沒有人站起來為我拍手的，大家早已聽習慣了這些英文歌，並沒有什麼稀奇。但是那一次不一樣，我就像被一陣颱風吹過，回去也睡不著了。那天晚上，李雙澤幫我提吉他到我的鐵板燒店裡去，在那裡和李雙澤徹夜唱歌、聊天、喝酒，而當時楊弦也和我們在一起，他並且要求我要教他唱〈美麗的稻穗〉，我於是傳唱給他了。

我們三個人很快就結為朋友、歌友，楊弦向我學唱〈美麗的稻穗〉，也可以說在北部都市傳唱〈美麗的稻穗〉的第二人，就是楊弦了（是位漢人）。學完以後開始嘗試自己寫歌，李雙澤告訴我也來寫點什麼。但我寫什麼呢？我連譜子都不會看，我能寫什麼歌呢？李雙澤卻對我說：「你會唱很多的英文歌，民歌那麼多，都是寫他們自己鄉村的故事，你不是常常講放牛的故事，那你就寫寫看。」我覺得他說得對，就開始寫〈牛背上的小孩〉。

其實我一直惦念著我們村莊的人們、村莊的那些歌聲，惦念著父母親生我養我的感情。我也會想念我的牛，會想念天上的老鷹。我覺得都市是平的，腦海裡面經常會浮現出山谷裡所有的景色，在如此濃烈的鄉愁之下，〈牛背上的小孩〉就這樣被我寫出來了。

在我寫這首歌的同時，李雙澤正寫著〈我知道〉、楊弦寫著〈鄉愁四韻〉，我們寫到一半的時候會互相唱一段給對方聽。我們這三個臭皮匠都不是學音樂出身，卻整天煞有介事地唱來唱去，寫來寫去。人家說我們無病呻吟，但誰會知道，民歌的搖籃也就這麼地被呻吟出來。

雖然有了在哥倫比亞駐唱的工作，但爸爸的醫藥費還是不夠用。一年半的時間裡開了三次刀，讓他吃了不少苦。但也正是因為這樣的經歷，我的肩膀也變得硬了起來，一心想要肩擔爸爸生病住院的責任。

那個年代，一般人如果得了癌症，大都會絕望的，覺得哪裡都不要去，留在家裡準備走算了，因為高額的醫藥費沒人能負擔得起。爸爸用了一種德國的藥，一針打下去就要三千塊臺幣，那時候一個「部長」的薪水每月才七千塊錢，我一個月掙一、兩萬都不夠用了。

那三年裡，我一直想辦法掙錢為爸爸治病，但可惜得很，爸爸最終還是走了。我沒有辦法看到他最後一面，醫院發病危通知的時候，醫生已經確定他大概一、兩天就會過世，醫院用車載他到停機坪，我的姐夫帶他坐飛機回臺東去。我在醫院還有很多債務，根本不能離開，我只好叫一個朋友守在那邊，自己留在醫院用兩天的時間把債務處理好。最後錢還是不夠，我叫了幾個朋友又押上他們的身分證，我一定要趕回去看爸爸最後一面。在我回去的時候，他剛好叫了我的名字，就那樣走了，而那時候我剛剛趕到家裡。

爸爸走了以後，我聽媽媽說，爸爸那種「牛」的個性，痛苦或是難過，在兒子面前從不會表現出來。我每次從外面忙完回來，看著他、陪著他，他都是一副很樂觀的樣子，其實他非常痛苦。媽媽說，只要我一出門，爸爸便把整個氣都發在我媽媽身上，這裡痛、那裡痛，媽媽簡直無法承受他這樣的痛苦宣洩方式。但是爸爸看到我的時候卻是那樣堅強，所以不管我在外面如何忙碌，我都覺得要把壓力吞下來，我要和他一樣堅強，這對當時的我來說，似乎是一種兩個男人之間的相處方式。那個時候我才真正知道什麼叫做為家人分憂，以前面對父母親，都是去依靠。

爸爸走的時候，我的那首〈牛背上的小孩〉已經寫完了。對我來說，這是特別有紀念意義的一首歌，歌裡面最後的一句「牛背上的孩子還在牛背上吧」，其實是我自己和曾在山谷裡面放牛的那個孩子的對談。但我承認，除了緬想、追念，我確知是不可能再回那個美好的時光裡去了。

為什麼

一九八三年，我在黨外編輯作家聯誼會的時候，整個編聯會裡面只有我自己是原住民，而其下屬的少數民族委員會裡面也只有我自己在工作。那時候我簡直是校長兼敲鐘，也就是兼打雜的。所以當我想了解同胞的事情，或者他們有事情發生的時候，也就只有我一個人在奔波忙碌。

兩個月以後，一位曾就讀於世界新聞專科學校的學生童春慶，在他當兵退伍回來的那天打電話給我，問我能不能到我這邊來工作。我當然願意，總算有第二個人來工作了。在他讀書的時候，我便與他有過交往，他知道我在黨外編輯作家聯誼會為自己的同胞發出一點聲音，因此想與我一起做這些事情。後來他改名為丹耐夫．正若，一度做過原住民電視臺的副臺長。

在他來了以後，我負責跟聯誼會這邊其他委員會的聯繫，也負責聯誼會所組織的各種大型活動，原住民的這部分工作交給他去規劃。而在這之外，我們面臨的另一個事情就是找到第三個加入我們的人。臺北縣是原住民居住人數最多的地方，在我們去造訪那裡的時候，阿美族或其他比較熱心的人都會幫我們做計畫，帶著我們尋找我們所需要的人。直到遇見一位由臺東的朋友介紹過來的年輕人David（黃文忠），這才算是找到了第三個願意與我們一起工作的夥伴。

他常常帶我們去阿美族朋友不同的工作場所和他們居住的地方，比如新莊附近的磚窯，遠洋出海的八尺門，猴硐的建基煤礦和海山煤礦，還有翡翠水庫，在這些地方工作的人們大多都是原住民。我們最初的工作就在這些地方開展起來，正因為看到了這樣的工地與工人，我們才對原住民的社會問題有了具體的了解。

我們在社會運動中常會提到勞工問題，而勞工問題當中的原住民勞工問題是大家比較不了解的，於是我們提出了一些看法，尋找了一些調查資料，也請「中央研究院」給我們一些對勞工問題田野調查的資料，慢慢也就對這些問題有了初步的了解。而我的那位朋友黃文忠，他雖然不是礦工，但他就居住在海山煤礦附近的永寧巷。他的老家在臺東，自然與那些原住民礦工比較熟悉。他常常帶我到永寧巷，在我們工作完了以後，會到他的家裡聚聚，那些在理髮店、煤礦工作的朋友與我們坐在一起，大家就像一家人一樣。但誰也沒想到的是，因為一件事情的發生，他們當中的一些人從此與我們陰陽兩隔。而他們在工地的居住條件，收入水準以及被社會所對待的狀況等問題，也全部浮到了檯面上來。

一九八四年的夏天，海山煤礦爆炸了，罹難的同胞幾乎都是原住民，而且幾乎都是阿美族。爆炸以後，那些礦工的家屬憂心忡忡，不知道礦井裡面的情況如何。住在永寧巷的黃文忠第一時間打電話給我，我馬上跑到他那邊去等消息。我們聯繫了臺大社會系教授張小春，此前也一直在關懷原住民勞工及一般勞工等社會問題，那天他帶著自己社會系的學生也趕到了現場。由於我們沒有專業裝備，不能到達事故煤礦的最裡面，只能在裡面差不多五、六十公尺的地方等遇難同胞的屍體上來。一具一具焦黑的屍體被運上來，瓦斯氣充滿了他們的身體，肚子脹得非常厲害。我們把那些遇難同胞的屍體運送上來，家屬哭成一團。

我們分成了兩個工作組，一組留在那邊等屍體，我跟黃文忠這一組趕快護送屍體到殯儀館進行整理。殯儀館裡的屍體非常多，大概八、九十具的樣子，這些罹難同胞的屍體被帶到殯儀館清洗的時候，居然被人直接用水去沖，跟我們洗車沒什麼兩樣，我終於忍不住怒火與殯儀館的館長吵了起來。怎麼可以這樣對待他們？難道就因為他們是原住民勞工？我不是第一次來殯儀館，我從沒有看過殯儀館是這樣清洗屍體的。我要求他們不要這樣來清洗遇難同胞的屍體，我要他們尊重這些遇難的同胞。

那一天的工作讓大家感到非常辛苦，到了夜晚，我們拖著疲憊的身子各自回家。回家以後，我的前妻、當時我的太太，煮了飯給我吃。我打開電視機，裡面全是這件事情的報導，不斷播放著還有多少遇難同胞的屍體沒有找到，殯儀館對屍體進行整理這樣的消息。這時候，白天那些遇難同胞家屬哭泣的畫面又在我的腦中浮現出來，我沒有辦法安心吃飯，便讓太太拿錄音機過來，想錄下這首在心中醞釀已久的歌。那個時候我一直在搞原住民的社會運動，想唱些什麼其實心裡面早就有譜了，在這樣悲痛的衝擊下，之前的一些感覺立刻匯聚起來，充滿在我的腦子裡面，我知道我在這第一時間即興地能夠唱出那種感覺。

我太太是學音樂的，她是位很有名的大提琴手。她把錄音機打開，放在床沿上，我並沒有寫下歌詞，而是直接唱出了這首〈為什麼〉。

阿美族人在海邊唱歌的時候，最高的音調都是他們在唱，而在社會的最底層，最深的地下卻是他們在挖礦，最遠的遠洋也是他們在出海。想到我們共同的命運，我不禁想問一句為什麼，為什麼那麼多的人，其實也包括了我，離開碧綠的田園，飄蕩在都市的邊緣。為什麼那麼多的人爬在最高的鷹架，打造出都市的金碧輝煌。他們所打造的大型建築物或是大型橋梁，每次落成的時候都要燃放煙火來慶祝，但那煙火掉下來的地方，卻是這些同胞所居住的角落裡的工地廠房。繁榮啊，那個時候臺灣真的很繁榮，我們那個時候的年輕人一個月賺上兩、三萬塊新臺幣是很容易的事，現在卻倒退了。但繁榮啊繁榮，你為什麼遺忘了燦爛的煙火點點落成了角落裡的我們。

這些原住民同胞對臺灣發展所做出的貢獻被大家漠視，大家覺得原住民勞工是舉無足輕重的「莫蝦米」（臺語），其實在社會的各個方面，包括能源、海資源、森林資源，甚至十大建設，他們的功勞是非常大的。

我在家裡這樣唱出來，唱完以後我發現太太在哭，而我也已經泣不成聲了。這一剎那，我覺得我們之前的努力都還不夠，為同胞寫歌當然是我該做的事，但是我覺得假如能夠為他們受苦的話，那才是我的願景。所以我要求黨外編輯作家聯誼會各個委員一起來開會，要針對罹難原住民的家屬做些事情。

我們這個組織的經濟本來是很拮据的，很難募到款，商人通常不會幫助我們。但拮据有拮据的辦法，我提議在當時的新公園，也就是後來的二二八公園那裡，為罹難同胞及家屬露天舉辦一個「為山地而歌」的紀念會和募款活動。那個時候海山煤礦發放的撫恤金根本不夠用，我們也聽到一些消息，事故發生以後，這些礦工家裡一下子連購買油鹽醬醋、孩子讀書都有了問題。

由於募款大會是為罹難原住民的家屬舉辦，雖然這樣的活動在當時的臺灣社會並不合法，但治安單位並不會驅散我們。我當時在社會上發了一個邀請函，我們這裡沒有音樂家的表演，全部都是來自於在都市漂泊的原住民孩子們想為同胞唱歌，唱出他們互相激勵的歌，請大家來聽。

那次的演唱會，我請了阿美族的「北原山貓」陳明仁來唱，我在當時還只認識他們。有兩位泰雅族的學生也過來唱，我自己當然也要唱。其實那些節目非常貧乏，而且大家唱得並不是很好，更沒有想要表現樂器與唱功，只是覺得我們心裡面有很多的話想說，要趁有很多媒體在的機會講述心裡的話，所以從我開始，每一個唱歌的人在演唱以前都有一段演講。我從核能廢料問題一直講到土地問題、歷史問題，後面的人也一個接一個地說，其他民族也都講了各自的困難。

我告訴大家自己寫了一首歌紀念罹難的同胞，尤其要紀念這次海山煤礦遇難的兄弟們，然後將這首〈為什麼〉唱了出來。這首歌在當天是有錄音的，但我唱到一半就唱不下了。這首歌本來有兩段歌詞，我只唱了前面的一段，後面的一段實在我沒有辦法唱出來，幾乎是用說的方式，透過眼淚講出來的。在舞臺的後面，寫著這次活動的主題——為山地而歌，這是我真正地為原住民同胞所唱的第一首歌。

那天我在臺上的時候，看到臺下有幾個和我年紀差不多的人，看到他們的臉色，我便知道那一定是情治單位派來的便衣，而且派來的全部是原住民。看得出來。憲兵和軍中的情報官員都在裡面，但也看到一個我們村莊的人位列其中。一開始我以為那人是來給我們捧場的，但後來與他聊天，他才對我說：「大哥，我們是來蒐證的。」我只好讓他們請便。但我在唱歌的時候，在講自己同胞處境的時候，我發現他們每一個人都在偷偷地抹眼淚。

找到那扇門，走進那扇門，找到自己的田地，走進自己的田地，這在我的歌裡面占據了很重要的分量。這扇門是很深沉的。

我在當時被禁止出國，但有很多留美的學者聽到了我們的聲音，回國的時候幾乎都來捐錢。後來我們成立了原住民權利促進會，我決定在當年的十二月底離開黨外編輯作家聯誼會，因為我們在那裡同樣被邊緣化，所有的委員會編制預算的時候，卻發現我們幾乎只能靠我太太錄音和幫人家代班唱歌的錢來維持。

一九八二年，我和楊祖珺開始關懷雛妓這個社會問題，也唱了一些歌，這對社會來說無疑是件好事，但被一些政客認為我們是在搞政治、搞陰謀。因此蔣孝武禁止我的聲音出現在廣播裡面，也禁止我登臺演出。我從臺灣演出價格最高的歌手一下子變得沒有人敢邀請我，我和所有的朋友斷絕了來往，尤其是經商的朋友們。從活動的開始，我的朋友們就偷偷捐款進來，但都不敢說是什麼公司在捐款。我全部的電話都被監聽，像臺灣美國運通公司的嚴長壽，來來百貨、中興百貨董事長蔡辰洋，這麼好的兄弟，他們很有錢，也想幫助我，但我連他們的電話都不會接，我怕他們因此而被查稅遭到牽連。在黨外編聯會裡面有很多機構就是這樣子被關掉的，一旦被查起稅來，生意根本沒法做下去。後來連我媽媽也開始被約談，家裡其他人也受到了一些牽連。

我決心這樣去做，苦就苦下去好了，更何況與那些真正受苦的同胞比起來，我們這又算什麼苦呢？那些原住民同胞從家鄉出來，最後卻因意外從高空墜下，或在出海時沉沒於海底，或不幸地被瓦斯灌進去。比起他們來，我還讀過一點書，不做這些事情做什麼呢？

也許我輕輕轉過頭，一樣可以回到一個小時兩萬五千塊臺幣的舞臺上面去，一樣可以過比較好的生活，就像 Bob Dylan 講的：「假裝沒有聽到那些哭聲，假裝他們沒有死。」但這樣下去，還會有多少同胞就這樣死去呢？

在我控訴為什麼的時候，其實自己的苦難也跟著到來了，這是必須要去承擔的事情。投射什麼東西出去，自然也會相應地反射回來，那本來就是我人生大部分的樣子，直到我又回來唱他們所謂的歌。

其實我一直都在歌唱，但多數人不知道，他們以為我不會歌唱了，以為我離開了舞臺，以為做了逃兵逃掉了。如果我一直留下，永遠也學不會，更寫不出、唱不出〈為什麼〉裡面所講的東西，自己也不可能真正地從心裡面覺醒過來，只不過會另外變成在政治方面比較有名的人。

但，那又有什麼用呢？

孫大川

〈與「我」會晤——閱讀《宗教與人格》的經驗〉（一九九五）
〈從字句中尋找文化源頭〉（二〇〇〇）
〈沒有文字的歷史〉（二〇〇一）
〈留在舌尖上的祖靈〉（二〇〇二）
〈島嶼．臺灣——花東傳奇〉（二〇〇四）
〈番人寫字——我的塗鴉人生〉（二〇二二）

paelabang danapan，一九五三年生，臺東下賓朗部落（Pinaski）卑南族。比利時魯汶大學漢學碩士，曾任教於東吳大學哲學系、東華大學民族發展研究所、臺灣大學臺灣文學研究所、政治大學臺灣文學研究所。二〇〇九年擔任原住民族委員會主委，二〇一四年擔任監察院副院長，現為總統府資政、東華大學榮譽教授、臺灣大學與政治大學臺文所兼任副教授，以及臺東縣立圖書館總館名譽館長。

一九九三年孫大川創辦「山海文化雜誌社」，發行《山海文化》雙月刊，並籌辦原住民族文學獎，致力於搭建原住民族文學的舞臺，開拓以書寫為我族發聲的機會，亦是「原住民族文學」概念的最重要論述者。

著有《久久酒一次》、《山海世界——臺灣原住民心靈世界的摹寫》、《夾縫中的族群建構——臺灣原住民的語言、文化與政治》、《搭蘆灣手記》、《Baliwakes，跨時代傳唱的部落音符——卑南族音樂靈魂陸森寶》等書。並曾主編中英對照《臺灣原住民的神話與傳說》系列叢書十冊、《臺灣原住民族漢語文學選集》七冊，且與日本學者土田滋、下村作次郎等合作，出版日譯本《臺灣原住民作家文選》九冊等。

與「我」會晤——閱讀《宗教與人格》的經驗

可以和「他」不斷對話的另一個我

一本書竟成為自己的諍友、發動機，甚至成為更內在的自己——一個可以和「他」不斷對話的另一個我，一個既內在又超越的「自我」……這到底是一種什麼樣的經驗呢？經過二十多年的「交往」，凡．甘姆（Adrian van Kaam）的《宗教與人格》（Religion and Personality），讓我逐漸品嘗到這樣一種神奇的「友誼」。它使我相信：我們對有些書籍的閱讀，的確可以完全跳開知識性的掠奪，在交互浸透的過程中，「它」可以成為另一個「你」，彼此相伴偕行。

和許多民國四十年代出生的原住民孩子一樣，我童年的知識和經驗的建構，大都與基督信仰有著密切的關係。它不但提供整套有關人類罪罰意識的世界史背景，更重要的是它對貧窮和弱小族群的關注、肯定與許諾，常常能慰藉自己當時稚弱、敏感的心靈，使我能免於來自族群歧視所可能引發的人格風暴。或許就是由於這個緣故，民國六十年代初期，我北上念大學，頗留意於有關神學、靈修學方面書籍的蒐集和閱讀。大三暑假

（民國六十四年），臺大校園經過保釣、哲學系事件的洗禮，漸趨平靜；然而校園外由《臺灣政論》、《夏潮》等雜誌帶動的社會、政治改革與本土化浪潮，卻以無比的潛力蔓延開來。對這些歷史新場景的發生，我雖然所知有限，但是多少還能嗅到山雨欲來的社會氣氛，整個人因而被擁擠到「象牙塔」或「社會實踐」的抉擇困惑裡。在那個年代，原住民的議題在整個臺灣社會現實當中，幾乎是完全「不存在」的。在這樣的情況之下，愈來愈本土化的臺灣歷史走向，對原住民有什麼意義呢？我們如何給自己定位？我們將扮演什麼角色？「出世」、「入世」與「文化」、「政治」之間的焦慮，始終不斷地牽動自己當時的心緒。就在那年暑假，我蒐讀到凡．甘姆《宗教與人格》的中文譯本，菊三十開、藍色封面，密密麻麻的小字，沒有經過任何美術的編排，清涼如此。

過度理想使我們喪失掉整個人格的平衡

書是凡．甘姆為準備渡獨身奉獻生活的修士們寫的，內容涉及神學、靈修學、哲學與心理分析，是他自己修道與輔導經驗的綜合。當時這本小書之所以深深地吸引我，是因為凡．甘姆一開頭論及人格結構時，便非常明確地指出人的歷史性和人格的分化與統合。他認為：人的生活如果要具有真正的動力，「分化」與「統合」是無可避免的。「分化」在於發現和接受新的事物，「統合」則是將因分化產生的新態度納入自己生活的平衡與整體內。分化勢必使人因新的人生挑戰而激越、亢奮。過度理想化或焦慮的結果，會使我們喪失掉整個人格的平衡。唯有將那些新事物放置在我們整個人格之大背景下，加以全面反省、評估，才能免於人格與生活的分裂。

統合不是對分化的否定，如果有一天我們因懼於分化所可能帶來的不安、變動而拒絕接受新形勢的召喚，那麼我們顯然將日漸萎縮於自閉、虛幻的安全感中，而無能於回應自己的現實。因此，統合與分化是人格動力的兩個要素，缺一不可。凡．甘姆進一步認為：統合最大的標記就在於我們能依循某種藍圖及計畫而生活。此一計畫和藍圖絕非生硬、嚴酷、拘泥形式的生活表格或時間表，而是開放於自己的歷史性和現實場合的對話結果。透過這些對話，我們省察、分辨出自己的首要「承諾」（commitment），並將其置於我們生活的中心位置。由此一中心位置，我們進一步將那些次要的工作按其與首要承諾間的關係，分出層次或等級來，使我們的生活在取捨之間能有所依循。當時書中最令我印象深刻的一段話是這樣寫的：

「所以，如果我將自己生活的其他因素置諸不聞不問，可說我是一個意志萬能的愚人，我在以魔術捏造我的生活。我將如一個暴君，不理過去及未來，亦不顧沒有理性的情感、趨向和私欲；我在嘗試以改造無靈之物的方式來使自己成聖。我對待自己不像對待具有靈敏感覺或有瑕可指的人，而是如同對待一塊毫無生氣的頑石，並企圖由這頑石中鎚擊出一個完美的肖像來。這種專橫的成聖方法，使我忘記自己所有無意識的焦慮、肉體的偏情、忌恨、敵對等傾向，以及腐化我做事動機的虛榮心。因為我雕刻的頑石並非一塊毫無生氣的真的頑石，並非一塊沒有反抗雕刻師意願的，沒有過去的惡習和自我中心主義的頑石。我的本性是生活、運動及滋長於各種場合下的物事。」

就因為這段話，大三那年暑假我才有機會用一個多月的時間，仔細分辨自己的首要承諾為何？認真地與「自己」密談，嘗試理解那些「分化的意義」，鐵面無情地探測我隱密的需求和動機。後來，我很快地發現當時的焦慮、亢奮，許多是來自於虛幻的激情和驕傲的想像。我因而更堅定地返回到文化和學術的承諾上。畢業後，念研究所、負笈比利時，《宗教與人格》的教導始終如暮鼓晨鐘，響亮耳際。

立志渡一種生活，則必須死於另一種生活

旅歐期間，一個偶然的機緣，我拜訪巴黎近郊一個專為全球赤貧者服務的機構——第四世界運動組織總部（International Movement ATD Fourth World），內心感到無比震撼，我無法想像在世界花都之側，竟有那麼一群完全被「疏離」、「除外」的赤貧者；他們個人或家庭長期忍受飢餓、流離失所、精神崩潰的痛苦，他們是「資本主義體系」之外的族類。然而更令我驚訝的是：竟然也有另一批人，經過多年的考驗，最後選擇要成為一個「志願者」，放棄自己原來的工作、身分、地位、階級，願意終身為那些赤貧者服務。他們不認為赤貧者只是一群值得同情的族群，他們早已跳出浪漫的人道主義的框框，堅定地理解到赤貧者的存在和經驗，其實隱藏著人類社會未來走向及人性的奧祕。赤貧者是歷史的另一個主體，我們不但要將「歷史還給貧窮人」，而且更要以他們為師，審視我們「自以為是」的社會價值和體系。凡．甘姆說：「我最深的獨立便是自由而有意識地決定服從他人。」獨立於世俗的價值，勇敢地體現自己的「自由意志」，我在那些志願者委順於貧窮人的慷慨行動中，看到人的「自由」與「自律」美妙的辯證結合。

於是，那段日子裡，有關「承諾」的意義，便成了我反思默想的主題。

坦白地說，我生性軟弱，雖然對人生的大方向在年少時代便有了一些隱隱約約的定見，但是，落入具體的生活，總覺得自己這也可能，那也可以；貪婪求全，彷彿自己是全方位的人；讀書氾濫，實則博而寡要。求學、做人、做事，雙腳浮動，鬆鬆垮垮，一無是處。旅歐期間，一忽爾關心「大陸」問題，一忽爾擔憂臺灣、香港的前途；一忽爾熱中於中國文化的探討，一忽爾又驚嘆於歐洲哲學的嚴密精微。有時浮誇地興起某種碰觸世界史的想像，有時又因原住民長久被歷史遺忘的經驗而暗自神傷……我感到自己既豐富又貧乏，既快樂又不快樂，滑稽極了。「第四世界運動組織」志願者的堅定意志，使我更具體地領悟到《宗教與人格》一書中有關「承諾」的描述：

「所有真正的『專一』都含有必須放棄某事的成分。生命之內便含有死亡；人如立志度一種生活，則必須死於另一種生活。所有『專一』一律為『放棄』所滲透；一切承諾莫不為刻苦所浸潤，而所有自由都含有紀律在內。……人愈勇於放棄，則其做事能力亦愈大。」

「承諾」的決斷包含舊生活的死亡，我們一旦決意要專心致志於某一種生活，就不得不同時「放棄」那與新的計畫不能並立的態度、想法與習慣。一個人的生活之所以黯淡無光，乃是因為他缺乏下定決心、敢於割捨的勇氣，「他們常常猶豫不決，常在期待『確定』的到來，但其所期待的『確定』卻永無到來之日。」當然，這種決斷、放棄，不是光靠勇氣就能成事，刻苦與紀律，是隨之而來的考驗。人因為是一種歷史的存在，因而雖然一方面要向自己的未來開放，但是另一方面又得背負自己的過去。一個坦誠、健康的人格，絕不可將自己的「承諾」交由專橫的意志來管轄；我們得首先承認自己的脆弱無能，將我們的「承諾」置放在一連串衝突、對話的實踐歷程當中。謙遜因而是非常重要的，它不完全是一種德行，而是一種人生的基本態度，使我們始終能保持我們心靈的柔軟度，免於去渡一個自欺欺人的生活。「承諾」的光輝因而必須由謙虛與隨之而來的對人性脆弱的敏感度中浮現出來。

就在這樣一個閱讀默想的氣氛下，對原住民命運的思考與承擔，一個植根於自己童年經驗的召喚，便日益清晰地浮現在自己的意識當中，站到中心的位置。民國七十七年春天，束裝歸國，回到臺東故里，我深深地知道自己已將自己的大後半生交託給自己的民族，開始真正執筆書寫我民族的困境，投身於原住民文化重建與再創造的工作行列。

雖然那時我已經三十六歲了，然而一切好像才剛開始；我清晰地意識到自己的重生與割捨，的確，在我內好些生命的部分正在逐漸死亡⋯⋯。

不規律的同情是人的最大危機所在

投身於原住民事務的初期，炙熱的情感與奮身忘我的熱情，常使我漫無節制地上山、下海，尋找友誼，參與各項活動。幾次的「還我土地運動」、「正名運動」，我雖只是一個邊緣的見習生，但是我感同身受於自己同胞的悲憤與屈辱。不過，在這同時我也逐漸地反省到我們不能始終依賴或停滯在這樣激越的情緒中，我們似乎必須建立一塊穩定、堅固的磐石，凝聚創造性的力量。我因而注意到當時自己因熱情而凌亂、割裂的生活。凡．甘姆說：

「（我們的）義務及承諾，一經情感的觸動，便如陽光下的冰雹消失於無形。誰亦不能預測他在感到同情、憤怒、氣惱或悲痛時，將有怎樣的舉動，他們只隨著一時的情感而搖曳不定。人的最大危險可能便是不規律的同情。許多理想崇高的宗教或修會人員便曾為不規律的同情所誤。他們可能為了同情而漫無止境地援助他人。他們沒有節制的感情耗盡了他們的精力和閉塞了他們的視線，終於落得疲於奔命，失掉生活的方針。他們並不是在生活，而是情感和沒完沒了的焦慮生活於他們內。」

因而，收斂心神，保持與生活場合的距離，便顯得格外要緊了。按凡．甘姆的說法，「保持距離」並不是閉關自守，無視於外在的現實。它只是在創造一個空間，使我們的自由意志能免於刺激、反應的捆綁，做出正確的行使。它使人面對世界而不為世界所驅使，使我們在完全開放自己與現實的同時，卻不出賣自己的內心、自己的自我和自己的基本承諾，並準確地捕捉和響應（注意：不是反應）我們的現實。

此一內心的轉折，使我更堅定地將自己的生命焦點，集中在原住民文化的工作上。民國八十二年，在一些長輩和朋友的鼓舞下，我們創辦《山海文化》雙月刊，一個願意陪伴原住民跨越世紀末的雜誌；一個致力於文化保存、抒發原住民創作活力、厚植民族生機的刊物。我們試圖在紛擾不堪的臺灣現實世界裡，保持距離，以明亮、穩定的目光和步伐，建立原住民文化永續的基石。

對我而言，此一文化舞臺的搭建，既是一種挑戰，也是一種誘惑。如何排除萬難，守護《山海》的生生不息，不僅考驗我們的意志，更牽涉到許許多多複雜、多變的現實條件與困難。這當然不是熱心或嘴上說說，就能夠解決了事的。不過，這類事務性的難題，甚至那些來自他人的誤解、諷刺與汙衊，基本上還是外在的，只要不昧於現實，仍然有跡可尋。最令自己恐懼的是那來自內在隱密人格弱點的誘惑，凡．甘姆曾經嚴厲警告那些已在自己「承諾」道路上行走的人說：

「令人為之神傷者，是若干頗乎眾望的人物，在民眾心目中替自己造成的印象與自己的真我大相逕庭。他們急於受到擁戴，急於獲得地位和利益的貪心，全然與他們在民眾前所表演的令人稱奇叫絕的圖像大相水火，如果這類存有理想自我的人，猝然接受了認識自己的神光時，可以看到他將如何大吃一驚。他好像由夢境內墮入粗獷的現實中的人，一位由長期旅行而回返家園並看到田園荒蕪、雜草叢生的旅人。這可悲的情況，能使他懷疑自己是否有勇氣接受從頭做起的艱辛和勞碌。」

這些話聽起來似乎有些高調，但都是一針見血的提醒，缺乏這一點對人性誘惑的敏感度，我們許多對人性的善意和理想，極容易「豬羊變色」，為自我中心主義的灰塵所霧塞。我常想，《山海》舞臺的搭建，應時時保持這樣的反省力。「生而不有，為而不恃」，不僅考驗著《山海》，更考驗著我的人格世界。

彷彿一面看到自己脆弱身影的鏡子

從民國六十四年到民國八十四年，整整二十個年頭，甘姆的《宗教與人格》，彷彿一面鏡子，讓我常常能看到自己脆弱的身影。有時在深夜，有時在午後，來來回回不知展讀了多少遍，卻永恆如新。可敬的譯者方濟會的韓山城神父，早已逝世多年。不過，我卻深深地相信：每次與這本書的會晤，不但使我能和自己密談，同樣也猶如面見未曾謀面的韓神父，何等的恩賜啊！

從字句中尋找文化源頭

十一月初，鄒族的巴蘇亞．博伊哲努在臺北市立師範學院應用語言文學研究所主辦的「語言文學之應用國際學術研討會」中，提出一篇題作〈原住民外來語彙舉隅〉的簡短論文，非常扼要地列舉臺灣原住民各族語言中吸收外來語的現象。巴蘇亞認為外來語彙之進入原住民語言，主要是因為此物為新產生之物事，族語不暇新造詞彙；或因外來語之運用較為便捷，乃取代原有之語彙云云。舉證及分析雖然簡略，但巴蘇亞指出臺灣語言研究的一個重要問題。

長久以來，臺灣對自己語言生態的觀察、研究、分析是極為忽視的，字典、詞典工作無人關心，對方言、原住民語、外來語以及語法等種種語言生態的互動、變化與發展，更缺乏一個長期累積、觀察的機制；因此，臺灣當前的語言現象是混亂的，我們無法切實掌握它內在的變遷規律。字詞的基本功沒有做好，我們很難建構一個固若磐石的文化大廈。或抄襲或任意，我們找不到豐富、精準的語彙，來描述我們特殊的經驗；更無法沉澱歷來方言母語、流行話頭和外來語彙的社會、歷史意義，形塑我們獨特的主體世界。

其實臺灣是一個語言環境十分獨特的場域，原住民和平埔族各族的語言就已經相當複雜豐富，加上閩、客語，荷蘭語、西班牙語、日語、美語的介入，尤其近五十多年來因國共內戰的結果，臺灣湧進中國南腔北調的各地方言，這都在在顯示臺灣雖是彈丸之地，卻應當可以呈現語言的多樣面貌和音韻之美。然而事實的發展，卻不是如此；臺灣的語言世界，始終和它的豐富資產背道而馳。先是漢語吞噬了西部平原地帶平埔各族的母語，接著是日本皇民化教育侵蝕了原住民的語言；最後，國家意識形態化的「國語推行運動」，更以終結者的身分，斷送閩、客尤其是原住民各族母語的生機、活力。這是臺灣語言文化的無可估計的損失！

直到最近這幾年，對閩、客及原住民各族語言的研究才稍稍引起大家的注意，字典、語彙、文法、拼音系統、鄉土文學教材，紛紛出爐；復振的跡象，隨著社區總體營造、地方文史工作以及各式各樣的研討會，一一浮現。這當然是一件令人振奮的事。但是值得憂慮的是，這類新的發展仍然充滿政治和族群情緒的羼雜，成為一個相互取消的語言的戰爭，我們始終無法平心靜氣地重建我們的語言生態環境。此外，目前的成果，其實仍相當粗糙且初步。許多這類的工作和研究，常淪為三、五個人個別的興趣，既缺乏學術專業的支撐，更沒有長期的語言觀察、蒐集和分析為其後盾。這樣的研究能走多遠，不言可知。原住民各族語言的狀況，尤其緊迫。沒有文字，族語的流失既迅速又徹底。我們不但要盡速訂定一套拼音系統，更要全力搶救祭儀中、樂舞裡和老人家記憶內的大量語彙，原住民各族字典、詞典工作的進行，實在刻不容緩。不如此，則所有原住民文化復振的努力，將失去其源頭、憑藉。

句讀之學，固然繁瑣枝節，卻是一切意義或文化工程的基礎；得魚忘筌、得意忘言、古有明訓，然「忘」乃主體這一邊自我超越的事，並不表示對筌、言等工具或梯子之客觀價值的否定。臺灣文化之未來，就從字、句開始。

沒有文字的歷史

對於像我們這樣沒有文字傳統的邊緣民族而言，「歷史的匱乏」始終是一種澈心的淒楚，你既無法找到一個與自己族類可資對話的穩定傳統，更遑論如何藉它來形成某種主體論述的力量，以對抗主流歷史的任意編纂、扭曲或刪除。這種苦悶相信是許多無文字民族普遍的共同遭遇。

不知從何時起，我便養成了隨時採集族語、記錄族老談話的習慣：從人名、地理到動、植物類目；從神話、傳說到奇聞軼事——我的部落知識和歷史意識就是這樣點滴拼湊形成的。沒有既定的文本；正規的教育體制內，也沒有任何課程容許我們去學習。聽聞、每事問和祭儀的參與，變成我們史學致知活動唯一的管道。有趣的是，這種方式建構的歷史，很難成為純客觀的知識，每一個故事、事件和記憶，摻雜著說話人的面容、聲調、立場和各種場景的時空氛圍，那是詩（文學）和歷史的奇妙混合；我因而認為原住民的歷史是活出來的而不是寫出來的！這樣的經驗，使我後來大半不信任用文字書寫的歷史，並堅持用文學的態度去閱讀《史記》。

二十多年前，美國人類學家沃夫（Eric R. Wolf）寫了一本題作《歐洲與沒有歷史的民族》（Europe and the People without History）的書，提醒我們應該從人類的整體去看世界的歷史。他強調要了解近代歐洲歷史擴張的真相，應將廣泛的第三世界那些被殖民、被邊緣化、「沒有歷史」的民族的犧牲和其無言的證詞包括在裡面。我認為這是人類史學良知一次重要的提升，標誌著另一個新時代的史學態度；它所引發的反省，不應當僅止於史學方法和史料認定等枝節問題的變革，它其實觸及了什麼是歷史的本質的問題。

我常常想，對猶太人、對一個基督信徒而言，歷史到底是什麼呢？《舊約》的傳述和《新約》四部福音對耶穌行誼的細膩記載，當然不會是為了堆積零碎的資料或檔案；所有的紀錄都有一個超越文字與事件本身既清晰又明瞭的指向：即活著的天主和祂的救恩。這樣看來，歷史其實就是一種「紀念」，讓我們不斷透過它和我們存在的源頭親密對話。彌撒和禮儀因而成了某種穿透歷史本質的閱讀，歷史也成了活著的當下。

如果我們將這樣的經驗拿來默想無文字的原住民歷史，必然可以引發另一種完全不同的想像和理解。我是一個民國四十年代初期出生的卑南族人，經歷過部落還沒有電力的時代。雖有日本統治的影響，但部落大致上還維持著若干傳統風俗和儀式的活力，無論生命禮俗或歲時祭儀，個人生命的循環和部落年度的更新，都遵循著一定的節奏來運行。歷史和祖靈似乎從來沒有離開過我們。每一個祭典和儀式都像是通往祖靈的道路。

族裡的長老，沒有一個是缺乏歷史的意識的，他們根本就沉浸在一個天人不相懸隔的歷史生命中。每年大獵祭（Mangayau），我都能從他們身上領受到那強大的歷史動力。後來在賽夏族的矮人祭、排灣族的五年祭以及鄒族的 Mayasvi 中，我見證了同樣的力量。

隨著臺灣整個政經局面的大翻轉，近幾十年來臺灣史研究逐漸成為顯學。其中不少識者發現傳統漢人獨白的史觀，無法讓我們了解臺灣史的全貌、平埔族和原住民的研究，因而變成臺灣史建構不可或缺的一環。沃夫的史學反省，在這裡有了一個實踐的空間。而有關平埔族和原住民各族的史學研究，是不可能單靠文字資料來達成的，口傳文學、考古遺址、歷史語言和器物、樂舞、影像等，都是重建原住民歷史的重要基礎。荷蘭、日本文獻，以及基督教會內部往來的信函、報告，事實上已經描繪了臺灣歷史全貌的初步藍圖，這當然是一件值得欣慰的事。

接下來的問題是，原住民歷史的文字化，會不會是原住民概念化的開始？歷史書寫如果讓我們喪失了活出當下的能力，切斷了我們與自己存在源頭對話的管道，這是幸或不幸？這或許也是所有捍衛部落價值的人最焦灼的、抉擇上的困惑……。

留在舌尖上的祖靈

口味有個人性、家族性和民族性，這當中雖然沒有邏輯或生物學上的必然連結，但毫無疑問的，它是文化與生活的凸出表徵，一定程度地反映了某個族類的社會現實。

民國六十三年暑假，我第一次造訪蘭嶼，和瑞士籍的賀石神父探望當地的教友。先在紅頭停留一宿，夜半聆聽潮聲、雨聲；次日移駐朗島，三個星期後徒步旅行，路經東清、野銀。神父行囊中除了彌撒必備的聖物，其餘是一些皮膚科外用的藥品，生老病死的照顧，同樣是神父們的天職，從基督到祂歷代的門徒都是如此。那一回和蘭嶼初次的相遇，印象最深的，除了地下屋、丁字褲、飛魚、拼板舟，以及那兒獨特的風雨和星空外，雅美人迥異的飲食習慣和口味，大概是我最強烈的異文化遭遇，一個月下來，它澈底挑戰了我的味覺經驗。晒乾的飛魚、連皮水煮的芋頭和地瓜，沒有什麼其他佐料，原來吃飯可以這麼簡單！

說簡單其實只是表面的說法，我很快地發現雅美人飲食習慣的背後，有一套嚴格、細密的物種分類系統和龐大的神話體系：有男人魚、女人魚，也有老人魚和小孩子吃的魚；什麼樣的物類代表惡靈？什麼東西又是善靈的化身？哪些食物可以用同一個鍋子煮？

哪些又萬萬不可？採集或獵捕的時機亦有各式各樣的規範，往往和歲時祭儀相配合……凡此種種，讓我們重新看到人和萬物生命流轉的原始機制和倫理，飲食之學問大矣哉！

可能就是蘭嶼經驗的影響，後來自己外出旅遊，便不完全停留在視覺「觀」光的滿足上，口味的嘗試，以及捕捉口味背後的「人」和他的「文化」，更能引發我的好奇與想像。歐洲人，一般來說，吃東西比較簡單，重點不在「吃」或「食物」本身，更多的時候他們將注意力放在「談話」的內容上，他們的舌頭是「說話」用的，而比較不是嚐味道用的。羅蘭．巴特（Roland Barthes）在他一本散論日本東洋文化的著作裡，曾細膩地描寫日本「雞素燒」（sukiyaki，或譯為「壽喜燒」）、天婦羅（tempura）等食物的製作過程，並藉此論述日本飲食文化中那種沒有特殊邊緣、去中心化的特質。巴特認為，這當中其實流露了某種禪學空靈的韻致，他甚至進一步談到日本餐桌上的器皿和擺設，讚嘆筷子所隱含的豐富哲學意義。筷子不像西方的刀、叉，它指向食物，通過纖柔具有母性氣質的夾取動作，讓被指明的小塊食物獲得存在。筷子不是用來切、扎、割或轉動的，由於筷子的使用，食物不再成為暴力下的獵物，而是和諧地傳送到嘴裡的物質。幾年前我在京都妙心寺吃齋飯，主題是「秋」，器皿的形狀、料理的選擇、刀工、顏色、氣味和口感，猶如片片楓葉，令人惆悵……。

一九八八年我從比利時歸來之後，有更多遠行的機會，口味的冒險也更加開闊：雲南的昆蟲、樹蠹，新疆、蒙古的全羊，蘇州的蝦蟹，斐濟的國飲和亞利桑那州印地安人獨特的pizza……它們都在我的記憶中形成一個個鮮活的口味國度，循著舌尖的餘味，我彷彿可以辨識出它們所屬的族群，他們的面孔以及他們的生活。即使高唱全球化的今天，科技和工商貿易或許可以拆除族群的藩籬和個別性，但口味恐怕還是民族記憶最頑強的堡壘。

去年底，我受邀評審國立高雄餐旅學院舉辦的一場臺灣原住民美食技藝大賽，遍嚐二百六十四道菜；無論參賽者如何改變刀法、顏色和烹調技巧，甚至極盡巧思設計獨特的器皿和擺設的方式，讓整體的呈現能具有市場或國際化的說服力，但是我發現我焦急尋找的仍是我青少年時代留存在舌尖的卑南族、雅美族、排灣族、阿美族、泰雅族、布農族……的口味；而且在參賽者複雜、華美的作品底層，他們仍不自覺地洩露了他們祖先的味道，令我動容，一如那一回在蘭嶼和雅美人的相遇……。

吃，其實是種認同，也是種神話，更是一種儀式。它讓普世的需要和價值，呈現差異、多樣的個別性。

島嶼．臺灣——花東傳奇

多年前第一次到花蓮大港口，隔著太平洋，秀姑巒溪出海口凸起一座小山，像一顆龍珠，逗弄向內延伸至奇美部落的河身；也彷彿一道屏風，阻擋直接貫入港口的風浪。習慣於臺灣西部「平原思考」與「歷史西進」的人，只有到這裡才有機會跳離自己的陸地想像，清楚地認知到臺灣「真的」只是一座島嶼。花東沿線壯麗的海岸，密布的史前遺跡，以及那流傳在原住民各族間的神話傳說，一次又一次地指證：千百年來臺灣始終與南島有著密切地往來；福爾摩莎，其實是對東海岸的讚嘆，它的背後有著英勇的水手故事，也充滿無邊的海洋傳奇。

這樣的空間調整和歷史轉向，澈底顛覆「後山情結」，逼使臺灣向她自己的地理回歸。站在大港口，我們經驗到了一個完全不同的臺灣，一個掀開自己本來面目的島嶼。

之後的這幾十年，我來來回回於臺東故里和臺北之間，驅車行走縱谷或海線，或搭飛機越過北部山脈，沿宜蘭、花蓮到臺東，島嶼的印象更深刻了。即使在臺北，一旦開始論辯臺灣的國家定位和文化屬性，遼闊的海洋、挺拔的山脈，猶如來自靈魂的呼喚，我總是從花東海岸重新定義臺灣。

自然的傑作，臺灣原是菲律賓板塊和大陸板塊擠壓隆起的國度，山盟海誓的記號，被完全記錄在花東縱谷和海岸山脈的地質與景觀上。如果你是南太平洋夏季形成的颱風，調動風雨、海浪和天上的烏雲，以穩定的速度逼近臺灣，首先碰到的就是東海岸山脈，由北向南延伸，像母親的雙臂歡迎你也阻擋你。除非你有八百公尺中欄的實力，經過綠島、蘭嶼，一步跨過海岸山脈，否則你將被迫減緩風力，能量被陸地稀釋。儘管如此，從立霧溪、木瓜溪到卑南溪，河水暴漲，藍寶石、金礦和漂流木順流而下……據說，大航海時代西班牙、荷蘭的水手們，就是被日光下閃閃發亮的寶物吸引過來的。如果順利翻過海岸山脈，你接著將被擠壓在海岸山脈與中央山脈間一道狹長的縱谷平原上，那正是板塊運動接觸的前沿，留下許多縫合的痕跡。日據時代，殖民政府為開鑿花蓮港，並發展縱谷一帶的農業，動員沿線的阿美族、卑南族等原住民族群架橋鋪路，完成花東縱谷鐵路的修築，並為沿線的部落取了許多非常美麗的名字：壽豐、鳳林、瑞穗、玉里、池上、海端、關山、鹿野、月美和初鹿……每個站名就像一首詩的篇章。玉里、池上、關山一帶的稻米，據說是殖民地時代日本皇室指定的貢品，口碑流傳至今。

民國七十年代以後，鐵路換成寬軌，海岸線的公路也拓寬了，全力發展觀光的結果，陸續成立東海岸風景區管理處和花東縱谷風景區管理處，依山依海，形成臺灣整個東部地區的山海文化圈。從太魯閣的奇峰異石，到太麻里的金針山；一路的溫泉和多變秀麗、層次分明的山脈，構成縱谷平原最令人沉醉的景觀。當然，如果你願意，還可以騎單車到瑞穗，沿秀姑巒溪泛舟出海，更可以上船賞鯨，甚至渡海到綠島、蘭嶼浮潛；飛魚活躍的季節，順著黑潮，一支火把劃破長夜，飛魚撲身而來，氣勢神聖且悲壯。

甲午戰爭前夕，胡適的父親胡傳先生曾任臺東直隸州知州，兼領臺東鎮海後山軍務，歷三年。胡適出生後不久，亦來臺依親，前後兩年。甲午戰敗，臺灣割讓日本，胡傳先生被砍頭犧牲，胡適時年五歲。胡傳先生的日記和稟啟遺稿中，談到花東一帶許多的部落，那都是我熟悉的地方。根據胡老先生的奏摺，他認為「后山」的開發不宜深入，「踰山嶺，穿番社……，處處設防，處處為番所牽制，徒自罷其力於荒山窮谷之中」。他並以鄭成功為例，指出「臺灣後山有成廣澳，有大港口，猶前山之有鹿耳門也；有火燒嶼，猶前山之有澎湖也。如倣行鄭氏之法，據海口而不深入，立埠市以廣招徠，……置兵五百人足矣。杜外夷之窺伺，免內番之牽制，伸縮均得以自如矣。」胡先生的「前山」哲學和戰略構想，終因戰敗而未能遂行。百年之後，臺灣開始認真地思考她和南太平洋的關係，而胡老先生眼中的番人——阿美、卑南、魯凱、布農、太魯閣以及達悟，正不斷豐富花東地區的人文與歷史，以樂舞、以祭典、以體能、以繁複的文化象徵！

只有花東還可以讓人有神話的想像，也只有花東可以恢復我們自然人的身分。那兒的山風海雨、地震海嘯，不是災難，而是大地的嘆息和宇宙力量的釋放。

番人寫字——我的塗鴉人生

一、少年字畫迷

自小就愛塗鴉，但從來未想過要將這些胡亂塗寫的「作品」，集結成冊並公開展覽。塗鴉的習慣可能和成長的環境有關。我是一個一九五〇年代初生長在臺東邊緣部落的卑南族人，在那個物資匱乏的年代，部落裡既沒有圖書更沒有什麼文具，我們汲取知識的來源，主要和生活實用有關，而一些規範性的倫理訓導，則又都來自長輩們的口耳相傳。所謂「書本」的知識，是不存在的；「文字」對我們來說，是陌生的。

一九五九年，我六歲，從臺北國立臺灣師範大學回來渡大一暑假的大姐，扛著一箱書回家。那一年夏天，我被大姐書裡的圖文所迷惑，翻了又翻、畫了又畫。第二年九月，我進小學，開始學國語，從ㄅㄆㄇㄈ一筆一畫來學習。我最歡喜每學期開學發新書的時刻，書的香味和一頁一頁新鮮的圖畫及單字，給我帶來無限的滿足。通常，我會一口氣翻遍所有新書的內容。從那時候起，我就開始有囤積書籍和胡亂塗鴉的習慣。

大姐大學畢業後，返臺東女中任教，不久便和浙江籍青年軍出生的大姐夫張俊渭先生結婚，移居桃園龜山。大姐大學時代的書，成了我第一批的收藏；後來二姐、三姐、小姐姐的書籍也陸陸續續由我接管。大姐夫知道我喜歡字畫，也常寄一些小畫冊回來，有黃君璧、于右任、溥心畬等等，影響我最大的是張大千的字畫，肥瘦拉扯像螃蟹的字體，大片的潑墨，很適合我的性格。我臨摹大千先生的墨荷、松竹、仕女，還用老家剩餘的「和室紙」摹寫《長江萬里圖》的一部分；每次塗鴉完畢，對著我的家人和一臉茫然的部落玩伴，自吹自擂、口沫橫飛，現在回想起來還真覺得滑稽。上初中之後，不再和父母一起睡，我擁有自己一間小小的榻榻米房。除了一張小書桌（那是哥哥在公東高工木工科的習作，現在還安好地存放在臺東老家），四面牆掛滿了我的「書法」和「畫作」，角落還疊起我「接收」的藏書，一派文士風格。每每坐進自己精心布置的房間，翻翻書桌上的書本，遊目四周的「大作」，為之躊躇滿志。這個毛病我一生不改，妻子、兒女深受其害，但也無可奈何。從高中、大學、研究所到比利時留學，後來在東吳、東華、政大及政府機關教書、工作，每到一個新的住所、研究室或辦公室，我的書和字畫就跟著搬到那裡、掛到那裡，一點也不嫌累。

二、帖外摸索

因為一直都是隨興塗鴉，我既無師承也不耐臨帖，是自耕農，寫的是「有機字」。雖然如此，我從小卻很注意長輩或師友們寫字的風格。我父親孫夫勇先生（puiyung），民國前五年生，雖沒受過正式的教育，卻能寫出一手漂亮的日文字。我的表舅孫德昌校長，日據時代讀臺南師範學校，和後來被槍斃的鄒族高一生是同班同學，他晚年成了虔誠的天主教徒，常將主日彌撒經文以日文假名拼寫的方式手譯成卑南語，供族人閱讀。和父親比較，表舅的書體工整、一絲不苟，父親的字則顯得放鬆許多；我後來發現早期師範教育出生的國文老師字體大都比較拘謹。大學時代師長們的板書，常和他們研究的專業相應：教經學史的屈萬里先生，寫字一筆一畫，交代得清清楚楚，就像鐫刻的一樣；金嘉錫先生，字如莊子，飄逸瀟灑、靈活自在。我生性大概和父親一樣，性格較偏向老莊；我家二姐孫秀女女士也有這種傾向，她一九六一年臺北護校畢業，一直在衛生單位工作，行事作風像男子，多才多藝，字體豪邁、完全不受拘束。二姐握筆的方式很特別，拇指、食指和中指抓在鋼筆很後段的位置，離筆尖遠遠的，寫字像用腳尖跳舞。後來我看我二姐夫賈廷僚的字（他是河南人，青年軍出生，中年轉任教職），筆意顯然影響二姐很深，只是二姐的字更野、更狂。現在回想起來，我寫字的心態和作風，應該無形中受二姐、二姐夫的影響，和父親同屬一脈，我們都不臨帖，也不懂書法的種種規範。

嚴格說來，我應該是在大學時代才算是真正開始接觸書法行家，那之前紙筆不計較，純粹塗鴉，這個轉變主要受同班同學夏振基先生的薰染。夏振基，馬來西亞僑生，大我們六歲，進臺大中文系前他顯然就有書法、篆刻、繪畫和古典詩詞的根柢。大學四年，我們住在同一棟男生宿舍，我住二一〇室，他住二一二室。老同學不但筆墨紙硯樣樣俱全，畫畫篆刻也樣樣都來，我第一顆專用閒章就是他刻給我的。「海量」二字對我不知是褒是貶，邊款「賭酒須羨海量，大川以為然否」倒是非常符合我的胃口。這顆小印章從此和我輾轉天涯，變成我落款自我指涉的稱號。老同學的薰陶不僅止於此，他泡紅茶、喝咖啡、抽「Dunhill」、吃酒、唱老歌……所有可能玩物喪志的文人習氣他都具備。寫字刻印原來不光是一種技藝，更是一種生活方式和生命情調。他和臺靜農先生、汪中先生頗有往來，與王北岳先生、戴蘭村先生更是亦師亦友的關係。「夏老大」（同學們都這樣稱呼他）深知我對畫畫寫字定性不夠，大學四年下來，根本不耐指導，任憑我塗鴉亂寫，既不批評也不鼓勵。我最大的收穫是從此以後我畫畫寫字膽子愈來愈大，更可以從他那裡A到上好的筆墨紙硯。畢業時除了「海量」那顆印，我唯一正式獲贈的一幅字是一張小小的「莫漫愁沽酒，囊中自有錢」，像極了他的性格，我們的確在一起「窮開心」了整整四年。老同學回馬來西亞之後，教書、寫字、授徒不斷，尤其用心製聯，贏得「聯王」的美譽。我的戲墨、塗鴉人生最該感謝的是他，我們永遠的夏老大。

三、筆墨混跡天涯

服預官役期間，我除了帶一些書、筆墨紙硯，移防到哪裡就帶到哪裡。不久調到師部參一科當人事官，科裡文書兵紀仰昱先生寫得一手好字，楷、碑尤精，老參謀官也愛寫字，一年十個月的軍旅生涯，兩岸和平不打仗，我樂得玩筆弄墨。退伍考上輔大哲學研究所，碩士論文的指導教授是校長羅光總主教。總主教畫馬、畫竹也寫字，看他的書畫風格大概和我一樣，屬於直抒性情那一類。研究所期間，我還在新莊附近的清傳商職任教，校長連勝彥(傑閣)先生，師事澹廬曹秋圃先生，乃書法名家，因他的影響，清傳有非常濃厚的藝術氣氛，讓我悠遊自在。

碩士班畢業後，偶然機緣得南懷仁基金會（Verbiest Foundation）的支持，赴比利時的魯汶大學（K.U.Leuven）留學，筆墨當然是要帶的。那段期間，為當地中國餐館寫招牌、畫屏風，為兩岸三地同學寫字補壁，是經常有的事。當年我們臺灣同學會還策劃了一場「寶島之夜」。為募款起見，我們將各色壁報紙切成四等份，貼上裁好的空白宣紙，權當裱過的一樣。我一面帶大家跳「山地舞」、舞獅、指揮合唱，還趕場到書法區，為「洋同學」們寫字。我們準備好三、四本中英對照的唐詩選集，同學們可以任選一首排隊指定來讓我書寫。忘了當時一幅字定價多少比利時法郎，只記得求字的隊伍排得長長的，應該為同學會賺進不少銀兩。那段時期，國安局的李天鐸也在新魯汶大學深造，我一向與軍人投緣，一見如故，常杯酒高歌、闊論家國。一九八六年他學成歸國前夕，希望我寫一幅李白的〈將進酒〉存念，我不知天高地厚，慨然應允。記得那是一個週末的午後，我喝掉一瓶紅酒壯膽，展開捲筒，一口氣從「黃河之水天上來」寫到「與爾同銷萬古愁」，落款是「丙寅年暮春海量大川於比利時酒後使筆一揮」，在歡送會上親手交給天鐸，作為惜別禮物。之後，我們闊別二十多年，在各自的人生道路上奮鬥浮沉。二〇〇六年某日，我和他及湘如嫂在大直「黑白切」不期而遇，天鐸劈頭第一句話就說：「你給我寫的〈將進酒〉，二十多年來從臺灣到法國，我派到哪裡就帶到哪裡，現在就掛在我客廳的牆壁上。」二〇一七年春節過後，天鐸邀一桌好友到他充滿藝術氣息的豪宅喝春酒，大女兒、女婿陪同出席，飯後便在那幅多年的舊作前合影，見證這段不可思議的情誼。

二〇〇九年我因八八風災重返行政院原住民族委員會任職，救災工作繁鉅，行政院、立法院及內部會議一個接一個，有時深感枯燥、疲累。為了調劑身心、保持平衡，隨手抓起桌上的紙筆胡亂塗鴉，畫質詢的立法委員、畫對桌的內閣閣員。我曾將畫林中森秘書長和陳冲院長的塗鴉給內閣同仁看，林秘書長繃緊的面孔和陳院長加菲貓的模樣，大家都覺得頗有幾分神似。我因而更加大膽了，塗鴉的範圍逐漸擴大，畫朋友打瞌睡、臨摹八大山人、豐子愷、馬蒂斯等中西名家的畫作，更氾濫至各式各樣的裸女圖片。紙張是隨處拿的，尺寸、顏色、破損不計。我習慣用日本吳竹筆（kuretake）來塗鴉，並規定自己儘可能在十分鐘內畫完，有時候順手，有時候功虧一簣。寫字、畫畫對我來說，最大的樂趣，就在其不確定性，每次落筆完全沒把握最後會寫成怎樣。今年（二〇二二）稍早，我突然心血來潮，在一個涼爽的午後，濡筆默寫范仲淹的〈岳陽樓記〉，第一次試寫，前後不到四十分鐘，一氣呵成；既沒布局，更沒草稿，筆筆冒險。完成時呼一口大氣，全身起雞皮疙瘩，像中了邪一樣。全卷首尾共約七．五公尺長

（十九×七六一公分）。現在回想起來，仍覺得難以想像。

四、正心誠意之外

我當然知道「書道」自有其莊嚴的一面，也願意相信它有正心誠意的教化功能。但不知從何時起就十分排斥書法展裡千篇一律的運筆方式，有時因為討厭自己寫出來的字像某某某，便故意用左手來寫。內容方面，雖也常寫詩詞歌賦和儒釋道的哲理金句，但對那些自己永遠做不到的格言訓誡，卻愈來愈有隔閡感。所以「提不起」、「放不下」、「半醒」、「持杯人」、「少壯不努力，老大徒三杯」、「在哪裡跌倒，在哪裡躺好」之類的句子，便層出不窮了，目的只想藉此坦承人性脆弱的事實。對政治的口號，我也喜歡諷刺以對，「山民主義」、「一寸山河一樽酒，十萬青年十萬瓶」、「酒二共識，一盅各表」等等即屬此類。當然，以「酒」為名的書寫，更如脫韁的野馬，隨處可見：「身心俱啤」、「有口皆杯」、「登高必自杯」、「杯從中來」、「舉光日」、「久久酒一次」、「如山如水，有酒有歌」等等都是我愛寫的句子。我還以擬聲的方式寫出「把來」、「酒來」、「渴來」的日本人划酒拳，引起部落族人哈哈大笑，覺得中國書法原來可以離自己那麼近。

沈謙先生在世的時候，曾給我看一對嵌字聯：「陳水扁單耳偏聽，呂秀蓮雙口多言」，很引起我為政治人物或名人製聯的興趣。一如隨興塗鴉一樣，我當然無法像沈先生那樣對仗、平仄、押韻工工整整，卻自有一套插科打諢的做法。比較規矩的如寫給江宜樺院長的嵌字聯「名無固宜言默由心，山有佳樺煙雨相隨」；豪放的如給陸委會前主委賴幸媛的「所幸兩岸風雲過，名媛孤帆江山渡」；調侃的如寫給我敬重的前總統府秘書長陳師孟的「師父大人不為五斗米折腰到底為什麼，孟老夫子雖千萬人吾往矣終究沒人理」；無厘頭的如寫給馬英九總統的「英英美代子，九九乘法表」；為了逼酒黨（尚人不尚黑）曾永義先生讓出黨魁位置未果，特製一聯「永不退讓做黨魁，義無反顧乾到底」，以狀其堅定之意志……這些塗鴉書寫，只為一時即興的趣味，完全認真不得。

長久以來，我寫字落款都以老同學夏振基的賜號「海量」為名。二〇一四年轉任監察院（我戲稱「入監」）之後，為表達對老院長于右任先生的孺慕之情，開始用「左衽」的別號，取「吾其披髮左衽矣」之意，既追隨老院長，同時表明寧做「番人」的心志。

二〇二一年五月間，詩人李魁賢先生常在臉書上看我塗鴉臨寫八大山人的畫作，建議我另用「八大川人」的別號。想想我親哥哥就叫「孫大山」，與「八大山人」在名稱上似有脈絡可循，覺得趣味盎然，便欣然接受，我因而又多了一個落款的稱號。玩物喪志至此，不亦快哉！

五、坐對斜陽游於藝

近十年來，承蒙古董專家兼收藏家畢庶強、林珍年夫婦的鼓勵和抬愛，認為我的塗鴉書寫或許還可以帶給人一些輕鬆、自在的「笑果」。他們認真整理了我龐大、散亂的「作品」，安排多次的展覽，並穿針引線讓我認識了陶藝家陳志忠夫婦，合力創作了一些陶藝品，為我塗鴉之路開闢了另一個可能性。行年即將邁入七十，或許真該放下一切，認真考慮「游於藝」這件事了……。

唯一感到不安的是，我寫字、塗鴉完全任性而為，許多自以為是的歪理，希望沒有冒犯到方家們的規矩；同時也希望自己錯誤的示範，不會給愛好書畫的年輕朋友帶來困擾，是所至盼。

伊替・達歐索

〈危崖與險灘〉（二〇〇〇）

〈無盡夢魘〉（二〇一六）

itih a ta:oS，根阿盛，一九五七年生，苗栗縣南庄鄉巴卡山部落（kapaka:San）賽夏族。二〇二二年五月過世。

作品側重賽夏族的傳說與生活信仰，以此重建族群的核心精神，二〇〇二年以〈矮人祭〉於文學獎嶄露頭角，後分別以〈朝山〉、〈屋漏痕〉獲得兩屆原住民族文學獎小說首獎，頻獲原住民族文學獎肯定。他的文學語言浸透著賽夏文化典故，擅長以憂悒卻又勁韌綿長的語調，描繪不斷撕裂又縫補、被摧折而又持續繁衍的族群和生命圖像。著有《巴卡山傳說與故事》。

危崖與險灘

我的一生，處在兩個極為不同卻又同是極為橫逆的時代，深深觸著人生悲劇的絕頂。努力想辨識模糊不清的歲月，試著調整時間與空間的距離，卻蒙了損失的庇蔭，無奈地守著卑下和懦弱。

腦子有如墳場，堆積太多的死亡，以至於經常痛心疾首的懊惱、痛恨我遭遇的一切。過去並不代表已銷聲匿跡，記憶中緊緊黏著的那些往事，總是排山倒海，無情地衝擊到腦海裡。一再撕毀著成長的喜悅，也磨滅掉生命中最精華的歲月。我耿耿於懷地向歷史的群山和滄海吶喊。憑什麼將我嵌入那種境遇，無端將伸入大地的根硬生生拔起，遭刀傷、受著彈丸襲擊，倒了又起，起了又倒的命運呵！

山裡人原本自然而神祕的生活，一經外來勢力介入而揭開面紗，山溪變得桀敖不馴，森林也變得崎嶇凶險。一樁樁已經無須辯解、無須平反的過往，光怪陸離地跳出又隱藏起來。然而，忠實的山，昭然若揭地記錄所有。

自新竹州「南庄抗日事件」結束後，詭異氣氛直達部落的每一個角落。日本旗幟暴烈地攀上山頂，生活起居和言行舉止，籠罩在無可遁逃的陰影下，連呼吸都感覺到困難。進入到「蕃童國民學校教育所」，身受的壓迫更加明顯強烈。如牛馬般在警察大人宿舍清潔打掃，當成人肉沙包踢擊拋甩。尤甚者，頂著項上頭顱，供其武士刀劈砍訓練，那般毫無生命尊嚴的童年，幾回夢醒，總嚇得一身冷汗。然而，大人們驚恐的神色，更甚於小孩。

每當光著腳站立在隆冬薄霜上，脹紅雙頰高唱〈大東亞進行曲〉。身著厚衣、腳蹬長靴的老師穿梭隊伍間，揮舞短鞭嚴厲吆喝著，一旦生硬的舌頭無法跟上節奏，或者半僵的腳步抬得不夠高，隨時挨著皮開肉綻、痛徹心扉的一鞭，連說理的寬裕都沒有。

如軍事管理的童年教育，輕易地被操縱、被屈服。然而，大人不上日語課或用族語交談，亦難逃鞭笞示眾，常有族人被押跪地上慘遭毒打，我夾雜在垂首駭然的人群裡，極難受地目睹巴在族人臉上、手臂和小腿上的條條血痕。母親緊緊摀著我的口鼻，深怕喘大氣也將蒙受其害似的。

十歲的年齡雖然不能辨識事情真偽，以及大人們的勞動不再歡愉，但是小小心靈總會質疑全然背道而馳的生活舉止，族人怎麼突然喪失熟悉的一切？寒夜，芒草在淒風中發出哀怨的嘆息，孤行而零落的星星眨著無奈，族人彷彿在黑暗中茫無目的走著，心頭充塞著惆悵，說不出的抑鬱和疲乏。詭譎時代能吹噓自己如何誠實、純潔、問心無愧？僅天真地比較天皇和祖靈哪個強，就得受了一頓沒由來的毒打痛罵。

有一天，插在竹牆的日本旗幟掉落到牆角泥水裡，被家人鍾愛的獵犬叼到屋後啃破。茲事體大，倘若遭經常巡視部落的日警發現，那還得了！父親趕緊再託人訂製一幅，但旗幟皆由日警控管與授予。事情爆發，父親遭監禁毒打，說了千遍的實話，依然遭受到右手拇指和食指切斷（叛亂者）的處罰。父親傷癒，顧不得我和長兄哭著跪求，在日警的逼迫下，將肇事的獵犬殺了。

初春，父親瑟瑟縮縮地蹲在芭蕉樹下，將竹杯和竹籤寒酸地插在地上，面露哀戚喃喃地向祖先祭告：「祖先哪！我們面臨了前所未有的苦難，生活步調也不再是祖先遺留給我們的方式，我們軟弱得連小米都無法祭獻給您。祖先哪！您的孩子將要被逼上戰場，請保佑孩子平安歸來。不成敬意的供奉，請笑納！」

當時，我懵懵懂懂地與父親走出芭蕉林，心裡只想著家中祭獻剩下的供品。

翌日，戶口調查的警員陪同日警長官，親自召見已登錄名字的大哥、堂兄以及其他聚落的青年。

當兵——榮耀的光環呀！老師經常說：「效忠天皇，上前線為國爭光是最英勇、也是回報天皇最實際的表現。」我雀躍地在大哥和堂兄間跳著、叫著。

大哥捧回了二把麵線、一坨豬油、兩瓶太白酒，我天真地恭維父親靈驗的祈禱，卻遭到父親低叱和母親的白眼。

當一家人把刻意撒上鹽，鹹得不得了的麵線吃完，大哥已開始連續往返於派出所報到，接受嚴格的「神經導正」訓練，精神一次比一次高昂亢奮，眼中盛滿著驕傲。傍晚，他們向屋前的櫻花樹致最敬禮，扯著喉嚨高喊齊步走、立正稍息、向左向右轉的口令，腰圍還繫上草繩你翻我摔的。而我跟在一旁，依樣畫葫蘆學著每個招式。父親捱著牆根，嘴裡噙一桿長菸，吧嗒吧嗒地抽了一堆又一堆，冷冷地遙望被晚霞染紅的山峰，享受眼睛裡面還有選擇的自由。

終於畢業了。第一屆南山蕃童教育所。那天早上，老師把日式小學制服分發完畢之後，嚴肅地說：「要珍惜來自天皇聖地的物質，這套衣服好好保管，它們是你們人生茁壯的開始，時時要心存感激，效忠天皇一輩子。」

興奮莫名地穿上制服，第一次沉浸在莊嚴隆重的祝福聲中，直覺像枝頭的小雲雀，可要飛向無邊無際的藍天囉！但是，在訓話多於勉勵的排場後，聽到必須脫下身上制服集中繳回的命令，無比榮耀的心情攸然從高峰跌落谷底。而原先換下的舊衣，早已包上石塊擲入山溝，裡頭又無底褲，如何換上舊衣回家！

被蒙騙而光著屁股的畢業生，衝出訕笑的人群，飛速地跑回家。「什麼鵬程萬里！」、「什麼天皇幼苗！」、「狗屎蛋！」、「叭嘎呀肉！」。

童稚的夢破碎，湧泉般的淚水和謾罵，宣洩在剛收養、倒楣的小狗身上，牠哀哀逃竄到竹簍裡，莫名其妙地瞄著怒氣沖沖的畢業生。

畢業不久。在一個深秋的早晨，大哥與堂兄斜背著火紅的出征帶，隨著日警走入楓林小徑，沉重而又堅實的步伐，踩得落葉窸窣作響。與父母、叔嬸一家隨行至竹林轉彎處，日警舉棍擋住了我們。而特意安排的列隊族人，齊聲高喊的「萬歲、萬歲、萬萬歲……」迴盪在山谷，久久不散。低聲飲泣的族婦，不堪遠征英雄們的頻頻回首而歇斯底里地號啕大哭，我眼含薄霧，細聽著愈來愈遠的出征之歌，而高高遠遠的天空，翱翔著兩隻蒼鷹啼叫著，也為這一幕悲傷似的。

第一次面對刻骨銘心的離情，心靈深受無比榮耀和無限悲傷兩極端的衝擊，似乎提前埋藏哀戚的種子，抽芽茁長充滿皺褶，以及創傷的生命。

十二歲，一頭栽入林班「深造」。抓樹蟲、刈草、扛枕木，老老少少依排定的日期強迫參與「公共勞動」。工程愈大，勞動時間也愈長，微薄的工酬已不足糊口，還得苛捐雜稅地搾取已剩無幾的粟米雜糧，甚至將耕作鐵製器具，彎刀、匕首、槍械一律報繳，復失去鍋盆鋁蓋的基本生活用具，似乎回到最原始的生活。

「皇軍大敗支那兵，皇軍傾全力攻擊美英帝國，我們忠誠做皇軍後盾，天皇萬歲、萬萬歲……。」強迫學日文的夜課，日警口沫橫飛的精神訓話。沉重的眼皮、疲憊的身軀、咕咕作響的肚皮，哪有精神聽鬼吼、高呼萬他媽的歲。

長期的體力勞動，飢餓是我最大的敵人，它無時無刻不在折磨我的肉體，壓迫我的精神。嚴格控制定量的糧食，吃過之後覺得比沒吃還餓，因而想盡辦法尋找可吃的東西，蚱蜢、魚蝦、青蛙這些隨手可得，青蛙只要去掉頭及大肚子後，剩下兩條腿，水中洗一下便可以吃了。

只要敢吃生肉就不會成為肚子的附庸。只要是人，就不能讓肚子指揮。我昏著頭想，大人真的騙了我嗎！說什麼以前阿公獵到黑熊，水鹿、山羊遍野都是，野鳥、山雞都不屑獵捕，肥滋滋的肉類從不叫小孩餓著，吃不完還醃著呢！可現在面對塞不滿牙縫的青蛙腿，那些時光又為何變成現在無法計量的挨餓！又為何生活苦味盡寫在每個人臉上。人只要餓了，再大的意志力也無法掙扎而起，更何況在肚子勒得前胸貼後背的情況下。

有一天，父親半夜把我搖醒，輕聲說：「我到山上去。」與父親躡手躡腳摸黑到杉木園，裡頭十餘位族人蹲著支解一頭黃牛，聽說是吃了有毒的螳螂死的。我幫忙分配裝袋，每一戶都有。在大家緊守口風之下，過了相安無事的一個月，這段時間可說是口欲最為豐饒的時光，儘管三更半夜到僻遠的崖洞裡烹煮，而且還得派人看守，為這個暗藏美味的祕密守著。但是，一位族人在午餐的便當裡，藏了醃漬的牛肉，特殊味道引起了日警的注意，這件事因而曝光。可憐的那位族人遭到嚴刑拷問，左腳瘸了，而部落十餘戶族人，幹的活更長，工酬也取消掉，日子過得既悲哀又痛苦。

大哥回來了。彷彿縮小了尺寸，瘦骨嶙峋地躺在擔架上。深陷的眼眶、失神的雙眼，眼皮像失去彈性般、撩起來特別地沉重，如上了一層墨的皮膚，浮腫潰爛。母親憐惜地摩撫大哥臉頰，悲切地輕喚。

大哥在母親懷裡沉睡一夜之後，精神似乎好了許多。聲如蚊蚋，娓娓道出新幾內亞戰役親歷的一切：「擔任粗重的挑伕工作尚兼最前線的敢死隊員，在最慘烈的失去補給、軍隊完全無可食用的情況下，受命狩獵供應部隊食物，而分得的食物卻是日本人吃剩的獵物殘骸，還得如野狗搶食香蕉皮、椰子殼、甘蔗渣果腹。我們稱作高砂兵的隊伍，挖壕溝，背著火藥在封鎖線埋布雷管，長期體力消耗以及沉重的任務負荷，終難逃過美機轟炸而死傷泰半。在一次突襲轟炸，我被日兵推出擁擠不堪的防空洞而遭爆塵擊傷。當救援的日軍戰艦靠岸，接泊的小艇悉數將日兵載走，而臺灣兵和高砂兵必須自行游過去。當時傷口浸泡海水，痛得幾乎昏厥。」述及在船上遭死屍處理的悲慘遭遇，目眥欲裂地氣憤而顫抖，咳出了一攤攤黑血。

「我不知道船艦停在哪裡？也不知道過了多久？只聽到哀號和慘叫聲，醒來又昏了過去。全身忽冷忽熱，有一天有人叫了我的名字，迷迷糊糊中被抬到船上，後來，好像聽到媽媽聲音，睜開眼才知道我回家了。」

父親連夜從漢人郎中取得了藥草趕回，煎服擦抹了二天仍無見效。族裡的巫師唉聲嘆氣了起來，他說：「準備後事吧！祖靈已在接引他的途中了。」

第三天清晨，烏鴉撲飛在櫸木間暗叫，綠繡眼鳥也已不斷橫阻部落人的去路。大哥終於凸著血紅的眼球嚥下最後一口氣。

天哪！頂著榮耀光環出征，卻纏著灑滿黃色消炎粉、髒兮兮的白紗布，受盡非人待遇而如棄敝屣地丟回部落。哀慟逾恆的母親，失神地梳理亡兄亂髮，不甘也不願承受白髮送黑髮的痛苦，反覆昏厥在張力無限的失子悲痛中。父親撲簌簌地流眼淚，咬牙切齒地嚼裂了菸管，悲不能抑地仰天咆哮。而我，跟著族人製作木棺，直至日警安排簡單的喪葬而結束了一切。

自始至終，我沒流下半滴眼淚。但大哥所說一字一句，深深埋在心裡。

日子變得如死一般地沉默和灰暗。父親的白髮從鬢角爬到了頭頂，半夜經常喊頭疼而不斷地呻吟，纏在他頭上的編織束帶愈勒愈緊，彷彿無法止息腦際裡低迴不盡的憂鬱而疼痛不堪似的。母親似乎突然老了十歲，那要灰不灰的髮根在秋陽裡淒淒閃著，益發沉默地在房子裡穿進穿出，每個夜晚想找回什麼似的，失魂落魄地把衣服從木箱裡取出又放回。我突然感覺到無形的恐懼籠罩住這個家。

自從巫師說出：「綠繡眼的異常鳥鳴，以及迴旋飛撲不去，占卜得知大哥魂魄仍滯留家中，捨不得離去。」在懇求日警，且在其監督下，族人備妥牲禮重新做傳統的喪葬儀式。然而，父母失親之痛依舊，生活的枯枝已不在我頭腦中攪動，而又得面臨父母親落落寡歡，一家人彷彿拖著麻木疼痛的身體過日子似的，感覺腳下踩在一個黑黑的深淵上頭，一股吸力由下方直撲而上。

又一個深秋、芒花翻飛的季節，部落接二連三遭受刻骨傷痛後，顯得死寂而沉悶。堂兄因右掌炸碎，復員歸來的欣喜旋即被另一族人戰歿的噩耗沖銷殆盡，交織在悲傷和欣喜間的族人，骨髓肌理充滿著無奈。

有一天，狗吠聲劃破月光皎潔的夜晚，單薄的木門輕易被日警和數名武裝軍人占據。「次郎先生，別吵醒家人。這是充員令，請跟我們走！」日警低聲警告應門的我。父親蹲在灶旁聽到這段話，握著炭火夾顫巍巍地站起來。母親從房裡撲出、緊緊抱住我身子哭號。

當雙親肩胛抵著寒芒閃動的刺刀時，先是喉嚨發乾，然後全身顫抖，最後眼淚不能遏止地往外洶湧，從胸腔發出像山谷裡的回音，大喊著：「叭嘎呀肉！放了他們，我跟你們走。」

天空灰濛濛的。一顆流星劃過、消失在遠方，連一聲道別都來不及。深秋這個悲涼的季節呀！餞送道別的機會都沒有，心情如灰濛的天際，沉得豁不開來。

帶刺鐵網、持槍哨兵、插旗子的訓練營。來自於各地，完全不相識的充員兵如羊群般挨擠在泥濘地上。穿著高階軍裝的軍官用粗大嗓門「歡迎」效忠天皇、誓死護士的我們，接著一段疲勞轟炸的訓話。之後，各階級的軍官再一一上臺致詞、點名、編班，個個口氣嚴厲，揮動含有威脅的手臂，然後把我們趕入一間間營房。大通鋪床，已整齊劃一地擺好軍服鞋帽、盥洗用具，一應俱全。

我像一名觀眾突然被拉到舞臺，無法進入要扮演的角色而惴惴不安，心裡湧現出無法形容的悲涼，尤其大哥那深刻而無法磨滅的一幕，夢魘如影隨形。

新兵除了種菜、養牲口外，平時卑躬屈膝地任憑驅使和羞辱。我暗自咬著牙：「應該還有自己的歲月吧！必須想想辦法。它是最壞的但也是唯一的……。」

飄散著汗騷味、霉腐味和絲絲血腥味的營舍裡，我唯一的出路，在暗夜的夢境中悄悄發芽。我放不下父母一再被戮傷的身體，我要……。

焦慮於龐大的奴役世界，夜夜鬱悶而無法釋懷，我常用衣服堵住嘴巴，讓眼淚無聲地奔湧而出，於是，夢見自己身在坦坦平原，既無險灘懸崖，也沒有急喘斷谷，只有自己的一場獨角戲，主角沒有笑容，在暗夜裡靜靜守著春季的淒涼。

南臺灣的海軍營區，突然起了一場狂風驟雨，懾人魂魄的閃電，穿透似黑紗織成帷幕的雨。半夜，尖厲的哨音此起彼落，將新兵列隊於滂沱大雨中，面面相覷地注視橫陳泥濘的二具僵硬屍體，而大雨把血水沖刷到我們腳下，旋著又散開。我彷彿做了什麼惡事，情不自禁地發顫，本以為「發芽」的夢境是一片光明，而獨角戲的下場竟如此猙獰可怖。臺上，儼然成為生死判官的軍官，向隊伍揮著武士刀，大喊：「巴嘎呀肉！哪個要逃兵，給我先見閻王去。」

「唰！」一聲，長而鋒利的刀狠狠地揮入雨幕，刀芒似乎主宰了全場，震懾了所有人。看著發白泛青的屍體，心想著：也許雨幕不足以掩蔽祂們的身影！可能閃電映照出他們的行蹤！但是，人都死了還得遭受凌遲，鞭子幾乎打碎了死者衣服，露出條條的青紫肉痕，我的夢從此夭折。

火車有節奏地隆隆飛馳，將訓練不及三週的新兵，載往另一個煉獄般的牢籠待命上船遠征。候船期間，穿梭在傷兵和死屍之間，終日親歷著血泊和死亡，呻吟與哀號似浪花一波又一波翻騰著。我想起了痛苦過世的大哥，不禁悲從中來。

看著與日軍不同衣著軍人（臺灣籍），屍體全丟入大型魚網內，吊運到倉庫堆放，而身亡的日籍兵如卸下的魚貨般排在一起，有尊嚴地蓋上白布。我在海與哀傷之間被囚禁，承受著人間地獄、悲劇絕頂的衝擊，停泊在慘絕人寰的港灣強烈地恐懼、哆嗦著。生死命題的感受宛如燒紅的鐵棒滾捲於身，因高熱而呻吟，旺盛的熱痛燒至心靈深處。戰爭的面貌，竟是這般殘忍可怖。

有一天，在日落的餘暉下，一艘不知名的大軍艦停泊外海。各軍種的官兵陸續上岸之後，得知前線已敗仗撤退。過了幾天，日皇敗降的廣播驚動了整個港口，如喪考妣的氣氛，滔浪般臨空撲下，不時傳出有軍官切腹自殺、有上兵跳海，還有情緒失控、拿著軍刀逢人就砍的瘋漢。軍紀蕩然。

憂喜參半中，渡過投降後急轉直下的大混亂，識得路的早已擅離部隊而去，而大部分不知天南地北，以及磨刀霍霍想與老美拚個死活的，如五色盤的菜餚突然混在一塊，根本摸不著頭緒地想幹什麼、想去哪裡。受降五天後，終於有幾位日本軍官，個個垮著一張臉整理隊伍，並下了一道結束惡靈召喚的命令。

歸鄉卡車上，臺籍漢兵隨著大街小巷的鞭炮聲，情緒逐漸高漲起來。到了鄉間，更是三不五時地命令司機停車，追打攻擊穿著和服的日人。

「喂！蕃仔兵，你們怎麼不下去？那日本太太很可愛喲！臺灣光復了哪！要高興，要高興。」

「蕃仔就是蕃仔，笨得和豬一樣……。」

他們侵入日商的家裡，回到車上除了相互炫耀戰功，以及展示背包裡鼓鼓的戰利品之外，還對著枯坐半天、背脊緊緊貼著卡車斗篷支架不同族的七名「蕃仔兵」冷嘲熱諷。布農族古夫伐納不屑地重哼，引起了一場七比二十的群架。不言不語的我，也莫名其妙地幹架了起來，全力衝向前去，像發洩心中久藏的怨氣，拳頭雨點般落在別人身上。臺灣光復，卻是我額頭被敲破的永恆記憶。

一輪旭日從山頭升起，劃破涼氣逼人的群山，溫暖和煦的陽光投射樹梢，霧氣開始消融，百鳥的合唱聲此起彼落，歌頌大地的重獲光明。與父親彎著腰拔除陸稻中抽高的雜草，開闊充實的綠色山坡，許諾著生命無盡地延續。

百花齊放的春天，與隔一座山的族人女孩結婚，生活增添一抹暈紅浪漫色彩。妻子分擔了母親瑣碎家事，並無微不至地照顧全家生活起居。部落依循四季更迭、回復秩序的播種、收穫、狩獵和祭祀。靠山生存原本就是樸實單純，生活雖然艱苦，但始終是愉快而滿足。憑藉軀體——充滿希望而亢奮的力量，家庭生計逐漸改善，也幾乎脫離以往無法自主的生活。

但是，自從鄰居的一名少婦哭哭啼啼地跑回家，他的丈夫說出令人驚訝又氣憤至極的事情，他說：「我去山裡放獸夾，叫妻子代我值勤兩天的工友。大家都知道，工友只是整理派出所環境，或者跑腿遞送公文，警員卻叫她洗衣煮飯，做好之後，他又捲起袖子哇啦哇啦地大罵，我太太一句也聽不懂。後來警員又指著通鋪上的棉被，用手勢叫她上去摺疊，正在疊被時，他撲上去把我妻子壓住汙辱。你們評評理，這什麼狗警察！」

想起警員初到那天，動員聚落族人幫忙搬運行李，接收日本派出所還召集族人大肆慶祝一番，一位會說「國語」的族人，翻譯說：「警員是大陸來的部隊軍官，派到這兒照顧我們，有什麼事可以向他報告，他一定會解決。他孤家寡人生活不便，每家輪流派一個人當工友一個月，薪水會發給你們。」誰又料到，旗桿上換了一面旗幟，部落所受的苦難絲毫未減，甚至更為明目張膽。

在一個月黑風高的夜晚，一聲槍響，擊碎了一個家庭——也助長了警員的氣焰，口口聲聲要抓暴亂分子——過去日警隨身攜帶的警棍佩刀，已讓族人不寒而慄。而今面對隨時擊發出子彈的手槍，更令人命在旦夕的感覺。

自從那不自量力的族人，為妻子打抱不平遭到槍斃，而妻子前去領回屍體當日，派出所警員將陪同領屍的族人飭回之後，她就彷彿消失在空氣中，再也看不見她的蹤影。倒是一些趾高氣揚的生面孔，踩著征服者的步伐，鎮日在各聚落流竄監視。族人默默憑窗眺望，似是明朗又神祕的灰藍野景上，堅硬的細草活得那麼卑微。而悄悄收斂的太陽，在山與山之間又急迫地搭起了黑幕。

一陣雷雨的午後，枯坐簷下想著母親說的那句話：「神社部落的一位親戚，昨夜被憲兵帶走，他家人急得⋯⋯。」

天空陰陰的，有雲。堆疊天際間的雲層裂開一絲縫，像一雙窺伺的眼。金黃色的天光自縫隙灑落，像洩密的耳語。被定罪成「匪諜」的小學教員，也和那命運乖張的少婦一樣，從此下落不明，是生是死，誰也不知。夜來，親戚長輩呆愣愣地圍著一堆火，似乎為不複雜而又遭到不幸的問題困擾著。歐斯底里的婦人，像被一團熾熱的火追逐著，哭訴著：「他什麼也沒做呀！他們連拖帶拉⋯⋯他有喘病，他被五花大綁。」那似哭似笑的聲音被一陣狂風撕碎，淒婉悲切地散在濃濃的黑暗中。

抓人事件過後，部落飄來一張張青天白日滿地紅的入伍通知單。

青壯族人全部被征召，遺下老弱婦孺。巨大唐突的悲傷再度圍捲部落。提著母親裝入一大團糯米飯的小包袱離開家鄉，感覺四周充斥著重疊交錯頻率各異的哭聲。天色是昏暗的，從寬廣墨綠中，倏忽而來的急雨，以及天上堆積的昏暗雲層，在在強化了這片山嶺命中注定的特殊容顏。我不敢回頭，那抱著、牽著幼兒的妻子哭聲，哪是僅僅只為了依賴。眼神緊緊逼視遠方墨綠的叢林峻嶺，無法逃離的魔咒似乎隱藏在這個大山裡，讓族人絲毫無法抗拒地接受統御。

「哭什麼哭！全部給我回家！」揮舞槍桿的士兵，飽含眼淚而禁聲的母親，這情景，幾乎在腦海裡全消失的卻又再度滋生起來。我試圖進入悲傷情境卻不能，焦慮盯著不認識的字、後來才知其意的「反攻大陸、解救同胞」斗大標語。茫然坐上掛著不同旗幟的軍車，讓顛簸的石子路搖晃毫無意識的軀體，滾捲如龍的黃塵，逼得淚水只能往肚子裡吞，慨歎悲慘命運呵！似惡靈黏附於身，纏緊著不放。

又是一個極盡磨人的舞臺。雖然日本和中華之間的風味大相逕庭，但訓練如何殺敵的性質完全一致，要我們服膺效命的仍舊是一幀畫像。

殺、殺、殺……刺刀狠狠插入朱德、毛澤東、周恩來的稻草芻像……。殺朱拔毛的動作除了要狠準之外，表情還得咬牙切齒。

「媽哩個死老百姓，你給俺回你娘肚子裡，吃奶的力氣都沒啦？去，給俺再扎深點。」粗魯的罵、踢、打，滿口的辣味和蒜臭噴得你滿臉。聽不懂濃重的外省鄉音，可真吃了不少苦頭，即使是臺籍漢兵，照樣被踢得滿地爬。我著實搞不懂，那些不斷侵略山林土地的漢人，也會面臨如此的屈辱，臺灣光復那天又為何囂張地目中無人——他們不都是來自海的那一邊嗎？

有一天，在挖濠溝工事，一隻發出悲鳴的小鳥從頭上飛過，我放下鐵鍬，盯著牠消失在遠方的藍天。突然！一個槍托硬生生打在腰眼上。

「他奶奶的！看啥風景，快幹活！」我翻倒地上，復被一腳蹬破了鼻子，鮮紅的血落在鬆軟的泥土，立刻被吞噬。我好想讓血流盡，這樣便可以忘記一切了。

在一個豔陽高照的中午，所有的新兵集合在沒長上半棵樹的土坡下。穿著比日本軍官還邋遢衣服的長官，臉孔像那土坡一樣，刀切似的咆哮：「同志們，現在是中華民國，在這裡不能聽見鬼子話。現在，我數到三，誰會說日語的請出列。一、二、三……。」

新兵你看我、我看你，交換茫然的恐懼的目光，卻沒半個站出來。

「現在再給你們三分鐘。」一片寂靜中，長官看了腕上老錶，皺了皺眉，突然大吼：「站出來！」一隻手充滿攻擊性地指向隊伍，炭火一樣的眼睛來回掃射著。一個、二個、三個……最後，幾乎全站了出來。長官走向未出列的五個新兵前面，指著其中之一的我說：「你說什麼話？」我沒出聲，他突然轉身，又猛然回身給我一拳。摀著肚子的我，復遭一腳拐倒於地，然後聽見他對其他人哇啦哇啦地大吼。我不是不誠實，也不是不會說日語，而是從頭到尾完全聽不懂長官所說的話，因此沒出列。我想，舉手肘於頭，身子後縮，瞇眼示憐的其他四個人，也應該和我一樣，聽不懂濃濃的國語。當然，這一段之後，在操練中被一個山東大漢懸空抬起丟到木橋上，那胸部撕裂的痛楚，一種想吐的暈眩中，下定決心要學好「國語」，因而了解了浮在腦海時時刺痛的記憶。

漢名！耗費一番功夫的臨摹倣描才有些樣，唸起來依然舌頭打結。

「畜生，叫你過來，聾子啊！奶奶地狗熊。」長官不只一次喝斥中文姓名的自己，倆不相識的標記符號既彆扭又鬱卒，這一點臺籍漢兵可吃香多了，被挨罵、責打的盡是五官深刻、皮膚黝黑的山地人。

來自中部山區的尤命馬賴，額頭和下巴的黑紋可把他給害慘了。長官簡直把他當野物看待，凌虐復汙辱。

「野蠻人過來，把桶子給俺舔乾淨。」天啊！那桶子是撈肥水澆菜用的，上頭還殘留著黃黑間雜的穢物。看他舔汙物的人，發出了嘔、嘔、嘔的反胃聲，更何況是吐得臉色慘綠的受虐者，如此被凌遲似乎是他生活的一部分。

更甚者，命令他穿著匪軍服裝當成活教材，宣布說：「這二天山地訓練作戰，誰把這個野蠻人抓回來，不論死活，一舉升為下士副班長。」

在真槍實彈的追殺下，沒水沒食物的尤命馬賴，終難逃喪心病狂的圍剿指令，第二天傍晚，在一處樟木林無力地趴伏著。遍體鱗傷地被俘後，長官在士兵面前把他的右手硬生生給剁了，尚壯志凌雲地嘶吼。

「大家給俺聽清楚，爾後碰到萬惡共匪，不是要他們的手，而是項上人頭。」

失去右手的尤命馬賴被勒令退伍。十餘天後的深夜，營區發生了重大事件，那位長官的喉嚨斷了，被咬的。當然，誰幹的大家都心知肚明。這種狠角色的殺手，那些長官還得拜他為祖師呢！

嗚呼！一個人身上的印記，竟然遭遇到如此大的磨難。而日後返鄉，聞及祖孫三代排隊抽籤，並冠上各種不同的姓氏；同一個祖先，竟然出現張冠李戴的奇特現象！動亂年代，血緣也可以荒謬、盲目地排列組合——一場可怕的大災難呀！

草木皆兵、小心匪諜就在你身邊的日子令人心寒。

「土八路、馬里嘎比……」罵得震天價響，依然搞不清國父和孫中山哪個偉大，何況以ㄅㄆㄇ的程度，硬要繳出一篇美麗大陸河山的愛國作文，寫不出就得關禁閉、受挨餓，再洗腦。

隔閡、疑懼和憤怒揉雜在相互矛盾弔詭情境中，幸者視同囚犯從事負荷極為沉重的勞役，不幸則以「通匪」、莫須有的罪名一槍斃命；而幸或不幸的衡量標準，隨興於執行者的好惡或喜怒無常間。

血泊死屍雖然令人怵目驚心，畢竟是一個結束，一夕數驚地受種種精神折磨和動不動驟然湧出的不安，內心積壓無可名狀的恐慌和怖懼，令人魂不守舍，胸腔疼痛難當，憂傷的氣息低迴不盡……。

光復國土、殺朱拔毛的船艦因韓戰爆發而停滯不動，我再度閃過死神召喚。丟盔棄甲的歸途中，已認得「努力建設、生產報國」牆面標語，琅琅上口的「國語」也能與外省警員攀談，逐漸消弭與族人之間的對立與衝突。

當沾沾自喜有所獲益時，卻詫異地發現族人賴以生存的土地上，強勢者以「開發」

名義正進行著侵略式的「土地利用」。我感覺到看不見的魔手，比以往更碩大地伸入部落。看那紛繁的圖利雨絲豈在逐漸浸蝕部落！一批接一批，如黴菌一般，伸著細瘦的鬚腳，飽汲溼氣披蓋部落最深邃、最私密的地方，又像一圈圈漫過池面的漣漪，層層疊疊無法估計它的大小，也完全無法控制住它的伸展空間。而身分地位的卑微，尊嚴的淪喪，加上人為的土地放領，生存空間已瀕臨窮山惡水之間。

更驚惶於「番仔」的指定詞、讓族人孩子在學校受盡了羞辱和歧視，儘管苦勸或責罵，依然減不了孩子們潛意識裡的抗拒，能逃學就逃。我意志消沉、憎惡兩面旗幟裡埋伏的各種災厄，是恩賜也是折磨，是布施也是乞求，是結束也是重頭開始，在我的生命周遭如此惡性循環著。

我發起了高燒，前所未有地驚駭著，將失去更多的東西、甚至所有。

自從經濟結構改變，以及恣意破壞原本生生不息的山林生態後，食物的獲得，似乎回溯到兩隻青蛙腿的原點。

我走入教堂信仰耶和華，經歷太多悲喟和痛苦，除了心靈得以依託之外，更迫切地需要外邦雪中送炭的救濟品，即便是一罐結塊的奶粉、泛黃的麵粉、微酸的牛油以及長過膝的上衣，不無小補於經濟架構崩塌後的空茫。

當孩子們長大有能力負擔家計的時候，部落已空洞得無可憑依，必須遠走他鄉，再度演繹痛苦別離的劇情。而又為栽入陰險狡詐、布滿陷阱的都市叢林裡的孩子們，日夜不安地守候，祈禱。

父親只活了六十九歲，含著渾然的悲涼，坦然地離去。他負載著起起落落的情緒，記錄了情感的分分合合，所有的悲哀解讀，逕流入土中，自此消隱，遠遠地遁隱於另外一個世界。可您要走，一句話也沒說上，沉默如山。

母親已近一世紀的天年歲數，逐漸失去了視覺與聽覺，細細微塵足以摧折地接近風燭尾聲，與妻子緊守她身旁，憧憬上帝引領的道路——捨棄世間所有的悲涼——捨棄記憶，平靜地以個人儀式自由飛翔。

我從被「支配」的深淵爬上來，巨大的震盪又將我摔落被「壓迫」的大澤中，懸宕在滅頂或奮力泅上岸的邊緣命運。獨自笑、獨自哭、獨自流血、獨自哀號，獨自……沉默。獨自進入失神狀態，恍惚、疲倦、困惑、又不無掙扎，一忽而從地上升到高空，看到天上五色彩雲和爭鬥的氣流；一忽而又墜落下來，跌進茫茫無底的深淵……。

當了日本兵又徵召為中國兵——如此的非凡經驗雖然非我獨嘗，但忠實扮演隨風搖曳的牆頭草角色，一逕巴結日本旗幟又逢迎國民政府旗，遭受生命無情打擊和生存條件備受威脅卻一般。因害怕失去一切而裝著笑臉活下去，又在乎不確定的地位及猥瑣曖昧的尊嚴，雖然敏銳地看見族人用勞役體認無能和頹弱，但是仍將笨拙地在這塊土地上，出生和死亡。

溪流潺潺蜿蜒游走，丈量人生無盡的悲與愁；密褶蒼茫的山，深淺濃淡遠近高低記錄著人生起伏際遇。

遭受極端支配和壓迫的時代巨輪碾壓痛腳，垂暮之際經常被負載的回憶痛醒，唯靠一帖遺忘的藥方擦傷止疼。把塵封的過往揚散山嵐幽谷，透過橡樹間閃爍的光芒揮走陰霾。

此時，如釋重負卸下生命中最莊嚴與最寒冷的重擔，天地間唯與祖靈那般寂寞，我一一告訴了小孩，這一段悲傷莫名的生命旅程，面臨過令人厭煩的歷史、法律、衝突，以及無奈的壓迫感，它卻代表了無法逃離的完全自由，而這條路總是引向人生際遇，引向生命的源頭，要我的小孩緊緊地牢記於心。

後記

筆者父親於民國十七年（昭和三年）出生，太平洋戰爭結束前夕和臺灣光復初的五年之間，兩度受徵召為不同國籍的軍人，這一篇即為家父口述其刻骨銘心的生命經歷，家父說到傷心處經常哽咽得難以自處，而筆者只能忠實寫下時代夾縫裡，那般令人心酸的命運。

無盡夢魘

秋風蕭瑟。我們循著漫山遍野的芒草歸來。踩著晨露、扶著toway（矮妣），穿透濃霧，來到讓我們休息的地方。享用了鰻魚、溪蝦和小米糕點。看著你們從祭屋緩緩滾出米臼，歌聲嘹亮揭開了那恩怨情仇和那一幕幕往事……。我們所揀選的主祭，神情肅穆地訓勉，一句一句唱，抓準音調；一首一首變換，要分辨清楚，千萬別前後倒置。我們矮黑人笑了，也嗤之以鼻。你們的生命在流逝，記憶在褪色，可以遺忘的儀式禁忌，已不再重要？在一個神祕的永劫回歸說法：事物會無緣由地重複嗎？就如憑弔我們的祭典一樣。我們並非相信絕對的「真」，而是相信你們的「善」。有些時候，我們被物化、神化，另一方面又是角色工具化，這就扭曲戳傷了相互的信任。發生的已經發生，無法修改，就無須溫順地走入那良夜。

你們不用掙扎於近乎無望的祈求贖罪，也不必像病人那樣承受一次次的身心折磨，而呻吟，而落淚。我們的約定總是被善忘，第一首〈召請歌〉經常在不對的時機隨便哼唱，不斷攪擾我們。歌謠是你們賴以立足的點，是無所不在地被聆聽，你們認為一切都預先被原諒了，或許一切皆可笑地被允許。欲通往我們矮黑人的世界，最明顯的一條路徑，就得隨著歌謠穿越荒野叢林；要通往光明，唯有穿越黑暗。長久以來，我們一直存著溫柔的遺憾，在荒野獲致的驚異、感動、喜悅、冥思，以及數不清的啟示與震撼，皆源自歌謠。如果我們可以從祭歌中得到肯定與慰藉，便可以得到溫暖與和諧，我們的故事之所以悲、所以歡、所以離、所以合，絕不會從蒼白大地無緣無故產生。聽哪！你們的召請。

請唱山柿之韻，召請矮靈您老人家
薦給您溪魚和菜餚
溪魚是約定好的。
請唱楓樹之韻，用白茅草打結約定
愚蠢的我們，竟然不知為何要如此
雖然忘了結草原因，但總是要召請迎候您
請來相會述說緣由，請來 ta'ay 和 toway
沿河而來，牽著手跨過 Sikay 河，
拄著藤杖，蜿蜒成隊。

千百年來，你們以誠摯的祭祀和謙卑的心來贖罪，也曾在祈求過程中懷憂喪志，甚至被我們嚇著而禁聲。雖然每兩年飢餓的靈魂來此得以飽足，但是從中被我們所理解的混淆感情，彼此帶著所受到折磨，痛苦和憂傷，仍難以用互信互諒得以醫治，一如我們矮黑人死去的軀體已經沒有感覺也毫無欲望，依舊在你們的真理和主題之間游移不定。深刻而清晰的記憶，在祭典中療傷止疼於一時，與歲月並行的哀悼，重複憑弔著僵直、毫無生命、回天乏術的魂魄。風雨的背後總有一齣哀絕的悲劇！或是耽戀過去的美，沉緬於回憶，伴隨的悲歡曾經是一輩子生命，然而「曾經」卻是你們最大的悲哀，那意味著過去的和平不能重現，也無法複製，像被劈開的一個窟窿，不知該找什麼來填補。當你們不再耽戀過去，沉緬於痛苦回憶，裂痕將愈變愈大，一代接一代漫步在你們所發的每一個惡夢之中。漫步在痛苦煎熬，無休止地活在悲劇中。

有些表面的瑕疵似為我們矮黑人身上所留下，為了使你們不致驕傲與避免破壞許諾，我們便藏在隱密的存在裡。否定或消除那般刻骨銘心的祭典，只會削弱你們族群的生命力，甚或苛刻地完全滅絕。一旦來自我們的作祟，立刻將你們全然交託給命運，並永遠與我們分離，不願與你們再作生命的拉拔。當我們身在懸崖枇杷樹上，你們極大化輕巧挪用自鳴正義，草率地破壞清澈溪流、清淨空氣這般脆弱的和平世界。因而既定宿命被迫在塗泥掩飾中，悲慘而沉重的墜落；因而遭受覬覦和死亡的代價，便如枷鎖般套在你們千百年宿命。這個世紀嗚咽將沉澱累積，還是過濾昇華？傾倒剎那，早已存在於所有理由之上。

過多的想像力會使你們掉入自我的危險中，你們若少了誠信與不義，會被罪占有。繁複的方式薦引，精緻的歌舞贖罪，無非想讓你們習得如何討喜。但那些因自滿而偏狹盲目的人，即使再用棕葉一層層捆綁住外在身體，病在心中的更大抵擋，將冒著危險面對隱而未現的巨大悲哀。我們之間到底要記上多大一筆的衝突呢？必須從你們的心開始觸及。我們仍疼惜友好，在多次重逢中阻擋了魍魎邪靈、山精鬼魅侵擾你們，不該說我們在作祟。一邊是伸向五里霧的鏡頭，一邊是炯炯逼視的我們。心，在你們之間擺盪。

我們曾在芒叢間嚼食魚腥草解決了肚子的疼痛，卻無法擺脫致命的醉酒和被曲解的淫行，逗弄、戲耍、挑釁……無非要考驗你們受教化的程度。我們如苦花魚啃食溪澗的石苔，在漩渦中翻滾折騰，滿身汙泥，因傷口而無力站立，因自責而無法潔淨，當我們的魂魄看過了你們的困惑之後，然後對彼此所造成的一切，說出混合著恨和悲傷的話，便一次又一次拄著藤杖沿溪回來，沉靜、冷酷地面對屠殺我們的人。當你們被迫學習新的感覺卻損害了更多的激情與記憶，墜崖影像逐漸變得淡薄，撕裂山棕葉警示聲音不再，縱使聞嗅已經埋葬多年的軀體，寄望在稀薄的空氣中「吸回」或「傳遞」，已然是矯情得令我們唾棄而失望。上蒼與山嶺永遠鎖不住我們，即使活在失根飄泊的生涯，而在任何可能的角落，引起一陣陣的顫慄以及報復的快感，世紀夢魘將讓你們無法移動分毫。

不要藉著反覆老套或修飾過的祭詞加重自己的重擔，不要在腦海裡塑造任何神的形象，雖然發現你們與我們同在的場域甚易獲得，但獻祭予我們所做的準備，遠早於我們預備去接納。許多事比呼吸更容易更自然，但你們受外界的攪擾，經常忘了呼吸。如果結草的盟約中存有輕微的拉力，我們如何處之泰然，如若妄圖停止祭典活動，你們只能在肅靜中慢慢享受摧枯拉朽的折磨與悲傷，讓血和淚、怨與恨交織在你們土地上，單薄地在雲深霧濃裡垂首悲泣。我們反覆叮嚀，要有始有終，不可三心二意，要如黃藤般堅韌，不與人為惡，要如照顧稻米般彼此照顧，要與人慷慨分享。當肩旗帶領舞圈盤捲伸縮，是我們在巡視你們的心田，沒有專注虔誠的舞姿不會施捨憐憫。醉酒、鬧事、自大蒙騙者，就讓你們的祖靈懲罰。當歌聲轉入悽惻悲涼、舞圈成漩渦般捲入又捲出，是我們跌入深淵覆亡的悲傷往事，不要因疲累而偷懶奔跑。當亢奮歌聲讓你們激烈往上跳，掙開極大縛束般跳躍，宛如靈魂和心，奇妙地擴大和逃離。怨懟的陰影依然存在，那是你們為了要活的努力的表達，我們從不動容。

我們坐在大祭旗上，或游走在舞圈中，部分懶惰的偏愛斜背著肩旗，不在意鳥獸吃掉你們的糧食嗎？臀鈴聲透出的一些嘆息或徵象，豈不拆穿瀕臨餓死邊緣的人假扮已吃飽喝足的蒙騙。我們的旅程有開端、過程與終點，而你們經常綁住一個飢渴至極的人，不讓他朝向涼泉。過程中，許多人貪圖逐一的籌備事宜而顯露出欲念橫生的臉孔。因而，我們感覺到愈近路的終點就愈遠離開端。你們的部落漠漠倖存的結構與形式，即使像岩石般的韌性與滄桑，又如一顆又黑又硬、撞擊後的隕石，隨著柔長的時光蔓生了地衣苔蘚。但是，宿命原本可以謙卑存在，當另一類原始而飢渴、毫無節制的需求爆發，一切將被迫歸零。

我們隨著如百步蛇盤捲伸縮的舞圈繞行，可以輕易地感覺到遲鈍而僵化的舞步，因受你們自我心中的壓抑似乎根本沒有動作一般，絕非來自我們的壓迫。你們無法放過自己，無法注視每一個步伐裡的真實涵義，即使我們在你們跟前作最正確的示範，你們什麼也看不仔細。為了使相對的兩個事物契合，為何不放棄心中的自我，彼此獲得諒解未嘗不是個解脫。但是你們聽厭蟬聲齊鳴，樂聞那混濁汙穢的洪水聲，不願再靜靜聆聽細細幽幽的泉韻。我們經常被你們圍堵，怔忡在一種姿態、一種誇張、一種卑憐。夜色深濃足夠遮掩現實與真實，你們無須憂心，黑暗延伸到哪裡，部落將迷航到哪裡，就讓一具浮游的軀殼，隨著夜色擺盪。

我們的故事，本來就像春天的花，秋天的月那樣平凡。但就在這平凡裡，交織著人性的糾葛和衝突——生與死，愛與恨，追求與幻滅。你們會發現，只要我們仍在你們的軀體中，你們就會為生存而繼續作戰，而我們幾乎不可能讓那恆久的怨懟全然消失，更不會停止糾正你們的軀體進入狂烈狀態，我們會激擾你們致意識分裂而痛苦不堪，年復一年地重新導向悲傷。布幕落下並不代表結束，它還有開始。如果你們不敢正視悲劇的根源，不願承受尖酷和慘澹的歲月，你們將會困阨自己的靈魂，完全不知道將走的路。只有閃電而無驚雷的恐懼，你們總是瑟縮在懦弱、自私和計較。勤練表演的舞步，毫無警覺於藏在背後的陰影；高歌改造的音韻，從不正視黑暗中微焰將盡的意識。利之所趨，無知地層層剝落部落城牆，進而腐蝕自身內在的傳統動力。你們承載太多、太複雜的使命，封閉且自給自足，沒有出口，似乎也不必有出口，以致不斷品嘗無助與絕望。

榛木每一根細小的枝頭吐出了鮮嫩的幼芽，下垂的枝梢點著遠處山巒背峰的影子，它們苦苦掙扎在懸崖上。半死榛木已然被糟蹋、被架在屋簷上，你們跳取芒草結顯示高度和壯大，復著魔似的、咬牙切齒撲向墜地死木，往東方離去的路上，談笑著那與我們匹敵的力量。我們隨著芒草路標蜿蜒作隊而來，一路上雖然聞嗅出殘留的血腥味，也隱然瞧見潛藏芒叢之中的殺手，但友善的歌聲相隨而行，熱絡的手柔細地張羅筵約。當你們將豐收的粟纏在我們頭上，我們看見了一隻悲鳴的鳥，一直在空中盤旋著，牠雖然飛得不順暢也不愉快，但牠不被黑夜所迫而疲累，牠飛向彩色，飛向有光亮的地方。

我們依然沿河而歸，只要有路走我們循其而行，離開一個過站抵達另一個過站。由那谷間吹襲而上的暖風，一度讓我們油然生起了憐憫之心，但是，從高處墜落深澗的哀嚎，依然在風中流竄狂響，石隙間咬牙切齒的咻咻聲，恁大的溪流也掩蓋不住，流水可以削去泥土毀滅一切，它無法沖淡稀釋亙古的恩怨情仇，更休想吐盡滿口山胡椒的切齒辛辣。你們將在夢魘中自我解剖、自我叩問，把最深的自己攤開，鍛鍊靈魂深度，試著找回缺憾與完整，質疑為何纏綿在情欲、傷痕、孤獨、軟弱和執迷。就讓你們在無盡夢魘中，時而激情、時而下墜、時而荒涼。

浦忠成

〈地瓜的回憶〉（二〇一一）
〈縱谷無言〉（二〇一一）
〈基因與文化〉（二〇一一）
〈一條鯝魚的警示〉（二〇一二）
〈再讀三百年前〉（二〇一二）
〈爾愛其羌，我愛其禮〉（二〇一三）

pasuya poiconx。一九五七年生於嘉義縣阿里山鄉特富野部落（Hosa no Tfuya）鄒族。中國文化大學中文所博士。現任國立成功大學臺灣文學系兼任教授、監察院監察委員。曾任職於師大附中、花蓮師範學院、臺北市立教育大學、東華大學原住民民族學院教授兼任系主任、院長，以及國立臺灣史前文化博物館館長、考試院考試委員。

早年曾獲淡江大學五虎崗文學獎（散文）、大專院校明道文學獎（散文），以及生態文學報導文學獎首獎，後專心致志於臺灣原住民族神話的採集與研究。著有《敘事性口傳文學的表述》、《被遺忘的聖域：臺灣原住民族文化、神話與住民族文化、神話與文學》、《庫巴之火——鄒族神話研究》、《臺灣原住民族文學史綱》（上／下冊）、《再燃庫巴之火》、《神話樹與其他》等學術專書。

地瓜的回憶

四、五十年前的阿里山鄒族部落，依然是跟外界隔離的地方。儘管有一條阿里山森林鐵路穿越其間，也帶來山下的「時髦」的物品，如：太白酒、魚罐頭、鐵具，甚至無敵鐵金剛、紙牌之類，在一、兩家雜貨店販賣著，但是當時族人的生活仍然沿襲著過去很久以來的生活；我與大弟念小學（那時稱「國民學校」）時，部落還有砍去林木雜草、曝乾後焚燒以種植作物的「刀耕火墾」的耕作方式。這種耕作法首先種植小米、包穀，收成後再依次種旱稻、地瓜、芋頭、樹豆之類，這些都是部落最重要的糧食作物。

日人據臺後，為了讓族人定耕以方便管理，於是鼓勵水稻耕作，但因為地勢、水源、溫度條件的原因，推行成果有限，因此主食是產量較大的小米、地瓜。部落族人觀念中，管轄小米的神靈是女性，豐年祭或收穫祭就是祭祀祂的儀式，而地瓜則沒有任何祭祀活動，令人納悶。不過這兩樣作物分開煮來吃，味道算是單調乏味，若一起放入臼中搗過，黏稠微甜的滋味令人難忘。但是在物資匱乏、生活艱苦的年代，由於忙碌工作，只要溫飽，大人們難得會想到要在食物上創造出什麼花樣。由於長期食用小米、地瓜之類，佐餐之物稀少，孩提時期難免會對這些食物感到意興闌珊，所以父親偶爾會自部落漢民開的雜貨鋪買回一點白米，與小米或地瓜混煮，這種難得的食物就是童年美好的回憶。

記得有一回晚餐，母親煮了一鍋地瓜米飯。開動之後，一向食欲極好的大弟，很快解決一碗後就去盛第二碗，但是他盛飯的時間稍久，引起父親注意；原來他正用飯瓢小心地將地瓜剔除，只將白米飯推入碗內。看到大弟這樣的挑法，父親二話不說，起身走過去就是響亮的一巴掌，並且喝令他在旁邊罰站，不准再吃飯。由於年紀相近，自小一起長大，我與大弟感情很好，他想多吃點白米飯的心願我可以理解，當時卻無力「救援」。當晚睡前便慎重其事地跟他打勾勾，約定以後離開家絕不吃地瓜，以表示堅定地跟他站在一邊。在家不吃地瓜是決計辦不到的，只有在離家求學之後才真能實現這項約定。

幾十年在外求學、工作，偶爾在街上、餐館看見烤地瓜、地瓜稀飯之類，我確實不曾再吃過，除了因為有那回幼稚的承諾外，最主要還是對過去幾乎餐餐有地瓜的厭煩反應。有時候孩子想吃烤地瓜，我會買給他們，但自己還是不會吃。到了中年，見到報刊等媒體提及地瓜對身體的好處，還說到一些重視養生者喜當早餐的具體例證，這時驚覺自己已經有好多年沒有吃過一口地瓜了。

有一次返回老家，不經意詢問大弟是否還記得為了地瓜的往事與約定，他笑笑說記得，但約定倒沒有認真執行。這樣我就釋懷了。於是我又開始認真吃起地瓜，烤的、蒸的、拌著飯煮的都可以，除了要補回幾十年沒吃的，更要為著健康而吃它。想想地瓜這麼單純的事，卻因為環境艱苦，發生的故事讓人得以長久記憶，父親當年的嚴厲與弟弟的無奈，都讓人為之慨歎不已。

縱谷無言

火車緩慢向北駛過花東縱谷，此時正值晚春，田裡的禾苗綻放著墨綠的油亮，半空中成群的白鷺正向山邊飛行，偶見幾個悠閒巡行田埂的農夫與路上騎著單車的學生；縱谷的清晨如常靜謐。左側屬歐亞板塊的中央山脈，遭受菲律賓板塊千萬年的推擠，終於形成崇山峻嶺，而推擠並未停歇，臺灣的山峰日日夜夜仍在成長。縱谷共同居住著阿美、卑南、布農、太魯閣、撒奇萊雅等族群，以及後來的榮民，一起創造複雜而令人動容的歷史故事。

卑南與阿美在臺東平原糾纏不清的恩怨情仇，也深入縱谷；獵區的爭執、租稅的分配，都與誰先來後到有關，終而此地區兩族的故事與歌謠分不清彼此誰屬，則是共居一處許久而造成文化融合與互滲的結果。卑南與布農在縱谷南段與山區長期的土地爭奪，與清、日時期兩族的既敵亦友，戰鬥與交易，成為族群交往詭異的形態，而終究握手和解，中止了雙方戰士為了力守／力爭寸土而前仆後繼，不惜犧牲的狂熱攻守，讓後山領土的歸屬有了初步的草圖。由玉山東側南下的布農族，刻意迴避太魯閣、鄒族核心區域，進入其土地之偏遠之地，逐次建立前進基地，最後完成其在中央山脈的遷徙，奠立其「真正的山地人」的地位。至於布農族在大分鄰近山區部落，由拉荷·阿雷、拉馬達仙仙等人率領與發動一連串的襲擊日警駐在所，以及日人反制與鎮壓的行動，其慘烈的音訊最後都會彙集在昔日稱為「璞石閣」的玉里街上，與山上槍砲、嘶吼聲相互應和。布農族人近二十年的頑抗，讓日人疲於奔命，人員與金錢的損失難以計數，而在臺灣高地上最壯烈、持久，最後竟使以強悍聞名的日本軍警以歸順之名終結這樣的頑抗，而奇特史實卻不曾在歷史教科書上被提及；或許那只是「高山蕃」與硬要駐紮山區越嶺道的日警之間激烈的故事，奔竄的腳步聲、悲悽的慘叫、濺灑草木的血跡，都與平原上統治者養成默契，與已安靜度日的臺灣人無涉。

瑞穗，阿美族人稱「國國」（kohko），表示是青蛙很多的地方，沿著此地蜿蜒流向東方的秀姑巒溪谷，可以經過奇美部落，最後到大港口；這條路是吳光亮部將林東涯遭大港口青年擊殺的亡命之路。起因是他在部落作威作福，欺負婦女，早為青年們懷恨在心。這一天他要到瑞穗辦事，命令包括柯福鷗在內的幾位壯丁以轎抬著他前往，志得意滿欣賞沿途壯麗的景致，全然沒想到自己在路途最險峻的懸崖段上遭到棒擊，連人帶轎推到再也不回頭的溪流。清軍原欲征伐，卻因地形不熟，阿美人聲東擊西，讓充斥著鴉片鬼的官兵只好以既往不咎並邀宴之名，誘騙百六十餘名阿美青年，俟其聚集，埋伏官兵迅以火鎗包圍射殺，僅數人負傷逃逸。漢人史傳簡單記下：「阿美叛，官兵敉平」如雲淡風輕的文字，沒有人在乎事件的來龍去脈，甚至還在屠殺之地上建立靜浦國小。

再往北，日人伐木、造林營造的林田山聚落，靜靜承受歲月帶來的斑駁朽壞，掠奪土地資源的步伐卻一刻沒有停止過。日本移民村原有的居民早已星散，偶見來此懷舊或嘗新的旅人，瀏覽那些重新整理的日式屋舍庭園。

火車即將抵達花蓮，耳畔似乎聽聞百餘年前奇萊平原上清軍砲奪、火攻撒奇萊雅部落的喧囂與吶喊，隱約傳出頭目夫婦遭受凌遲的哀號與族人在夜色掩護下疾行草莽間的低喘；至於一九一四年日人總督佐久間左馬太親率軍警攻擊太魯閣族的兩方衝殺，及總督墜崖重傷的驚叫，似乎剎那間交相呼應於奇萊平原與縱谷的天空。火車持續北行，揮別縱谷，清水斷崖景致壯麗，千年萬年，浪潮拍岸不懈，人間恩怨情仇能如斯長存？

基因與文化

最近女兒的婚禮與歸寧都完成了，作為父親，在內心總算是了卻一種形式上的擔子，今後她與夫婿組成的小家庭得要像海上航行的舟船，獨力迎向前程中所有的驚濤駭浪或風平浪靜，儘管鄰近或許有船團相伴，前進、停止、轉向，都得要靠著自己的判斷與抉擇。女兒嫁給阿里山下竹崎閩南家族，這是我不曾認真思考的選項，卻很自然而然地成為女兒最後的選擇。在我年輕的時代，要是部落有人跟他族嫁娶，都算是大事一件，跟漢人結縭尤其容易遭人議論。孩子的母親是布農族，婚前提親時，她的祖母很有意見，認為我出身特富野，曾經是敵對並獵取其族人頭顱的部落，於是百般刁難，並有詛咒之言；後來結婚一事仍然完成，但過程中的交鋒折衝，確實令雙方長輩感到不太愉快。最後竟導致以分離收場，彼時惡毒言語留下的傷害與隔閡，當是主因。

一九七〇年代以後，愈來愈多人離開部落到各處求學、工作，只有假期才能回到部落，活力充沛而喜歡交朋友的年輕人，所認識的朋友不再拘限於部落內，於是更大幅度距離的婚嫁逐一出現。在我出身的特富野這樣才五、六百人的部落，有遠嫁日、美、丹麥的女性，也有由薩爾瓦多、越南、印尼等國娶回妻子的；至於與不同族群間的聯姻則更是司空見慣，不足為奇了。猶記得二十多年前，印象中的原住民族群長相是相對較為清晰，排灣與泰雅、布農與阿美，其間似乎存在很難混淆、混同的特徵；而隨著通婚日增，這種界線也漸漸淡化了。五十年、一百年之後，再以當時族人的圖譜對比二十世紀人類學家留下的圖譜，相信已經有極大的差異。人類在接觸交往中將基因的特質傳輸出去，也接收不同群體的基因進來，在適應環境的歷史過程中，人類不斷篩選更好的基因向下傳承，所以每一個人都是某一組基因傳遞系統的末梢，那是最優質的基因展現。

有些人為了強調自己真正屬於某一民族，於是就正經八百地挽起袖子，說明手臂的某一特徵，或者展示腳板的模樣，認為那是一脈相承的證據。殊不知歷史上曾有多少民族想逐鹿中原，多少民族在廣大的土地上南來北往，面對複雜多變的環境與人種，接觸、了解、溝通、合作一直是最重要的方式，而衝突、殺戮則是一種變調，也非常軌，聯姻更是自古常見的合作形式，嘗試強調有一種亙古不變的血統，實際上是荒謬可笑的。

曾經在課堂上跟同學說：「如果你們有寫日記的習慣，應該把今天我們在教室共處的事記下來，特別註明授課的老師是血統純正的阿里山鄒族人。因為二十年之後大概就沒有所謂血統純正的阿里山鄒族人了。屆時歷史、人類學者會很重視這項訊息。」這是玩笑話，所謂純正不純正，其實也毫不重要。最重要的還是我們對文化傳承的堅持與努力。不同族群間良性的接觸與交往不僅能消除疑懼、敵意，也能複製更多樣的適應基因，幫助我們面對不可知的未來。近來原住民同胞深深為不純或雜種之言憤怒，這種談話徒然凸顯其無知與傲慢，不值一駁，生物學家依據人類社會許多的例子證明：「雜種」體質更強，也有更好的適應能力。

一條鯝魚的警示

今年春天[1]，阿里山鄒族特富野部落依照慣例舉行春季播種儀式 miyapo，部落的領導家族 peongsi（汪家）首度使用了不是來自部落旁 c'oeha（曾文溪）的鯝魚（yoskü aülü），而是使用長者囑咐旅居臺北的孩子到烏來南勢溪釣來的鯝魚。這是前所未有的做法，原因是現在的曾文溪上游靠近部落的溪流已經釣不到鯝魚了！

近年來由於天災人禍不斷，曾文主溪由上游幾條支流開始，被大大小小的石頭與泥沙覆蓋著，平時看不到水流，等降雨較多，原本的伏流抬升，水勢漫越土石之上，沖刷溪岸，讓兩岸的坡面不斷崩塌，土石滾入溪床，讓溪床再度抬升；等到雨勢較緩，溪流減少，溪水又成伏流。這種現象周而復始，不斷循環。曾文溪這條曾經水流豐沛，溪岸兩側長滿樹林、茅草的溪流，經過曾文水庫系統不斷的「整治」，基本上已經成為死溪！溪流兩側，由上游到下游接近水庫處，到處可見崩塌的山坡面；由於土石填滿溪谷，加以每隔一段溪流就出現沒有魚梯蝦路的攔水、攔沙壩，生態已經產生重大的改變，所以溪流中的絕大多數生物已然滅絕。當地居民曾經熟悉的鱸鰻、鯝魚（苦花）、石斑、爬岩鰍、蝦、蟹等早已失去蹤影。

當初水利部門為了嘉南平原區域民生及灌溉用水，在這條溪流流入嘉南平原之前的大埔山谷地段建築水庫，預估其運轉的年限約當百年，未料地質環境與氣候的急遽改變，加以阿里山公路的開闢，導致更多遊客進入，而上游區域農耕與旅遊民宿產業增加，居民自有或承租的宜林地往往超限利用，作為農牧用地或建地。山區處處可見淺根系的檳榔、竹林、茶樹與蔬菜植地，複雜而糾結的人為擾動，對曾文水庫的壽命形成威脅，而數以千萬噸計的土石日夜沖下、堆積溪谷。為阻擋土石流入水庫，工程部門就使用最「簡單」、「有效」而效果極其短暫的方式——建築攔水、攔沙壩。這幾年看見美國陸續將過去在河流中建築的攔水、攔沙壩予以拆除，嘗試回復河川的自然生態與流動，已經有許多成功的例子；當然，臺灣地狹人稠，荒溪型的溪流特質與必需的民生及灌溉用水，建築水庫也許是不得不的抉擇，只是我們不知道臺灣的水利工程專家對於我們自己的溪流有沒有更好的維護與整治方式？攔水、攔沙壩是否最好？有沒有替代方案，譬如妥善規劃在中下游處積極疏濬溪中土石，不致流入水庫？

1　本文為二〇一二年寫成。

對於阿里山鄒族而言，這條可以通達臺南的曾文溪深具歷史文化意義：它曾經是早期族人進入臺灣「府治」購物、聯繫與洽事的捷徑；據說，攻擊嘉義中埔社口庄通事吳鳳者，也是由溪畔部落出發；部落口碑中被族人稱為長辮子兵的清軍曾經在這條溪流遭到鄒族戰士的伏擊，傷亡慘重……。

春天播種祭儀中，族人象徵性地開闢一處小範圍的粟園，播種時，主祭者以茅、竹、桑枝及小鋤並持於手中，用來挖穴及壅土，再將茅草插立土上，割開上端，嵌上魚骨；此魚骨必須首尾完整，不能斷折或少一片、一段魚骨，否則觸犯禁忌，難能豐收。人類學者認為這種儀式試圖藉由茅、竹、桑與魚等充滿活力之物，期待秋天豐收；這是一種巫術性的儀式。鯝魚在阿里山鄒族語稱「yoskü aülü」，其意為「真正的魚」、「完全的魚」，千百年來部落用於儀式的魚種竟然消失，而要遠向烏來泰雅族的溪流求援，真是情何以堪！這不是簡單的事，特別記錄下來作為警惕。

再讀三百年前

重新讀過《裨海紀遊》，這是清康熙三十六年因為福州火藥庫起火，發生爆炸，燒毀大部分的火藥；主其事者必須承擔責任，郁永河主動請求赴臺尋找硫磺礦脈，以補充燒毀的火藥資材，他留下的日誌與遊記，時間是三百年前。隨著郁永河自臺灣府治的臺南，由南向北、順著臺灣西部平原一條崎嶇難行的牛車路（當時的縱貫路），朝北而向淡水、北投前進，心思隨而進入那處林木草莽糾纏著百千年藤蔓，而猿猴在樹巔撼樹呼嘯、巨蟒蜿行於草叢、近海平原成群梅花鹿蹦躍的洪荒場景。

重溫如斯情景，儘管是陳年的歷史描述，撫今追昔，仍有足多令人感慨、感動地方。首先是自然環境的重大改變。郁永河當時舉目顧盼，西部平原除了部分草原、矮樹林外，很大部分是高可參天、鬱鬱蒼蒼的廣大森林；難怪葡萄牙水手望見，忍不住讚嘆：「福爾摩莎！」而今，西部高雄、臺南、臺中、桃園、新北、臺北那樣的大都會與衛星城市密密麻麻散布其間，中山高、二高、縱貫線、高鐵、臺鐵、東西連絡道路等，如網羅般覆蓋南北平原、丘陵之間。地形地貌的改變，也造成許多物種的滅絕，眾所周知的，昔日西部平原成群奔躍的梅花鹿，在大陸漳州大量進口鹿肉乾、日本亟需鹿皮之際，在官府與商人的催促下，獵鹿人在平原追逐，鹿群遂快速滅絕（還好部分高山地區的水鹿得以倖存）；而閩粵沿海漸次入臺的移民不斷拓墾與農耕，更造成土地環境永久的改變。其次是當時人種的紛雜多元，北行途中，郁永河逐次僱用平原上原住民部落居民，在他眼中，有的身材高大，女子白皙、面目姣好，亦有矮黑而容貌醜陋者；有面孔刺紋者，亦有雙臂、背、胸均刺青者，其圖紋自鳥翼形到虎豹之紋；不同的部落，就有殊異的裝扮，甚至還有「大耳人」，將雙耳垂插竹撐大，有的大到垂肩或撞胸。再其次是各地習俗的怪奇多樣，郁永河觀察到平原上的部落普遍存在母系社會，在婚姻上是女性為主；家中女孩漸漸成長，父母為之別置一室，少年愛慕者往往以鼻簫、弓琴調情，如果中意，會邀入宅談情說愛，等情投意合，少女稟告父母，擇日約少年到女家完婚，從此少年長住女家至老。釀酒之法亦頗異常法，集男女老少共嚼米粒，吐置竹筒，數天熟成發酵就可飲用，此即嚼酒。酒成集合眾人共飲並且謳歌。又見到婦女每到日暮即至溪水沐浴，不畏人目視，甚且以為浴溪水有治病功效，患病即更勤於沐浴，連婦女甫分娩就赴溪水與子共浴；這與西方某些見解、實驗頗有類同之處。最後是「野番」（生番）被視為殘暴、野蠻，動輒殺人取首，而「土番」（熟番）生活純樸無華、無欲無求，卻常受「社棍」（即當時的夥長、通事輩）所欺凌之類的描述。由於「土番」接受漢人官府教化，甚至納稅、服勞役，所以在郁永河眼中是值得同情的一群；而「野番」隱匿深山，不服教化、拒絕馴服，在其紀錄下，自然是受到歧視、貶抑的一方。

三百多年的歷史滄桑，變異何其之大！郁永河當年親見的景物人事，只能追尋於文獻的記述，許多的過往已經湮滅：鹿耳門的海潮、遭鄭成功軍隊剿滅的部落、凱達格蘭族與其艋舺、被屠盡的梅花鹿，以及更多已然消失的物種。但還是有繼續存在的物事，郁永河曾遠望的晶亮玉山及他曾欲登大肚山窺探的「野番」（高山原住民族），北投依然冒煙的硫磺礦穴，他曾經橫渡的淡水河系，以及今日繼續爭取自己歷史文化正確位置的「土番」（平埔族群）。

爾愛其羌，我愛其禮

狩獵、漁撈與採集是人類社會早期主要獲取生活資源的方式。隨著人口增多、聚落建立，經驗、技能累積，加上觀察自然環境與時序的變換推移，耕作的創意與技術被創造出來。賽夏族的故事最傳神而有趣：有一男子發現一群麻雀啄食一種草本植物的籽實，他心想麻雀能吃，人也應該可以吃吧！於是取回籽實種植，果然美味。後來他將自己的發現告訴其他親友，從此大家就有美味的米飯可吃了。據說這就是旱稻成為人類食糧的源頭。不同的族群有不同的故事，有的是粟神親授人類，有的是狗尾沾黏上若干籽實帶回來，也有的是誤打誤撞地進入洞穴、地道，看見地下人持有，於是想方設法帶回。總之，故事告訴後人，先民是由自然的啟示或者接觸其他文化，而獲得作物以及耕作、生產的技術與知識。漢族祖先「嚐百草」的艱苦、危險，也在說明同樣的事。

人類社會發展出千種萬種不同的文化模式，也有所謂文化或文明進步、落後的說法；紐約、東京、上海、臺北等大都會居民，一輩子盡往職位、證書、薪資、股票中流轉或討生活，可能沒見過田野中小麥、地瓜整體的長相，只熟悉大賣場分類包裝好的食品（曾有媒體報導，臺北的孩子認為馬鈴薯長在樹上）。農業社會隨著都市化而萎縮，農作生產的企業趨勢也改變生產方式，但是基因改造作物對健康的影響，以及農業、肥料傷害土地的嚴重後果，也開始讓有機而小規模的農耕重新受到注意。即使如此，澳洲仍有不少原住民社群，還是依賴採集自然資源維生。不同的文化最後選擇的生存方式，何以有如此巨大的差異？美國ＵＣＬＡ的趨勢大師賈德．戴蒙（Jade Diamond），認為關鍵因素在於環境！也就是一個群體最後為什麼會選擇某一種生產與生活方式，其實是肇因於環境給予的優勢或限制。

平原的阿美族成為稱職的農耕者、漁撈者，而海島上的雅美族男性進入近海追逐魚群，高山區域的泰雅、布農、鄒族男性，崇尚山林間狩獵中的勇健、慓悍，確實都與其所居住的環境與資源有密切的關聯。祭儀如阿美族的 ilisin（收穫祭）、雅美族的飛魚祭、布農族的射耳祭等，均與生產與生活有關，其祭祀對象恆以神祇或精靈名之，實則乃向自然天地感恩祈福，更有傳續其精神意蘊的教育深義。試想，如果雅美族的飛魚祭少了飛魚、鄒族的小米收穫祭沒有松鼠、布農族的射耳祭不見山豬耳，那祭典還能延續嗎？美國阿拉斯加地區部分原住民，法律准許他們可以捕撈少量的白鯨，因為那是他們在氣候極端的地區已經延續數千年的生活方式，這種珍貴的食物對他們的健康也很重要（部分肉類須生食以獲得某些維他命，否則會得壞血病等），但是也長年讓部分保育人士抨擊；臺灣原住民對於狩獵、採集的生產方式，部分族群或部落依然熟悉，譬如原居於中、高海拔山區的部落；狩獵與採集的倫理、知識與技能是與土地山林緊密相關，藉著神話與禁忌建立有節有度的取之有方。這些目前在法令禁制、學術論斷之下遭到汙衊、消滅的文化系統，原本是自然與人類可以建立合理對話、永續經營的平臺。

都會居民不必經手野蠻、血腥的獵殺、撈捕、剖解過程，只要到大賣場走走，刷卡或付鈔票，就可以眼不見為淨、心安理得大啖各類肉食；而弔詭的是城市人也因為知識與政經地位的優勢，因此能主導建立何種生產與生活該有的規矩，乃至於法律！臺東魯凱族達魯瑪克部落一年一度的小米收穫祭，申請入山狩獵，申請單上寫著需要狩獵的數量是二十四隻野生動物，而農業處核准可以獲取一隻山羌，讓族人感到憤怒與不解！其實這就是文化思維角度的差異所造成：工商社會又是政府部門的公務員，確實很難理解小米收穫祭為什麼非得要獵獲才能進行祭儀，動物保育團體更有意見！看來這又是一場文化差異的爭端。至聖曾感慨系之而說的「爾愛其羊，我愛其禮」，讓人懷念！

夏曼．藍波安

〈山地文化工作隊〉（二〇〇四）
〈我選擇了海洋的古典文學〉（二〇一八）
〈沒有妳，我是殘廢而孤獨的海人〉（二〇二一）
〈女兒買的書〉（二〇二一）

Syaman Rapongan，一九五七年生，臺東縣蘭嶼鄉紅頭部落（Imaorod）達悟族。畢業於淡江大學法文系，為國立清華大學人類學研究所碩士，曾就讀國立成功大學臺灣文學系博士班。

早年擔任過計程車司機、國中小學代課老師等職位，現為專職作家、島嶼民族科學工作坊負責人，與家人在蘭嶼生活、寫作，傳承造舟及海洋文化。海洋是夏曼．藍波安創作的源頭，也是他內心的信仰與依歸。透過返回原鄉，用「身體」去經驗海洋的美麗與豐饒，夏曼．藍波安重新尋找到自己與島嶼、文化之間的連繫。透過作品中真摯深情的文字，展現了達悟族的內在精神，不僅引領讀者探索海洋民族的大海，也傳承了達悟文化的核心。

夏曼．藍波安文學創作豐碩，風格獨具，且獲獎無數，曾獲吳濁流文學獎、時報文學獎、吳魯芹文學散文獎、九歌年度小說獎、吳三連文學獎、全球華文文學星雲獎貢獻獎、國家文藝獎等文學大獎。他的作品被翻譯成英語、日語、法語、捷克語、俄語、義大利語和馬來語等多國語文出版，蔚為世界級的海洋文學大家。

著有《八代灣的神話》、《冷海情深》、《黑色的翅膀》、《海浪的記憶》、《航海家的臉》、《老海人》、《天空的眼睛》、《大海浮夢》、《安洛米恩之死》、《大海之眼：Mata nu Wawa》、《我願是那片海洋的魚鱗》、《沒有信箱的男人》等書。

山地文化工作隊

兒時的記憶裡，大姐看見先父以殺飛魚刀幫我剃頭，不忍心看見我一把鼻涕一把眼淚的痛苦樣，於是請來國民黨蘭嶼鄉黨部主任來我家，說：「看，我小弟的痛苦樣，看在我是山地文化工作隊的一位好隊員，借一支刮鬍刀吧！主任。」被刮刀刮得精光的頭髮，我的頭皮除了數不清的斑斑血跡外，大姐笑破肚彎腰跟先父說：「爸，弟弟的頭從此螞蟻爬上去也會跌跤的。」而我，卻哭破了眼睛。早期的刮鬍刀迅速地剃掉了我的頭髮，鄉黨部主任接著跟大姐說：「同志，這也是山地文化工作隊的工作之一。」「謝謝領導的幫忙。」大姐回道。

「山地文化工作隊」、「領導」，當時是我們許多達悟的小孩進國民小學前許多記憶裡的新名詞。新名詞來自於大島，其作為一個國家的具體含意植入於小島內部，服務於國家機器的小團體，服從上級長官、領導的指令，象徵最低層次「以番制番」的單位。彼時，凡被鄉部選中的青年男女，成為日後每年的國定假日「表演」的劇團。

蘭嶼指揮部，如同臺灣其他地區的軍營，「司令臺」是不可缺少的建築空間。對國民黨而言，是內戰挫敗集體傷痕的延伸，以及醞釀提升（當時）反共的集體意識的舞臺。然而，在蘭嶼「司令臺」的意義是多元的，成員有國民黨、共產黨混合的軍人身分，以及臺灣來的囚犯，還有在地的、一夜間忽然成為中華民國公民的達悟人。彼時，山地文化工作隊的另一功能，即是緩和軍人與囚犯在「反攻大陸」的緊張氣氛下，適時地成為一個這個機制下孕育的表演團體；對於在地的達悟人來說，單純的樂舞表演之背後，多數人是看表演，同時有了二元（大島與小島）的比較，而這個團體的主角，即是我大姐那一代的青少年美女。

司令臺下的觀眾混合著軍人與囚犯們複雜的意念，夾著許多無限延長的幻想，每一支舞曲的結束，換來震耳欲聾的掌聲，驚嚇了傳統墳墓裡長眠的祖靈，就在再次進行下一個節目之際，人群復歸於如夜一般的寧靜。表演中有結束的一幕，結束後人們又再次地期待下一個國定假日，反反覆覆地如波浪般的情緒。第一年青澀的少年美女，在鄉黨部主任的調教下，所謂二元（優與劣）的比較，逐漸浮現在那些少女們日常的行為，於是她們也漸漸地遠離了傳統生產與勞動的場域，國民黨的鄉黨部成了山地文化工作隊集會與成長的空間，許多故事於焉展開。

我選擇了海洋的古典文學

我站在北方的天空，是真正的北方，是冰雪覆蓋的島嶼，僅次於南極的冰原（Ice Sheet）。我念過的地理，華語稱之格陵蘭（Green Land），它是丹麥屬地，丹麥王室稱之綠色島嶼，是我們星球上的第一大島，這個島嶼的原住民被印地安人稱之Eskimo（愛斯基摩）他們自稱Inuit（依奴依特）。

我站在北方的天空，當我越過了北極圈六十六度的時候，我不由自主地開啟了手機的影像功能，拍攝十五秒，那真的是一片雪白的世界，想留住它。

從飛機上鳥瞰，看不見一粒黑點，整個格陵蘭的中北邊是人類足跡難以踏查的地方，即使依奴依特人也不可能滑雪橇來這兒打獵。聽依奴依特人說，人類就是冰原的獵物。

這個島嶼，其實比臺灣大上千倍，但是人口不到六萬，是星球上人口最為稀少的島嶼。島嶼北寬南窄，狀如錐形，最大城市是Nuuk（努克），位於錐形南端的西部。整座島嶼的西部，就像我出生的蘭嶼島，有數不清的，我稱之「海溝」，他們稱之「峽灣」（fjord）的地形，這個意義大不同，峽灣的上源就是許多的冰（glacier），在我的島嶼稱之「熱帶雨林的山谷」。我與友人乘坐一艘船，遊歷於峽灣中，船邊陪同的座頭鯨不吸引我的眼光，讓我驚奇的是峽灣的天然地貌，那真是大自然的「神工鬼斧」，我頻頻張嘴讚嘆，試圖利用腦紋極為貪心地想把它全景記憶下來。

或許是海洋民族的視覺基因吧，有個一出生就帶的偏見，那就是我對於美洲大陸、歐亞大陸裡的「神工鬼斧」地景不感興趣。就像我的海洋小說，什麼海流啊！什麼女人吃的魚啊！男人吃的魚啊！不就是魚嗎！什麼中潮啊（不飽也不餓）！滿潮啊（太飽了）！退潮啊（正在餓）！不就是吃嗎！什麼天空的眼睛啊（就說星星就好啦）！或許也是陸地民族的讀者不感興趣的部分，理解的也霧濛濛的。

我們從努克市乘坐船，往峽灣內遊覽，我穿上可以禦寒的長褲、登山鞋、羽絨外套，還有我從登過十座七千多公尺以上大山的朋友那兒借來的大外套、大手套，再穿上大大的厚襪，還有保護我禿頭的棉帽。我那樣的裝扮花的費用就是我一九八〇年在淡江大學念書時一年的生活費。

峽灣裡的海水溫度，若是像在蘭嶼時裸身下去潛水一個小時的話，我將變成不會腐爛而完好的「冰屍」。船隻沿著峽灣邊緣開，我們看不到一棵聳立的大樹，岩壁上也沒有任何長出來的植物是我所認識的，換言之，格陵蘭峽灣的一切生態給我視覺新鮮震撼，絕對是蘭嶼島上沒有的生態系，可謂我視覺感官裡的大乾坤。聽我們導遊說，格陵蘭的峽灣沒有北大西洋挪威來得複雜、來得壯觀，然而每一條峽灣都有依奴依特人的冰川神守護，也就是守護冰原的原初潔淨，他們說，不是上帝創造的。這是我最愛的「神話」（冰川之神），出自於原住者的夢幻世界觀。此時，我個人的偏見忽然浮現，心中有難喻的不吐不快之感，假如我可以說的話，同時，假如你（妳）是我的讀者的話，還請妳（你）寬恕我：

我個人不甚喜歡人長得太高、吃得太胖的人類，因為死後棺材會加長、會加重，浪費地球上的樹材。我不甚喜歡太有錢的人，因為他（她）們的棺材會選擇曠世奇「材」、稀有樹種，還有墳墓特別地遼闊。不就是一個「死」字嗎？還有全球性的殯葬業者，利用多鬼神論，因為人只能「死」一次，無所不利用人性的最弱點，大大的「撈」死者的錢財，死得真的不可瞑目啊！窮人家的殯葬，卻給予草率火化。還有，我不甚喜歡天上只有一個神，地獄只有一個閻羅王，那是太寂寞的神，以及太無聊的王，我認為天上與地獄就像人世間的多樣性的鬼神，多元化的娛樂。一位依奴依特人跟我說，他們只相信耐寒的神與鬼，不相信有天堂和地獄。

努克市有一間泰式餐廳，此說明了飲食無國界，也詮釋了人類的包容性，多元神鬼的複雜性。我問那位老闆，妳怎麼來的啊？她的先生的膚色跟她一樣，依奴依特人，就沒有種族歧視的複雜問題，我微笑回應她。

有一天，我們一群人在努克市參訪一間基督長老教會，一位白人牧師跟我們說明最初來到努克市的牧師的「大功德」，其結論就如白人史懷哲去非洲黑人社會行醫一樣，就是歌頌「白人英雄」。

有人問牧師說：「有多少個依奴依特人是教友？」

「沒有。」這個答案是真實的。

二〇〇〇年到二〇〇四年，我在新竹清華大學念人類學研究所，也就是我大學畢業後的十五年，那時讀到一本書《新英格蘭的誕生》(The Founding of New England)，是由詹姆斯．亞當斯(Adams, James Truslow，一八七八—一九四九)所撰寫的。

他書寫一群清教徒在一六二〇年搭乘五月花號的郵輪，由英國到美洲，因為是「感恩節」，所以不斷地被傳頌。他們說《聖經》拯救了他們的靈魂，然而，印地安原住民教他們獵捕河狸(beaver)，河狸獸皮恰好也給了那些清教徒們與歐洲商人進行交易的財源，印地安人也教他們種植玉米，讓他們活了過來，與此同時，清教徒給了印地安人瘟疫，死了很多很多拯救他們肉體生靈的人。他們掠奪了印地安人的土地，他們說，那是上帝的恩典，讓他們有更大的土地可以生存。這是這本書的大意之一。這群人的問題讓他者百思不解，從正常人的心智來說，真是不可思議。

我與幾位臺灣的朋友們，在努克市平靜易走的街道閒逛。每一天的傍晚，有一小眾的依奴依特人在丹麥人開設的大賣場的角落出售不甚有價值的二手貨。他們的身高約是達悟族人的平均，一百六十五公分，不是很高，膚色跟我一樣，年紀也多比我小。結論是，他們都是單身漢，沒有去過丹麥的哥本哈根，因為沒有錢買飛航六小時的機票，冰原就是他們的世界，如同達悟族的海洋，即使大我三歲的堂哥，或是我們已六十六歲的堂叔，老海人洛馬比克，他們不僅放棄了學習新事物，如買手機、閱讀網路新聞，也拒絕把情感投資到新的環境，以及新的常識。

對於這類族群，假如新鮮是某種養分的話，那已經是多餘的浪花了，民族的未來與他們無關，用聲音說的傳說故事被遺忘，經驗論的海洋哲學被遺棄，身體書寫的海洋文學是虛構的，接著的是，網路新聞，多元文字引進的知識是混淆的世界。

蘭嶼飛往臺東，十九人座的小飛機，只需三十分鐘。我們蘭嶼人已經數不清楚，坐了多少趟的往與返的飛機了。格陵蘭島原來就是我夢裡就想來的，星球上的第一大島。

我想說的是，怎麼會突然實現，來這兒的夢想呢？我是在二〇一六年的十月來到努克市，離我當年考上大學一九八〇年七月，實現我第二個夢想，已經是三十六年的光景了。真的不可思議，眼睛在旅行嗎？

一九九四年的八月，我剛回蘭嶼定居不久，也剛學會潛水抓魚，養育我古時代思維的父母親，以及用華語思維的孩子們。我與一位原住民學者、一位原住民作家，以及一位在臺灣出生的維吾爾族姑娘、作家，一位滿族學者，我們一行人去了新疆。

新疆是我在南陽街補習的時候，腦海浮現想去的地方，因為新疆區域被臺灣國民黨的歷史課本稱之「北狄」，就是漢族眼裡的野蠻人（savage），但在我高中時期的想像，西北區域住著一群慓悍驍勇的不同部族，把漢族打得昏頭轉向的，如匈奴人、突厥人、蒙古人或女真人等等，這些漂亮的民族卻被漢族史觀稱之「野蠻人」，如同沒有被白人馴化的民族他們稱之「原始人」，那種不反思的傲慢是一樣。我當時認為，只有漢族才是文明人，從一九五三到一九七〇年，在蘭嶼教書的「小學老師」，跟我們這些「原始人」、「野蠻人」在教室裡說的。

我們一行人，從北京坐飛機到烏魯木齊，臺灣地理課本稱其「迪化市」。我一下飛機，看見的是烏魯木齊，而非迪化。前者的地名多好聽啊！問題出在哪？這個時候，我找到了「考試卷」的答案。原來我當時念小學時，太陽下（山）是正確的，寫太陽下（海）的答案是錯誤的。簡言之，白人說的、漢人說的，才是正確答案，才是正統的價值觀嗎？其實，我們都被欺騙了，包括西方基督教會也在欺騙我們。

「烏魯木齊到了。」我們一行人在大陸北京的團長，是位可以說四種語言（哈薩克語、維吾爾語、吉爾吉斯語，以及普通話）的哈薩克族詩人、散文家、小說家，艾克拜爾。他說了這句話，聽起來非常舒坦。果真實現了，我說在心裡。

過了幾天，我們飛到伊犁。伊犁州是位於北疆西部，哈薩克族的自治區，接近哈薩克斯坦邊界，這兒就是艾克拜爾家族住的城市，距離北京最遠。那幾天我們見到了在伊犁地區的作家群，有俄羅斯族、吉爾吉斯族、哈薩克族、維吾爾族、匈奴族等等，我們就坐在葡萄園的樹蔭下閒聊，來接見我們的都是六、七十歲以上算是我們父執輩級的身分。三分之二的作家們不會說「普通話」，就是所謂的北京話，臺灣稱之「國語」，對話時，由艾克拜爾翻譯，大川、田雅各和我，當年才三十來歲。

一九七〇年，我在蘭嶼國校畢業，當時島上官派的鄉長是我部落的族人，不會說國語。畢業典禮的來臨，這個儀式似乎是我們臺灣所有原住民族部落裡的「新興儀式」，很是讓部落人好奇。這兒有些故事，不僅僅是趣事，同時從漢語的「馴」字，可以舉出許多例子。

達悟語有句話「mapa ka Dehdehdeh」，意思是說「明明就不是漢人，假裝當漢人」的意思，恰是原野上的野馬與柵欄裡的馴馬的辯證思維。稱之「畢業」，這個意義是，漢人騎在我們身上，通過柵欄內的馴化試卷就叫畢業，沒有通過者，稱之肄業，或結業。

蘭嶼鄉鄉長致詞的時候，是由我部落的表姐夫翻譯，他是鄉代。鄉長說：「臺灣來的長官，你們不是好人，你們搶了我們的土地……。我們的孩子們[1]，非常高興，你們就要離開（畢業）這個學校了，當你們離開之後，男孩子必須努力學習潛水抓魚，學習造船，家裡的前輩才有新鮮魚可以吃。女孩子們，要努力學習種芋頭、地瓜，家裡的男人才有食物可吃，你們才有魚可以吃，然後才可以當爸爸、當媽媽……。」

姐夫的翻譯：「所有臺上的長官，你們都是好人……（拍拍手，我們在大笑，國語、達悟語，我們都聽得懂）。我們的孩子們，非常高興，你們就要離開（畢業）這個學校了，當你們畢業了以後，你們必須去蘭嶼國中念書，你們這些男同學不可以娶臺灣的女孩，女同學不可以嫁給那個外省人，我們的人口會混亂，這是我們鄉長的話……。」

我個人聽完，除了大笑以外，鄉長說的是正確的語意，然而譯者不僅胡言亂語，還加油添醋。譯者說一口流利的達悟話（蘭嶼人的族語），國語卻說得胡言亂語。

我的侄兒達卡安，是真實的海洋大學生，不是基隆的海洋大學。他在學校的試卷分數幾乎都是「零分」，如果有分數的話，應該是非題猜對的，所以延後一年才畢業。我哥哥參加了侄兒的畢業典禮，他跟我說的第一件事是，現今的「鄉長」都說了「國語」：第二件事是，校長頒發畢業證書的時候，達卡安沒有這個證書，頒給他的是「結業證書」。我哥哥問我說，這是什麼意思？

「孩子在學校的課業結束了。」

「結束的意義是，孩子在學校念書，學習漢人的知識，屬於不及格的人，簡單的說，零分與一百分，在達卡安眼裡都是魚的『眼睛』。」我解釋道。

---

1 達悟語「我們的孩子們」，意義是指「我們的晚輩」。

當時艾克拜爾幫那位新疆自治區的副主席翻譯，大意是：「歡迎臺灣來的朋友們，新疆是一個非常富饒的地方，人類自有歷史以來，這個區塊帶給世界的豐腴，從來沒有缺席過……。」

過後，一位蒙古詩人朗讀了一首詩給我們聽，有一段詩句：

大草原撐開了天宇的遼闊，
那兒就是戰士歌唱的地方，
高貴的詩人吶喊的天空。

不愧是創造人類歷史的大器、霸氣的地方，我深深地感悟到，許多的戰士、許多的詩人奔馳在大草原上，那不是孤獨，而是豪邁，千萬野馬馬蹄敲擊大地的轟隆聲，彷彿一再重複吹響成吉思汗統御中亞大陸的和平號角。

一九六〇、七〇年代，臺灣原住民族所有部落的國民小學畢業典禮，充斥著當時中國國民黨統治下的、即將被馴化下的「奉承獻媚」的山地口音國語，說得極為流利的族語開始被冷凍，或者在公共場所說族語是一種低等的族類。或許我們可以從另一個視角來說，一九六〇、七〇年代是中國國民黨黨化臺灣最深的歷史時間點，外省人至上，其餘的族類是低賤的。

我想說的是，「小學畢業典禮」在山地鄉充斥著去山地化的、自我摧毀的聲浪，尤其敬畏國民黨黨職人員，彷彿黨職人員就是山地人卑賤位階翻身的符碼。我們從多屆臺灣省省主席（凍省之前）蒞臨山地鄉留下的照片，不難看出「野馬」迅速地轉型成「馴馬」的笑臉，最後是「競賽」，被國民黨、民進黨提名縣議員、省議員、立法委員等等，為人生追求有意義的終極目標。

容我再說一遍，一九六九年，我是蘭嶼國校小五的學生，一位外省籍的老師要我們這些小海人敬仰中華民族抵禦南蠻、西戎、東夷、西南夷的漢族英雄，有位男同學很天真問老師：「不會造船、不會游泳，就不是『我們』的民族英雄。」說得非常直白，也換來了老師的鞭打。請問，你們在那個時期，有這個膽識質疑過學校老師，挑戰歷史事實與漢族的謬論嗎？

我們在伊犁的哈薩克自治州，感覺置身於與漢族完全無關的國度，沒有滿族的寺廟，沒有以漢語為首的大學，在街道上鮮少聽到說華語的人類。我們與中亞不同族籍的作家話家常，臺灣竟然是他們眼中如外太空的國度，就像我們對中亞民族歷史的無知一樣，臺灣向美國看齊。當然，我也感覺得出，他（她）們身為許多民族融合的中亞民族，那股古文明歷史的生存偉業寫在他們臉譜的氣質上，「戰爭殘酷」的勝利與戰敗的歷史遺跡，多少帶點憂傷的傲慢，是臺灣民族未經歷過的，很讓我敬佩。

我的問題是，中亞地區我在高中時期所念的地理上，新疆省的首都是迪化市，而非烏魯木齊，漢族歷史史觀幾乎是錯誤的，只允許書寫中原漢族戰勝。而非突厥史、突厥語，說明了不同民族書寫史觀的差異。二〇一八年的此時，部落裡的畢業典禮，許多的族人已經當了校長，高級長官說著一口流利的普通話，失去了說出流利的族語的優雅，高貴的野豬（noble savage pigs）已不復存在了，部落裡也換來一群西方宗教馴化者——「搖椅上的牧師」了。你有罪，要去教會跟上帝、跟耶和華「認罪」。

我個人因為有了海洋文學家的身分，遊歷了許多許多大大小小的島嶼，目睹過了許多許多大大小小的、不同民族的部落。許多不同宗教的教義在那些我經過的部落、小鄉鎮，看到的人群臉譜彷彿不同宗教撕裂了原初人們信奉傳統宗教的幸福指數，沒有人敢對抗西方來的上帝，對抗宗教殖民，然而在地人改宗後卻可以很輕易地歧視自己原初的多元信仰。對我而言，泛靈信仰才是多樣性的在地知識的源泉，是多元的世界觀，這是我的最愛。

回到蘭嶼，我的祖島過達悟人「海洋式」的生活，我因是策劃策動「驅除惡靈運動」（反核）的首腦，島上的人不談論「驅除惡靈運動」的成功，而我更是避談此事件種種的曲折過程。簡單地說，全球性民族運動的發起者、民族意識的覺醒者，沒有一位不會被當下的執政者及其擁護者汙衊、陷害或欺壓的。

假如一九七六年七月二十八日，我簽了保送師範大學的契約書，回來蘭嶼國中教書的話，我或許沒有一絲膽識發起反核的運動，也或許蘭嶼的族人就默認了臺灣核電廠的廢料貯存在「窮鄉僻壤」、「沒有人居住的島嶼」，或者說，廢料貯存在蘭嶼島是「最安全」的決策，是中華民國政府給蘭嶼人的「最大恩惠」.，這些謊言將不會被戳破，蘭嶼人也將默認倒楣的厄運。

我個人從一九八八年起義，到二〇一一年十二月扛廢料桶到總統府，二〇一二年的二月二十日，在蘭嶼島上再次地發動「驅除惡靈運動」，拒絕邀功，本人性格也唾棄藉街頭運動來沽名釣譽。我更想說的是：我從十歲起就不相信政客們說的每句話，從里長到總統，當我十歲起懷疑自己都不符合學校老師們當「好學生」的基準，被圈欄拴住的野馬，我當然也就不適合為人師表，我就立下走自己的「海路」，走得非常艱苦，原來有一種職業稱為「作家」，才知道這是我該走的路。

當說謊的政客太對不起祖靈，當主流政黨的奴僕更是悲哀。當我在一九九七年出版《冷海情深》的時候，我才頓悟華語文文學只有陸地，而且是對峙的文學，城市文學，搖搖椅的島嶼文學，只有海鮮店卻沒有海洋、沒有魚類的情緒文學。此時，我才發現我的島嶼文學是海洋的、是潛水環境文學，魚類說話的文學，造船划船的文學，也是被歧視的文學作品，但不是被殖民的文學，是我獨創的海洋島嶼的翻譯文學。

我回到祖島已經三十二歲了，才理解族人在大海要徒手抓魚、捕魚原來就不是一件容易的事。大伯說，這是我們的海洋文學，我們的海洋信仰，我當時很難理解其中的奧祕。而我要建立「有殼」的家庭，更非易事。我開始學習每天潛水抓魚，這當然是華語學校教不來的，同時我也每天從海邊裝沙、裝石子（每袋約莫二十公斤，總計至少三千袋），然後自己搬運回部落的家。三年以後，我可以自己獨立潛水抓魚了，可以獨立自己划船捕飛魚、釣鬼頭刀魚，三個孩子們也就不再露天盥洗了（但他們還是喜歡去河流洗澡），颱風天，孩子們可以安心地在屋內睡覺了。原來我沒有去念師範大學，我先去實習當苦力，在建築工地當差，就是為自己蓋房子的前置作業，高中畢業到補習班的三年學習考試，到大學畢業，卻是我的苦力生涯換來的人生的履歷證書。

我承繼了父親三兄弟潛水的體質，也承繼了他們伐木造船的技能與智慧，還有喜歡觀察天候海象的興趣。回想在臺東高中三年，學習漢族用來考大學的地理、歷史、三民主義的常識，自己在臺灣西部做苦力，在北部的二廠學習認識漢族，在補習班考試的日子，在淡江大學學習法文文學、西方文學，那十六年的時間，是我人生非常彩色的，從曲折體悟獨自離鄉的傷感，在沒有海洋濤聲當鬧鐘的城市，自己學習在沒有海洋想像的異國抑鬱生存，那是意志力的建立，更是我學習包容，學習觀察差異文明之間的相容與相斥，凡事不以己為中心的時段，保持此厚度，也不是容易的事。

然而，在我初始成長的小學三年級之前的黃金時段，最讓我難過的，或者說，我這一生最厭惡的一件事，就是中華民國政府的軍人，在九三軍人節，在我們學校走廊的布置，放大了許多日本人的「南京大屠殺」照片。看見那些屠殺照片讓我嘔吐、頭昏，也就是說，國民黨政府教育我們這群質樸的海洋民族小孩跟「漢人」學習仇恨日本人、仇恨共產黨。那時候，被軍政府殖民，還來不及服從，就先灌輸給我們與我們民族無關的，中國人與日本人之間的血腥史，也教育我們仇恨蘇俄，打倒中國共產黨。這就是我不去念師範大學的理由，極度不願意把漢人仇恨日本人、共產黨的史觀，當中國國民黨的奴役教師，教育我海洋民族的下一代，與我們史觀無關的仇視史料。

近年來，許許多多的好朋友，特別是在臺灣鄉土文學論戰之後，接觸到的這群朋友，讓我又一番省思、逆思。臺灣後來發展成統派獨派的對峙群族。總統直選以後，臺灣再研發出藍色、綠色、橘色等的對立，撕裂臺灣，他們的政治信仰讓對生活在臺灣產生恐懼。我問自己，漢人選擇了自己喜歡的顏色，是挑起對立，也是選擇了憤怒，在顏色的背後，也切斷了彼此包容的心靈容器。近年來，白色恐怖、二二八事件，加害者與受難者，在每一次選舉的當下，都是不可或缺的造勢議題，雙邊的朋友們都告訴我他們悲慘的命運，我聽多了，也聽懂了，我於是遠離了，因為雙邊的好朋友們，教育我學習仇恨，這是人為的。

我在海裡的內心非常難過，從小學到大學的華語學校，到出社會當海洋文學家，漢人朋友們還在教我「仇恨」，我真的非常難過，那與我民族史觀無關。然而，我發起的，蘭嶼「驅除惡靈運動」，除了極為少數的好友外（感動），藍色、綠色的朋友們，有誰以具體的行動關心我們小島的事物嗎？

當然沒有，他們對少數民族的關愛是零星的，因為蘭嶼不是你們的島嶼，更不是同文同宗的民族，我們是被漢族綜合歧視的民族，也被顏色蠱惑，內部分裂。求你們別再教我們仇恨，我沒有顏色對峙的難題，我吸納多色人種，尤其尊敬混血人種。我也沒有主流、非主流的文學派別，我只能說自己是「海流」。說到「仇恨」，我為你們漢族哭泣。但我也必須說聲感恩，華語漢字讓我認識這個世界。

那時，父親終於開口跟我說：

「回祖島吧！我的兒子。」

「急流區的魚類，如同迎風面，吃陽光的林木是極具韌性的。反之……」我父親，以及他的兩個兄弟，他們或許面對著島嶼環境的險惡，但自給自足的生活模式。他們可以完全發揮人類的韌性，因為流動的現代性，無法侵犯他們以海洋為世界中心的價值判斷。反觀我們這群二次戰後十年的世代，學齡期間是在不正常的史觀中、在被歧視裡成長，學習承受莫名的羞辱，這是很深層的難過。

父親自始至終皆以民族神話、島嶼環境教育我，而我在臺灣的青春歲月也自學了「韌性」，自學不苟且偷生，一種不討人喜、多了一點討人厭的性格，在時而清澈、時而混濁的河口自學，揣摩海洋的情緒來修正自己。

後來，當我決定展開航海冒險，那是沒有一點保障給家人的旅程，沒有一張保險契約，也沒有老朋友給我祝福或支持，就像我當年，一九八〇年考上大學的放榜日，沒有一位達悟同學祝福過我，也如多次的「驅除惡靈運動」，也沒有人跟我說「你辛苦了」。奇異的是，我也從未期待過這樣的「祝福」。我自認為，自己勞苦自己的筋骨，在不被主流馴化的外圍努力生存，也拒絕「天降大任於斯人也」。

我記憶裡的航海家族的傳說，在我體內，在我心魂基因在流傳著，但這事件的發生，我命格裡似乎是天上仙女很早就為我預備的旅程，好像就是我在人間消失過兩次的「幻覺」那樣，奇異地實現了。

二〇〇五年六月二十一日，我航海筆記簿上寫著：這一天開始，由蘇拉維西島的東北的一個城市美娜多(Kota Manado)往東方航海，我們越過馬魯古海、北馬魯古島，在越過摩羅泰島(Pulau Morotai)南端進入不知名的海峽，到哈瑪黑拉海，我們有六天的白天夜晚，除了天空、天空的眼睛、月亮、太陽之外，四周看不見任何島嶼，那是非常讓活人恐怖的感覺。這期間日本籍的航海家山本良行一直處於緊張的狀態，緊張的理由不是在浩宇空間的「迷向」，而是恐懼遇上海盜，二是撞上被盜伐的漂浮原木群，因我們搭乘的仿古航海船如果突然沉沒，船上沒有及時求救的信號儀器，沒有可在一百海里以內，讓其他船隻搜尋到我們的求救信號，那艘船真是海浪的玩偶。到了第七天的夜晚，看見了apoy[2]，才知道自己還活著，在Waigeo島上岸，尋求補給。從哈瑪黑拉海以東的島嶼，民族與印尼蘇拉維西島以西的印尼人是完全不同的種族、不同的語言，同時，西方基督宗教教會建築漸多，往東的方向，巴布亞新幾內亞。然而，航海回來以後，多少次的演講，我就有多少次淡化我航海冒險的經歷，因為沒有人聽懂我在說什麼，也沒有人想聽，想聽也聽不懂。如果我可以這樣說，你也可以大大地否決我的說詞，原來是我自己的問題，我一說到航海冒險的故事，或者是潛水獵魚的生活，我的華語就會詞窮語短。我不知道，這原因是什麼？

學齡之前，我曾被島上的魔鬼抓走，在人間消失過兩天兩夜，這趟航海冒險之旅，

2 apoy：達悟語、印尼語，「火」之意。

原來與我當時的「幻覺」是直接的關係。

這艘船的水手有五位來自印尼蘇拉維西島西岸中部，一個穆斯林的聚落Pambusuang。他們身材不高，約莫一百六十三公分左右，長得像是小黑人，不難看，也不是俊美，信仰穆斯林，都是善良的窮人家，我卻是天外飛來的福星、遊俠。

當船隻揚起兩張主副帆，寧靜行駛於馬魯古海、哈瑪黑拉海，三百六十度漆黑的汪洋宇宙，月光、星光的微光照明，似是刀刃的船艄切浪頭切出碎碎的千億浪花，我趴著觀賞之，我愛死了這一幕，稍縱即逝，船過有痕跡。

船上還有兩位也是印尼籍的記者、一位日本人，還有是我，我們有許多難言的莫名的感受，我們似乎活在大航海的時代，不斷地移動，彷彿在漫無目的下尋覓我們每一個人「失蹤的島嶼」。夜幕下飄浮的雲朵，遮蔽星空的照明，從未告訴人類它將去何方。

船帆，似乎就是海洋民族尋找島嶼的海洋風箏，偶發的雨瀑是我們沐浴的淨身聖水，防堵病菌的疫苗。

我趴在船艄觀賞浪花，忽然間，它開始慢慢地療癒我的憤怒、我的仇恨、我的抱怨，漸漸思念起我愛的妻兒們，思念已故的眾親人，給我海洋基因的祖父母們。許久許久，濤聲波浪催眠了我，我恍惚地睡著了，進入神遊的夢幻之旅。很遙遠的聲波，從海底浮升的聲納，用達悟語，很結實、很清晰地說：

我（海洋）帶著你去旅行，
你是大海的眼睛。

當我醒來，已是午後的夕陽了，Anhar 很微笑地跟我說：

Sense, smiling in the dream, you.

「你在睡夢中，微微笑，老師。」

我彷彿是剛出生不久的嬰孩，被天上的仙女逗著微微笑，那是再天真質樸不過了。冒險航海，把自己在荒漠大海上的惶恐轉換為休閒神遊，一切順著海浪的自然。

七位印尼船員，他們都比我小十五歲以上，原來我五歲消失的那兩個太陽、兩個月亮的日子，是這群印尼人的，他們未出世前的靈魂拐騙我肩上的遊魂[3]，跟他們在赤道上下緯度航海冒險。

顯然這條航道在六月之前航海一直到俾斯麥群島、所羅門群島、伐奴阿圖、斐濟、美屬薩摩亞、庫克群島、法屬大溪地，正是人類史上，由馬達加斯加島西向東大遷移的路徑之一（我認為的）。我跟他們在海上相處十分愉快，同時我們的語言竟然有許多單字是相通的，當我們越過了哈瑪黑拉海的時候，在夜間我們船上的廚師跟我說「那是火」，跟我民族的語言是通的，但我興奮的是「火」這個單字，那表示，島嶼是有人居住的，對我，那是再次重生的生存意義，航海冒險才有的深層感觸，在陌生的世界冒險才有的感動。

那艘船的第一條「魚」（金線梭魚），就是我釣上來的。從我海洋民族的視野來論，我是這艘船的精神主人、這群人的福星，我們在極為沉默的夜空下，流動的大海上，微笑就是我們對話的語言。那種感覺好美好美，彷彿人世間刪除了邪惡的政客，刪除了各宗教不善良的馴化者們的偏見，我們的星球就是人間天堂。

在我的幻覺，那位不說話的船長，就是山本良行先生，不說話是因為他一上船之後的肚子一直處於「滿潮」，就是便祕。如今我想起了我那幻覺的過程，幾乎就是這個事件的過程完全相似。奇異的恩典是，從小教育我的那些祖父祖母們、我家族的父執輩們的，在海上的慓悍善魂，我感受得到他們一直陪著我在陌生的海洋航海。即使航海冒險，可是我的血液基因一直是平靜的，讓我十分平安的在目的地 Jaya Pura（加亞普拉）下船，返回祖島。

此時，回想回憶父親在我五歲於人間消失再重生時，以蘆葦嫩汁為我做的淨身儀式，讓我生命的底蘊更能體悟到傳統信仰，多樣而深層的生活美學，我覺得這就是我追求的文學創作——攜帶身體進入水世界，浮出水世界就是我的華語文字，於是荒漠大海成為我古典文學的浩瀚圖書館。

航海回來，我重要的夢想幾乎都實現了，還真的是說不上來的奇異旅程，人生真是奇妙。大學畢業回家定居，一九九〇到二〇〇三年再與父母親同住十餘年，這是我人生

---

3 我依據祖父的說詞，達悟人頭頂上三尺是命格的主魂，男性右肩（象徵黑暗）、女性左肩（象徵光明）上一尺，是「遊魂」。

的最重要的學習時段，是民族的生活課程，恢復到原來的我。原來的我，回到海洋，把它翻譯成華語的海洋文學，原來這就是我一生捨棄筆直的捷徑，在曲折的路徑一直在追尋的、夢寐以求的職業，當「海洋文學家」。這是我自封的，你認不認同，對於我已經不是很重要了。

我告訴自己，我誕生了，在我六十歲的時候，因為選擇海洋的傳說為我的古典文學。我的心曾被切割了三十八年，難過了三十八年，因為殖民我民族的中華民國，漢族的學校的世界地圖，把太平洋切割成一半，那是十歲的時候，在我初學華語的蘭嶼國校的老師辦公室看見的。

直到四十八歲那一年，就是二〇〇五年的一月，我父母親、我的大哥仙逝後的第二年，他們的魂魄（還有我的航海家族們）帶我去南太平洋的庫克群島國，尋找我失落的、被漢族學校切割的另外一半的太平洋的地圖。有一個小島跟我出生的小島面積一樣大，她的名字是 Rarotonga（拉洛東加島），在 Avarua 部落的一家小書店找到了完整的、以太平洋為中心的世界地圖。那一天，我終於笑了，笑我自己，為什麼必須親自去尋找她，一張完整的太平洋的容顏呢，這一本書終於告訴我了，因為蘭嶼島以東的地方，太陽破掉的海平線才有海洋民族，才有海洋的故事，我島嶼以西的地方，島嶼很大，是陸地民族，書寫陸地人的故事。原來我們的海洋不一樣，我們的海洋沒有「國界」，我島嶼以西的海洋，是國家圈欄的海域。

我終於把她懸掛在我的家，我的五臟六腑才完整，我愛流浪的魂之蛹，誕生了。我給這本書取名為「Maca nu Wawa」，翻譯成華語，就是「大海的眼睛」，我於是說，我繼續在西太平洋的蕞爾小島默默寫作，直到來世。

我稱我的書為「殖民地文學」，因為我以達悟語思索，翻譯成漢字來創作時，我的精神、我的肉體、我的知識是海洋養育的，所以我的華語文學創作的作品，我更要稱之為「海洋殖民島嶼文學」。我說話的對象是我民族的列祖列宗，以及我的族裔。我也說給我的世界地圖聽。

沒有妳，我是殘廢而孤獨的海人

海天一色幾乎已經是我們島嶼族人的世界地圖，亙古之時就雕刻在我們海洋基因裡的飄海旗幟。於是時時刻刻變換的這張世界地圖，也在全世界人類眼裡敘述著它的無奈，以及無痕的傷感。我如此說，也如此感悟。

在我與孩子們的母親出生的時候，我們島嶼的天空就已經出現了嗡嗡聲，困擾我們耳膜的清靜，那是老鷹飛翔追不到的鐵鳥，還有在我們海域咚咚聲的、鬼頭刀魚順泳也難於超越的鐵殼船。這個鐵鳥、鐵船，我祖父曾經跟我說過，說：鐵鳥飛越我們島嶼的時候，他們飛奔地躲進礁石洞穴；鐵殼船駛近部落灘頭的時候，他們就穿著戰甲持長矛佇立在海邊，嘗試與外國人和解。此時，祖父的記憶已成傳說了，他的故事也成了謊言，只剩我還在迷思，時而甜美、時而傷感的回憶。

那我就從「回憶」說起吧！

在成功大學臺文所博士班修課的第二年，有一天我在操場徒步健行，我感覺面容忽然隨著情緒憂傷了起來，內心深處想的不是我已仙逝的、養我育我的父母親，而是我孩子們的媽媽。她一個人守著我們家屋靈魂的身影，清晰地浮現在我徒步時的腦海。她好不好呢？我說在心海。我坐在操場司令臺的臺階上，想著孩子們的母親好不好呢？想著想著……想著，也想著浮動的海洋，心忽然飛到了蘭嶼，回到了我們曾經擁有過的記憶。

一九七六年的中秋節，我們民族第一代來臺北工作的，是我們這群蘭嶼國中第一、二屆畢業的學生，有一群在信義路聯勤兵工廠上班的男同學，電話邀約去國父紀念館假裝賞月過中秋。我在板橋大同水上樂園附近的一家染整廠工作，我個人對於吃月餅興趣很小，但對於闊別了三年又幾個月沒見過的同學，可以在臺北相見，我是特別地期待，好像久未吃新鮮魚、吃龍蝦，忽然把我們從小熟悉的海鮮食物拿來你的眼前共享，讓你興奮到無言的快樂樣。除去讓我樂翻天的、屬於我們熟悉的笑話外，我們共通的話題是，我們的膚色都變得比以前白皙了。

然而在我們喜氣洋洋的同時，只有我孩子們的母親，當時問我說：「你為何拒絕保送師範大學呢？害你現在跟我們一樣，吃『工廠』的飯。」

我在那個瞬間，發覺自己比十幾位同學來得不快樂，也寡言了起來，心海裡滿滿的想像就是靠自己考大學，於是一時之間不知如何回答當時不是我女朋友的她，我只輕輕回應，說：「我想靠自己的實力考上。」

「為何自尋苦惱呢！你考得上大學嗎？」她不以為然地回道，接著又進入了同學們的島嶼笑話。

我與孩子們的母親再次見面的時候，我已經是淡江大學四年級的學生了。她說道：「大學，真的被你考上了。」

我的笑容裡浮升出淺淺的憂鬱，亦如我的憂鬱浮升出淺淺的微笑。

我們開始交往，她開始坐火車來淡水，到淡水鎮英專路旁，我租的房間。有一次她來，驚嚇地摀著嘴，說：「霉味與悶氣滿間。」

我低著頭不敢回道，她開始清掃我的房間。

「這些髒衣服丟掉。」

「不行。」

「那些衣服是我在建築工地扛鋼筋穿的衣服。」

「你不念書，反而去做建築工人嗎？」

「一半一半，我養活自己的肉體，我養活自己的理想。」我回道。

我的父母親根本不知道我念的大學是私立學校，他們一直以為我來臺灣念書是臺灣政府給我錢念書。然而，我的父母親即使知道我念私立大學，他們存款簿也只有芋頭與魚乾，那些是不能掙到錢的，只可塞進嘴裡溫飽。我父親說達悟語、日語，用片假名寫字。有天，學校的法文系辦轉交給我一封信，信封是日語，信紙也是日語——中文字是瀨川孝吉[1]敬啟，裡頭夾著兩張一千元的日幣。我後來拿去日文系，找日籍老師兌換成臺幣。這是我父親當報導人賺的錢，他這一生唯一一次給我的錢，甜蜜在心坎。

孩子們的母親洗了半天我的衣服，清理我的房間也半天。然後把我的毯子丟一邊，自己買了一件大浴巾，說：「這是你的大學生活嗎？」然後睡著了。

「大學生活？」我這個年紀的大學生是臺灣最為浪漫的生活想像，自由自在的年代，美軍移防日本，民歌盛行，而淡江更是某位民歌者主持「大家一起來」電視節目的校園。每個週末的 Disco 舞會，鄉土論戰之後，現代文學浮現自由主義，席慕蓉的《七

1 瀨川孝吉，東京大學人類學教授。

里香》詩集、三毛的《撒哈拉歲月》人手一本。黨外闖客政客的崛起，各類雜誌充斥的年代，高雄美麗島事件的發生，是臺灣官方媒體誤導臺灣社會的巔峰期。陳映真的《人間雜誌》，在臺灣經濟奇蹟下闢出報導臺灣社會底層的幽暗，預告了小蔣時代暴風雨來臨前，臺灣社會統派、獨派進行潛在的角力賽的美麗氣氛，也是三千年的歷史，與四百年的歷史，臺灣島內先後移民的漢人的內戰，但是終究規避討論，臺灣是泛原住民族的原初島嶼。而我，一個靠自己考上大學的、來自於蘭嶼的「邊疆民族」，正在為自己的飢餓穿梭在臺北各個建築工地謀生討生活、賺學費，讓我沒有時間浪漫，沒有機會牽著漢族女朋友的纖手漫步校園。我的大學生活，一個載體「山地同胞」的自卑袍衣還緊密地黏在我青春期青澀的面容，豪邁放蕩無法驅除我因頻繁飢餓而生了根的憂鬱。

　　我的大學生活是，父母親遺棄了我的海洋基因，課業處於被退學的邊緣，更是孤兒與孤獨，以及飢餓，無助的重量堆疊。我背著孤獨陪我沿著淡水河邊漫步，佇足在河岸轉角處，欣賞著在河邊補破網的一位漁夫，他每一次的「補」，好似補我自己夢想幻滅的、一個隱形的網目。我經常光顧他的船屋，細膩閱讀他補破網的神情，他的專注結實地延續我求生的絲絲韌性。每一次在淡江沒錢吃飯，飢餓的時候，我就寂靜地去探望那位漁夫，他的精神，好似我大學時期的糧倉。

她睡著了，我從小學到國中在蘭嶼的同學，我看著她，她變美了，我心裡想，在心海深處，忽然感受，她有慈母的氣宇，散發持家的韌性。我心裡幻想，我要娶她，她一定會是好媽媽。她心魂的能量開始燃燒我已頹廢，理想近似絕望的地步。

窗外的衣褲隨著無影的風飄動，像我們兒時盪在鞦韆上的衣物，衣服上的水盪出水珠，飄出她洗衣去黴的勤奮味道。我身上沒有錢替她買晚餐、買飲料，只能乾瞪她睡著，想著，這是我一九七六年，來到臺北租屋的房間，最最乾淨的一次，讓我聞出了幸福的溫馨。潛意識裡我的身體、我的心魂也像是被洗乾淨似的。但在我沉靜與沉思的時候，我卻忘了跟她說聲「謝謝」，或是「辛苦妳了」。

如今，即使我們共同生活了三十幾年，我依然常常忘記跟孩子們的母親，說聲「謝謝，辛苦妳了」，這樣的心情話。

一九八八年的二月二十日，也稱二二〇民族「驅除惡靈運動」（核廢遷場）運動日[2]，對抗臺灣政府、臺電核廢殖民的起義日。我們有了第一個兒子，孩子們的母親正在懷我們的第二個小孩。我們回到蘭嶼的家，窩在父親的火柴盒國宅邊，父親為我們搭建的鐵皮屋，那是完全沒有現代化設備，如電視、衛浴等等的。孩子們的母親懷著身孕，一絲怨言也沒有。然而，讓她傷心難過的是，我們部落族人、街坊鄰居們，對我們起意對抗「國家既定政策」的嘲諷說的話：「你們長期住在臺灣，好意思打擾我們島嶼的安定嗎？核廢料場是國家政策，你們好意思反抗國家嗎？沒有國民黨，我們的家鄉會好嗎？你們這些民進黨的走狗[3]！滾回臺北吧！呸……呸……」等等等的不堪入耳的諷言諷語。

孩子們的母親，於是哭訴著跟我說：「我很想鑽地洞躲避。」

「颱風過後，族人會明白的，在後來的日子。」我安慰她說。

一九九一年二月二十日，我與夥伴再次地策劃「驅除惡靈運動」，那又是一個陰霾的天氣，孩子們的母親剛生下我們的第三個小孩幾個月。我們回祖島定居了，我們的房子自己蓋，但還沒有蓋好，我們一家五口窩在隨風搖晃的臨時屋，屋的柱子是常常結實累累的椰子樹。當時我在蘭嶼鄉公所社會科做臨時課員，臺東縣長鄭烈直接下達命令給鄉長，叫我別「帶頭」抗議，最好的辦法就是取消反核的運動。

假如我可以這樣說，當時國民黨政權保送原住民在原鄉學校成績優異的學生去師範、師院、醫學院念書是好的政策，從貧窮到富有的簡易解釋是好事的話，我個人可以接受；但我們從少數民族被殖民之未來發展而言，保送制度的弊端就是保守派，當下既得利益者，被主流政權馴化的群組，而失去了民族覺醒的意識，缺乏鳥瞰的廣度，反思自身民族的整體處境。為了個人的「鐵飯碗」而卑躬屈膝、甘之受辱，這個實例比比皆是，這就是我個人拒絕保送、念師大的核心之一。然而，我那個時候，還是單槍匹馬地、毅然地去蘭嶼椰油分駐所，申請集會遊行的許可權，分駐所裡全是臺東縣警察分局的警員，包括我高中同學，他是臺東縣警察局副分局長，以及眾多的我臺東中學的學弟們，有漢人、有原住民族。

我們再從在地者的感受，去說民族運動的意義的話，孩子們的母親在我尚未完全建

---

2 這是我們民族歷史，在我們祖島第一次對抗異民族、殖民者，決定了我們民族尊嚴的一役。

3 我與我的抗爭夥伴皆非民進黨黨員，「驅除惡靈」抗議的這個詞，是一九八八年一月在臺北市安和路的《人間雜誌》，陳映真先生主持，與他的雜誌報導者們共同醞釀出的。

好的、還沒有門的臨時屋的床上，餵食兩個已經會走路的小孩，用母乳餵襁褓中的小女兒，我說：「集會遊行被許可了。」孩子們的母親回應道：「在自己的島嶼土地『對抗』外來逼害者，還要申請證件，令人厭惡。那你就承擔一切吧！」

謝謝，孩子們的母親的話語，她是個偉大的女人、偉大的母親。彼時，我的沉靜時的記憶，拉回到了我在淡水的租屋的情境。有妳，我會更堅強，我說在心裡。她更有我們島嶼同儕婦女少有的胸襟，甘願跟我共同承受民族內部的羞辱，殖民者走狗的恫嚇，我當下牢記在心海。然而，到目前為止，孩子們的母親與部落婦女閒聊時，封口不說：「我們是啟動達悟民族意識覺醒，抵抗異族威權的家人。」她從未，從未說過這樣的話，她唾棄那些話語轉換成她在水芋田裡勤奮工作的汗水，即使蘭嶼人第一次領臺電核廢回饋金三千六萬元[4]，我與三個小孩的臨時戶籍在臺北，而沒有拿到那筆錢。即使孩子們的母親當時也是臺電核廢料回饋金管理委員之一，她也不發一語的，沒有為我們四人爭取，或叫屈。

她像是一束正在成長的水芋頭，循序漸進的、默默吸吮土壤裡的養分。她把內心裡的抱怨，轉換成一種心靈的詩性勞動，唱首婦女在芋頭田與芋頭之間的親情之歌，淡淡地忘記「回饋金」帶給族人短時間的嬉笑，心平靜氣地咀嚼慢嚥「回饋金」隱藏在金錢裡的、集體民族的固有人格被政客、財閥蹂躪成療癒困難的、被合法化的、被光明化的悲情傷痕。孩子們的母親擁有了一種新石器時代的智力，山墾焚燒後的雜草灰燼，焦黑一片的土地成為地瓜的肥料，那才是孩子們的母親的回饋金，她的微笑是純純的生存，源自於人類原始的笑容。

「領了，我們也不會變為富人。」她跟我說，而非抱怨。

說穿了，全球弱勢民族被殖民的史詩，地表上有哪個民族是被殖民者的政權引進幸福的例子呢？而，數百年以來，優生學鼓吹的「通婚」，倒也弱化了「純血統」者的正統的抵抗論述，轉而進行不同層次的循環妥協，孕育了更多的當權者視為成功者的看板人物，被馴化者滿嘴感恩的、蔑視自己族群的經典代表。

我的工作是，繼續往海裡潛泳抓魚，在海面上划船捕飛魚。我根據這個「人類原始生產、原始思維」，開闢我基因的嗜好，醞釀為我個人「文學」創作的試煉場。

然而我的嗜好，包含我的浪漫，卻是我與孩子們的母親，在每一次的「菜油鹽米」

4　蘭嶼人的數字觀，數字是由小至大。

見到海底大吵之後，每一次我的潰敗繼續用海浪療癒我，運用每一次的新鮮魚慰問她特愛吃魚的舌頭，每一次也都是成功收場。這是我為家屋棟梁的女主人，也為了延續我們婚姻的波浪美景的完整性，我掏出與海洋的感情，潛入海裡抓魚的原始能耐，或說我還存在的尊嚴，一次又一次地容忍自己天生沒有偏財運的命格。然而，我們共同的嗜好，是一種原始性在我們心魂裡一直燃燒，那就是山林裡我扛回家的木材。柴薪燃燒時，火苗從柴房裊裊昇華的柴煙，是我們婚姻的戒指，更是我們婚姻情感的磐石

有一天，我正在爬格子寫稿（《黑色的翅膀》，一九九九年），從凌晨四點寫到早上九點，她看見我桌下的地板上全是丟棄的稿子，她一時爆發，憤怒洩洪，說：「去臺灣做板模工，明天就有錢的收入；爬格子爬不到明天的現金……」

洩洪的暴怒語言，把我批判得灰頭土臉，把我正在升等的、熱愛文學創作的「志業」視為媽媽嘴裡的檳榔渣，看作是不能吃的魚鱗鱗片，花了兩個多小時來臭罵我，彼時我如是我家的那隻對我忠貞不二的黑狗，捲起尾巴，我們一起背著被羞辱的身軀，躲藏地偷溜出去海邊。我沿著海岸礁岩潛水射魚，我的黑狗也沿著海岸礁岩伴我尊嚴的傷痕跟隨我。

「姐姐，哥哥拿著魚槍與小黑狗已經走了兩個小時。」孩子們的母親一聽到我已經

下海潛水抓魚的時候，她立刻安靜地禱告，請求上天原諒她的錯誤，這些話是事後，那位屏東恆春平埔族的我表弟的孩子們的母親，帶著微笑跟我說的話。

三個小時之後的午後，我的魚簍裝滿了許多的，母親、孩子們，以及她要吃的魚，我與小黑狗丟棄了女人的話，背著因滿載而昇華的喜悅，快樂地回家。彼時，恰是一支小男孩的釣魚竿立在海平線上可以觸碰到紅色夕陽的時段，陽光柔和了。當我的機車停在我家庭院的時候，孩子們已經從學校放學回家了，三個孩子圍著他們的媽媽，她在樹蔭下專注地縫補孩子們的短褲。

「爸爸回來了，爸爸回來了。」孩子們如是隔壁家的小小雞，咖咖咖咖、呵呵呵呵地纏著我。他們的母親斜眼瞪著我，因漁獲滿滿的關係而露出不太乾脆的微笑，緩緩地放下手邊的工作，久久久地說：「讓人高興，我們全家人有新鮮的魚可吃。」

如此的語態語意，不在於漁獲的多寡，而是我民族的男性去抓魚的時候，女性，以及家裡的老者因循的原初禮俗，「這是亞蓋（阿公）要吃的，這是阿格斯（阿媽）要吃的，這條魚是我的、妳的、妳的，這一條是⋯⋯媽媽要吃的。」魚，讓我們全家人溫飽，孩子們甜美的笑容就如他們的母親縫補好了他們的褲子，我們也和睦了。孩子們無邪地、乾淨地飽足鮮魚湯，讓他們的雙唇紅潤，健康更是我們遠離吵架風暴的核心。

菜油鹽米再次地見到海底的時候，孩子們的母親也將再次地驚慌了起來，再醞釀驟雨前的暴風駭浪，這是我家的生活寫照，如是月亮的陰晴圓缺，週期性的循環。然而，也是為了生活，另類的週期性的循環就是我的遠走高飛，身影不定期地消失在小島上的家。孩子們在夜晚需要擁抱的時候，我不在家，讓他們心魂不安而哭泣；父母親需要說達悟語來減緩他們的失憶症的時候，我消失，讓他們身心苦惱，浮升老邁新興的失落感。孩子們的母親、父母親的媳婦，這個時候，她一人肩負著下一代成長的營養，再用芋頭、魚乾填充上一代的腸胃。她那十幾年的辛酸苦辣數不清，過程裡她在水芋田，用泥土水清涼自己的負擔；在豔陽下旱田，她用汗水擦拭淚紋，而後順應自然的節氣，風雲雨生的節奏，不再對我抱怨了。

對我無數次的抱怨，從兒子出生之前的戀愛期，說我們在貧窮的邊緣生子、建立家庭、照顧新石器時代思維的前輩們；假如可以這樣說，我們上、下世代的世界像是天空與海洋的間距，在一〇一大樓的冷氣下上班謀生，「那兒是充斥著騙徒的世界，在驟雨豔陽下挖地瓜求溫飽，是苟延殘喘；我們如何連接兩個世代的食物呢？」孩子們的母親如此哭訴著。孩子們的父親，你為何選擇當作家為主業，而不是副業呢？

專業作家要閱讀許多許多國境內外的書籍，還有白話文文學、文言文的古典文學，我讀不完，也吃不下，我因而經常如此地徬徨，或是延伸從小就被華語漢字下蠱，語法困惑而被逼得自卑，失了原生思維的魔力。

如斯之無奈重量，我可以藉著身體進入熱帶雨林生態、海洋魚類生態的經歷來堆砌文字的、思想的創意來彌補我雕琢華語漢字的貧窮。我自習的過程，雖然有進步，我認為的，但我的心魂深處在嘀咕著，難於圓滿的感受，說著自己不滿足自己的創作。唾棄「自卑」，唯有再次地遠走高飛。

「一個日本人邀請我與他航海冒險。」我虔誠地跟孩子們的母親央求道。

「去就去啊，我哪次阻止過你去放浪。把錢留下來，孩子們在臺北念書要吃飯。」

「你的決定，連上帝也改變不了。反正父母親都已仙逝了，你就無牽掛地走吧！」她憤怒，壓低口音地說。

「我要寫書。」

「你的書，我拿來生火燒柴，燻那些你捕來的飛魚。」

一種不會賺錢的、自以為是專職作家頭銜的自卑，宛如是一道波浪接著一道駭浪，在我心中加深了不會賺錢的職業的裂痕，也像是航海家身體嚴重缺乏維他命C，傷口困難癒合的痛苦被語言刺傷更難癒合，作家在家裡的痛苦感受，遠比走在孟買街上的賤民更卑微。想著、渴望著，身體完整健康的酸甜滋味。

「為自己十歲就有的夢想，忽然實現，走吧！」我說在心臟。

「為開闢自己的文學創作的空間範圍而離婚！走吧！」我說給海浪。

「背著你的夢想，走吧！留下你棄子離家的良心！」

這是非常具體，又接近哲學似的、抽象的憤怒語氣。孩子們的母親說完那些語言的剎那間，我開始感覺天上的灰色烏雲，漸次地隨著陽光的移動，循序地轉換為灰白。

我對不起孩子們，對不起家屋裡的女主人，這是我內心裡的小難過，航海回來的日後，我是可以彌補的，我邊想著，但心靈很脆弱地離家了；然而，在我心臟激烈盪鞦韆的，讓我極度不安不平的是，父母親、大哥在同年同月的逝去，即使一年過後的那一天，我依然無法回到我原初的心靈健康。彷彿有個模糊的島嶼形貌，我渴望去觸碰她，哪怕只是某種幻象而已。

其次，另一個幽魂影子也一直糾纏著我，我非得出去航海冒險，也才可以解密我心靈的疑惑，以及浮升出現的，我的憂鬱症。去航海冒險，我在家裡才會平安，才有冒險經歷的話題與孩子們的母親分享，讓情感再一次地從零啟程，也是給孩子們，父親消失時的心智成長，以及萌芽中，對父親思念的、反思的記憶故事。

孩子們的母親在我離家之後的那天，她的憤怒即刻轉化成心靈裡的思念，她說的，我的離家，令她心靈生出空虛，一個人在家的寂寞。她偷偷地飛到臺北，與三個已在臺北念書的孩子們住一些天，這是天生的親情。

最終，他們坐了友人的車子去了桃園國際機場大廳等我的肉體、心魂回家，這一幕，已是要我離婚兩個月以後的時光了。

我們真的離婚了，只是我離婚的協議書字跡有鉛塊，是在海面上簽的字，沉入在紐幾內亞的外海。模糊的島嶼形貌是我丟棄喪親之痛的歸宿，幽魂的糾纏，我把它安置在印尼國度紐幾內亞某處的礁岩洞穴裡，找到了它的幽暗住所。我的心智安靜了、也成熟了。

我步出機場大廳，沒看見我親愛的家人。

半小時後，小女兒跟她的母親說：「依娜，那個人好像是爸爸走在礁石上的姿態。」

「有那麼醜嗎？有那麼黑嗎？你們的爸爸！」

Si yamen kwa ka?

孩子們的母親很溫柔地問，我在機場外面轉角處抽著香料味濃的印尼菸。

「你是，孩子們的父親嗎？」

淺淺的、淡淡的，我們全家人的笑容溶解了我們喪親的痛楚，凝結了我們的親情，相認不如微笑來得踏實。孩子們的母親接著說道：

Kakmeinigalagalasumuying? kanumalaet ta aming mu.

「你的臉，好像漆上了黑油漆，還有你難看的鬍渣。」

已是青少年的孩子們，抿著嘴巴不敢爆笑，說著，爸爸好醜好黑。

「你們漂亮就好，爸爸嘛，隨便啦！」

終究，城市裡街道上霓虹燈的閃爍，對我來說，象徵人們走向迷惘的失落之燈，雖然沒有天空的眼睛那樣迷人，但它的閃爍，說明了此刻的臺北，是夜晚。

城市的夜晚，我全家人團聚，在城市用歲月書寫移動，移民的漫游人生，喜怒哀樂、酸甜苦辣，那是我與孩子們的母親移動來臺北追夢的心路旅程，不抱怨、也不畏縮，淡淡地拐了許多許多的彎曲，就像蚯蚓鑽土營造活化土壤的生機。

我的心情回到了平靜，好似那個模糊的島嶼就是大海，孩子們的母親就是清晰的島嶼。沒有妳，我真的是一個孤獨的島嶼旅人。

我說我對孩子們的母親的愛，放在心海內的九海浬處[5]，是相互敬愛不遠也不近的宇宙距離，也是「孤獨」最浪漫的飄浮間距。

我如是說，我心安了，在我六十歲的今年十月，給孩子們的母親的海洋禮物。

5 九，這個數字在達悟人思維的解釋是，漁獲適量即可，一尾魚再次地孵化魚卵，就是生生不滅的生態觀。翻譯成華語的意義是：說出「愛妳」九次就好，男人的一生跟太太說出十次以上的「愛妳」，稱之花心，超越了夫妻相互敬愛的真情距離。事實上，達悟男人很少說出「我愛妳」，在達悟語，那是「不雅」之語。

女兒買的書

日本籍的教授下村作次郎是研究臺灣文學的學者，也是翻譯家，與魚住悅子（目前在努力翻譯楊翠的著作），他們兩位戮力推薦臺灣文學給日本學界，令人敬佩。前年日語版的《大海浮夢》，由下村教授翻譯，獲得「異質（異托邦）文學獎」。幾位評委跟我說，此獎的意義，在於挖掘「異質」文學的新視野，少數作家突破城市文學的體感、嗅覺、觸覺、視覺，landscape to seascape，很感謝他們的嗅覺。在二〇一五年，下村教授開車帶我去參觀佐藤春夫紀念館，以及夏目漱石在熊本的故居。我個人嗅覺到日本文學家某種「寧靜」的踏實感，此體感戳破了我個體的浮夢漂移，感觸無限。

女兒的小小租屋有冷氣，在家，我老人獨居處沒有冷氣，熱天時，我睡屋簷，蚊子是我的鬧鐘，臥薪嘗「蚊」。昨晚睡在女兒有冷氣的小客廳，冷氣讓我皮膚乾癟，起身觀賞眼前的水泥叢屋，忽然看見《誰在暗中眨眼睛》和《睡眠的航線》這兩本書（她喜歡文學，敬仰瓦歷斯、藍博洲、向陽、楊澤，但不會看老爸的書）。我隨興閱讀幾頁，我的重點是：漢字怎麼可以如此地行雲流水，反觀自己的漢字語氣如是坑坑粗糙的浪紋。哎！對自己說的。孩子們長大，她會買文學書，有深深的感動。不看老爸的書是好事，會阻礙她的文字語彙的波浪紋。

最後孩子們都分居。四十三年前，我人生第一個一間租屋在師大的潮州街，四十三年後的今天，我們分居了。老人二十歲那年的一間租屋，都是北漂來補習的，房間裡只有一張上下鋪的鐵床、一張桌椅，開始了自己的茫茫人生，有個古老的民謠傳進耳膜，於是人生初次感受難以言喻的疏離。那一間似是城市監牢，環視皆是「壁」，以及壁虎，那時開始喜歡壁虎。

女兒的房間沒有壁虎，於是想著還是早點回蘭嶼，這兒的「門規」令我非常不自在，疏離感濃厚。

若是孩子們結了婚，人生曲目終究會降臨。壁虎不存在，是因為都市沒有蚊子。

林志興

〈穿上彩虹衣〉（一九八七）

Agilasay Pakawyan，一九五八年生於臺東，父親來自卑南族南王部落，母親為阿美族人，妻子為屏東的排灣族人，家庭組和多元。國立臺灣大學人類學系學士、碩士、博士。

自青年時期便參與詩歌與文學創作及卑南遺址的搶救工作，後來受邀到臺東史前博物館工作，擔任過助理研究員、研究典藏組主任、南科分館籌備處主任、副館長等多項職務，發表過多首詩作及研究論文。

曾自影印詩集《檳榔詩稿》與排灣族詩人溫奇互為唱和，而早期〈鄉愁〉、〈我們是同胞〉、〈穿上彩虹衣〉等作品，經由金曲歌王陳建年譜曲演唱而廣為流行。著有詩集《族韻鄉情》。

穿上彩虹衣

在大二那年，認識了一位圖書館系的學長，人長得可真是清俊高挑，身長約莫有一百八十公分吧？

有一夜，如果沒有記錯的話，應該是在六十六學年度下學期開學就逢到的那個元宵夜。當時視聽社為我們這群離鄉的遊子，特別安排了電影欣賞的活動。當時電影開始才五分鐘左右，廳前邊門忽開，這位老兄赫然出現，提著燈籠，穿著藍色長袍，在眾目睽睽下瀟灑地走到第一排座椅前，慢條斯理地覓了個最妥當的位子坐了下來，惹得全場人士嘖嘖稱奇。

「好個溫文爾雅的書生！」我夾在人群中跟著讚嘆不已。

散場後，我特地迎上前去讚美，更一路併肩隨行返舍，沿途不斷有許多女同學側目睇視，在拋來青睞的平行線上，我也享受著掠來的餘目之情而與有榮焉。

起初我還以為他只是偶然興起的風雅之舉。可是交往久了，在參觀過他在校外租來——寒酸但不失高雅——的小舍之後，我改觀了。由緊貼著牆壁，似乎危危不勝負荷滿是古書的書架，和珍藏了數十套我不曾領略過，那麼悠悠渺渺的國樂唱片。我才了解不盡然是一時之舉。事實上，成為一位典型的傳統書生，是他追尋的理想。為此難免超脫時代的節拍而顯得狂狷，卻十分地可愛可敬。

而我也和他一樣，心中有一個願望，就是成為一位典型的山地知識分子。為此，我的書架也漸漸集滿了各類與山地有關的書籍和資料，而且任何時刻任何地方，只要聽到陌生的山地音樂，總是設法學習，不然也一定要錄下。這一種執著和狂熱，自忖不亞於那位學長，可是問我敢不敢穿山地衣服上街去，我卻要躊躇一番。

曾聽說過這麼一段未經證實的故事：蘭嶼民眾服務分社曾好心地為未見過世面的雅美族老同胞們舉辦自強活動，特別安排到繁華的大臺北參觀。這些同胞長老們的腦中，盡是山海的印象，幾曾見過車水馬龍的景象？所以有一位長老難抑驚嘆！在自由活動的時候，禮貌地在傳統盛裝的丁字褲上再穿上公發的西裝，興奮地選了最佳的位子——天橋上——飽覽比太平洋上夜裡燃炬引飛魚撲火更壯觀的景象。恣意忘我之際，那裡知道他自個兒已成了突兀的一景，更多的人在訝然觀賞並輕笑。

我忘了問，當發現奇異的眼光，這位同胞長老的感受到底如何。我敢相信，從此以後他不會那麼自然地穿著了。

走筆至此，才猛然發現，就是這原因，我們美麗的衣服，竟然只在慶典祭儀的時候，才堂堂披掛上身。算算一個年頭大部分的時間，都是讓它掛在家裡的舊衣櫥中渡過，不禁凜然於它的冷落。但，還有更勝於此的呢！即便是像慶典祭儀這般重要的日子中，恰好遇到了要事，需外出村落時，許多同胞總是會再添件外衣，才略為放心地外出。那件外衣是為了謙虛才遮住豔麗惹目的族衣？還是為了遮住藏在心中的隱卑？這又使我想起以前辦晚會時，邀族人表演，雖然就住在附近，卻少見大大方方著衣而來的，總是提著包袱到更衣室才換。演罷，又速速地換回。

為什麼？不敢堂堂地穿上族服，自在地倘佯在人群中呢？難道祖先傳了千百年的衣服，現在只有在慶典中才有意義嗎？或者只淪為一種舞臺裝束？曾經榮耀過的衣飾為何要躲躲藏藏？長老的自然為何變成突兀？難道都成了奇裝異服會被取締？是的，有一幅漫畫畫得好：一個文明人到了原始島上，所有的島民都指著他視為異類，因為只有他穿了衣服，和大家不一樣；而當我們變成極少數之後，似乎也成了異類。曾幾何時「故鄉」竟變成了「異鄉」？為此憑添了我無盡的鄉愁！

也許有人會安慰我說：「何必如此多愁善感，時代會變，潮流更會變，何況是最善變的衣飾呢。」的確，但我還是鬱鬱地，因為變化應該有影有序的，而我們變化的未來卻似乎將無影無蹤，可嘆的是——連追尋和重塑影子的心也無！唉！但願只是過當的悲嘆，聊作詩一首，藉以排遣：

你那衣服真漂亮
虹彩的布上
繡滿了紅藍綠白的樣
有花有草奔騰著獸
有山有水飄湧著雲
更墜掛了　像星星的小鈴鐺
叮叮噹噹
叮叮噹噹地伴著
你那快樂的舞步
響遍平原和山岡

你可是天天穿著　倘佯
不是　不是　現在

這曾蘊含了天地萬靈的衣

一年四季

只敢　在跳舞的時候　才披

瓦歷斯·諾幹

〈動物園內〉（一九九〇）
〈Losin Wadan——殖民、族群與個人〉（一九九四）
〈「白色」追憶錄〉（一九九五）

Walis Nokan，一九六一年生，臺中市和平區自由村雙崎部落（Mihu）泰雅族。師專時加入「彗星詩社」，熟讀周夢蝶、余光中、洛夫、楊牧等人的詩作；後因閱讀吳晟的詩作轉而關注社會底層的生活。

瓦歷斯曾以柳翱為筆名，族群意識覺醒後曾和夥伴創辦《原報》，之後和利格拉樂·阿𡠄創辦《獵人文化》，著重於「原住民文化運動」的實踐。他從省立臺中師院畢業後，任教於臺中市和平區自由國小，並持續參與部落田調、文學創作。瓦歷斯創作豐富，涵蓋散文、詩、報導文學、小說等，得過時報文學獎、聯合文學小說新人獎、散文獎、吳濁流文學獎及臺灣文學家牛津獎等大獎，近來嘗試漢字新解、二行詩、微小說等實驗性作品，以「二行詩」的教學另闢蹊徑，可見其創作的自我挑戰。作品譯成英文、日文與法文等多國語言。

著有《荒野的呼喚》、《番刀出鞘》、《想念族人》、《戴墨鏡的飛鼠》、《番人之眼》、《伊能再踏查》、《迷霧之旅》、《當世界留下二行詩》、《城市殘酷》、《瓦歷斯微小說》、《戰爭殘酷》、《七日讀》等書。

動物園內

「這將是亞洲最巨大的動物園！」工頭離開象屋時，面對著縮居在裡處的一群人說著。他們遠從遙遠的山巔部落來此，往常他們捕獲野獸，現在卻要為著生活替動物建造居室，想來不無荒謬之意。

事實上，誰原來也不希望下山打工的，何況又是替動物蓋房子呢！由於部落高居海拔兩千公尺上下，部落的經濟作物除了香菇，近三年來又有高冷蔬菜的栽培。可是好景不常，這些作物的價值真是每況愈下，甚至有人任蔬菜腐爛，充當土地的肥料，總比倒貼老本來得好。於是放著山上的工作，他們一批人栽進動物園內，憑著強健的骨骼，建造堅硬的居舍。

當他們在烈陽下工作的同時，不免會把動物園和部落森林做個比較，動物園內的動物充其量僅只是觀賞之用，讓所謂未曾涉及森林的都市人增廣見聞，這對於日涉森林的部落住民所觀察到的動物本性，無論如何還是有天壤之別吧！

在石屋裡臨時鋪就的床鋪，一夥人常在入夜時藉著酒意發洩對部落的懷念，自然天成的歌聲有時就一屋傳過一屋；會不會，走的時候歌聲還留給動物聽？會不會，走的時候記憶還停下腳步？誰也不知道，只是有人玩笑地說：「有一天，我會帶領孩子參觀動物園，讓他知道那一塊石頭是老爸扛上去的。」星月低垂，多年後也許並沒有人注意這插曲。

Losin Wadan——殖民、族群與個人

一、銅像的眼睛

一九九三年十月三日，復興鄉羅浮村上午的空氣宛如山林綿密的竹林般，煥發出清新自然的氣味，十點鐘，典禮正式開始。山嵐漸起，竹林梢處逐漸晃動起來，隨著典禮程序次第展開的滋潤的情緒，便由隨侍在山間的霧雨取代。

這一場為Losin Wadan（羅幸．瓦旦，漢名林瑞昌）舉行的銅像落成揭幕典禮，約莫在中午前結束，人潮散去的廣場，獨留一尊銅像寂寞地拄杖凝望遠方，銅像視線的方向，正好是童年的志繼部落，更遠的地方，就是Losin Wadan的出生地——大豹社。

二、大豹社

一八九九年八月十六日，Losin Wadan瘦小的身軀誕生在三峽東南面的插角一帶山

區，彼時漢人稱作「大豹社」的地方，當時族人住居的領域包括金敏、插角二里，及東眼、大寮等地，獵場東抵熊空山，日領時期屬海山郡大豹地區。Losin Wadan 的長子林茂成手抄本的《林氏家譜》中，清楚地記錄著家居住在三峽鎮插角茶工廠附近。林茂成沉思的時候，低垂的頭顱只見光滑的前額在燈光下發光，「那裡有一大片肥沃的水田，小時候爸爸帶我去過，我永遠記得我們大豹社的水田。」

更早的時候，大豹社擁有的不只是一片肥沃的水田，還包括肥美滋養的魚群與一段段開疆闢土的族群歷史記憶，那是十六世紀以前，漢人尚未開發臺灣北部平疇的時代。族老的口傳記錄著，泰雅族人為了尋找新耕地與獵場，從中央山脈的祖居地 Panspogan（旁斯博干，今仁愛鄉發祥村）翻山越嶺，一部分東跨中央山脈到花蓮太魯閣山區，一部分在原居地周圍打轉，另一支則以大霸尖山為中心擴散，我們這一支為泰雅亞族，包括賽考列克族區與澤敖列族群，大豹社屬前者。一直到現在，復興鄉泰雅族族老藉由口傳仍舊清楚地傳下 Ginboda（波塔）的英勇名聲，Ginboda 與六個兒子攜帶族人前來北部山區開拓的歷史，便成為族老津津樂道的事蹟，其中與 Srmajin（捨馬甬）族的戰爭最令人膾炙人口。

「Srmajin，就是泰雅族由臺南安平北移的一部分，Ginboda 來到三光（復興鄉）時，

Srmajin 已經在霞雲坪了。Ginboda 的兒子看上了 Srmajin 的女孩，情不自禁地摸了女孩的乳房，女孩的兄弟生氣了，就把他謀殺掉，所以 Ginboda 就生氣地說，『嘴巴可以和平解決的事情，為什麼要動到使白色的刀子抹上紅色！』因此，就計畫把 Srmajin 趕走。在霞雲坪戰鬥時，我們有個族人叫 Bayas 戰死，為了紀念他，就稱霞雲坪為 Bayas（巴訝思）。在阿姆坪，有個領導的族人戰死，我們也給阿姆坪一個名字紀念，以後我們就稱阿姆坪是 Tojan（拓燕）。

「Srmajin 退了之後，我們就來到 Mrlugang 的地方，就是現在的萬華。族人來到河邊，一看，魚在水中閃閃發光，每一條溪的魚很多，一下去，腳就踩到魚，河邊也有很多山羊、鹿，那時是清朝以前的事情了。」

Srmajin 族的去處後來成為一個謎，日人學者移川子之藏在《臺灣高山族系統所屬之研究》一書裡，也記載著復興鄉族老口傳的故事，但無法確定是那一支族群，有可能是消失的平埔族之一支，更有可能是早期泰雅族大遷移時代下到平地的一支，因為 Srmajin 通曉泰雅族的語言。角板山社的林昭明族老在講述這一則口傳的時候說：「有一個 Srmajin 的老太婆醒過來唱著，『mrguas buda lo ——（雞叫囉）』，和我們的話一樣嘛！」

自從Srmajin人離開了復興鄉霞雲坪之後，北移的泰雅族人便完全占據了北部山區，大豹社族人一路沿著大嵙崁溪(大漢溪)直抵萬華，發現肥美的魚群而定居，直到第一批漢人直奔臺北平原開墾，不到一百年的時間，大豹社族人已退居新店、三峽、大溪一帶，然而威脅並未因退處山林而遠逝，反而是山林中滋長千百年的樟樹帶來了文明的殺戮。

三、前山總頭目

十七世紀中葉的臺北盆地，早已不是大豹社的天下了，淡水河邊冒長的商家一如來來往往櫛比鱗次的船桅一般，商家一直延伸到淡水河、基隆河、新店溪、大嵙崁溪上游，隨著釘子一樣插在岸邊的漢人商家，大豹社族人放棄了漁獵生活，重拾祖先傳下的生存技藝在山野中獵捕走獸，並且與漢人交易鹽、鐵、火藥、鎗枝與貝珠。

十八世紀中期，當淡水港在一八五八年開放門戶成為國際通商港口，整個臺北盆地及其周邊山林也就捲入國際貿易的狂潮中，彼時的北部泰雅族人完全沒有想到族群的命運其實並不因為藏匿山區而遠離戰火，隨著入墾的採腦工人大肆進入族人的領域，一場一場的樟腦戰爭就爆發在臺灣中部以北的各山區，大豹社也無法避免地捲入一八八六年到一八九三年的「大嵙崁戰役」之中。

在這長達七年的戰役中，原漢雙方其實都沒有討到任何便宜，族人保住了祖先的土地，但失去了更多英勇的戰士；漢人的部隊雖未能進越山區，但隘勇線的堅壁確定了漢人在平原與緩丘的土地主權。Losin Wadan 畢竟還孕育在母親的肚子裡未能躬逢戰事，一直要到 Losin Wadan 在戰火中展開奇異的童年開始，經由口傳與生活的見證，才知道族人顛沛的命運吧！Losin Wadan 的叔叔 Iban Shetsu（依棒．孌促）就是在大嵙崁戰役中戰死於霞雲村東眼山上。童年的 Losin Wadan 正如許多面臨戰事的泰雅孩童一般，養成警覺、堅忍、勇氣十足與戰爭相隨的家族分離的記憶。

一八九五年換了一個朝代的大豹社，依然死守著熊空山以西的山野，再靠近平野處一點，就是禁止下山的隘勇線。Losin Wadan 的父親 Wadan Shetsu（瓦旦．孌促）此時已是大豹社頭目與前山蕃總頭目。當日人於一八九六年五月仿清朝舊制，在大溪設大嵙崁撫墾署，以高坡為界，以北的大嵙崁「蕃」的山群歸併桃園廳管理時，瓦旦．孌促悍然地拒絕接受統治。儘管在前一年的九月八日，臺北縣知事田中與殖產部長橋口在軍隊陪同下，來到大溪鎮附近首度會見北部泰雅族頭目與族老二十二人，最後僅只誘勸烏來地區五人隨行至臺北會見臺灣總督樺山資治，桃園與新竹的族人異口同聲地認為：「帶著鎗枝來談話是不能信任的態度！」因此，抽出番刀調頭就走。這場史無前例的日帝與泰雅族的會面卻是不甚愉快的情景，這馬上使日人在二十五日於大溪設立第一個處理撫墾事務的「大嵙崁出張所」。

Losin Wadan 尚在襁褓中兩歲的時候，父親聯合大豹社、大嵙崁社與新竹馬武督社族人抗拒日軍的侵略，這一場勝戰逼使日人僅能消極地設隘勇線封鎖，山林中的部族為慶賀勝利，不停地圍著篝火舞唱起來。這種情形其實並沒有持續多久，隨著日人學者的研究成果[1]、蕃地調查的出土，一一成為總督府「理蕃」的依據。一九〇三年，總督府發布「蕃人」歸順時須繳出所藏鎗枝的規定，頓時引起族人大譟，因為鎗枝象徵男人的生命，也是山林生存的工具與護衛家園的武器，族人害怕鎗枝被收繳之後，族群的命運就將操在日人之手，因而抵命不從。

瓦旦．燮促在族人力薄的情形下，也收容被總督府視為反政府的「蕃匪」（平地漢人），最多曾收容高達一千人以增加戰鬥力，儼然成為整個北部泰雅族的武力重鎮。一九〇六年（明治十年），日本動員軍警圍攻大豹社，是役為「蕃匪事件」，大豹社也為了族人的安全退居更深山的志繼社與詩朗社，總督府並不因人的退卻而暫停攻擊，這一切都是為了獲致得以賺取財富的樟腦所致。當前山總頭目——Losin Wadan 的父親孤傲地站在志繼社的山頭，眼望著故居，大豹社此時已是日人三井株式會社的腦寮，心中的感慨直如腦寮所散發出刺鼻的氣味，一路追隨到志繼部落吧！

緊接著，五月五日開始，總督府自復興鄉前後山的屏障——自枕頭山開築隘勇線抵深坑，關係著整個復興鄉乃至於新竹縣尖石鄉、宜蘭縣大同鄉門戶的枕頭山，竟成為北泰雅族的殊死戰，一九〇六年至一九〇九年之間，總督府派出軍警不下五千人，加上新式的武器、大砲用來對付千餘枝單發火鎗與番刀的族人，此役中復興鄉前後山部落、大同鄉溪頭群南澳群、尖石鄉馬里闊丸群形成一股巨大的攻守同盟，戰事包括「枕頭山之役」、「插天山之役」、宜蘭「擋擋山之役」及後山「嘎拉賀之役」。Losin Wadan 的四叔 Bayas Shetsu（巴亞斯．孌促）在枕頭山一役中亦戰死於今日義盛村小烏來。在日人恫嚇將血洗北泰雅族反日族人時，瓦旦．孌促這位前山總頭目為保全族人命脈，約定將長子

1 一九〇〇年伊能嘉矩、粟野傳之丞合著《臺灣蕃人事情》一書。

Losin Wadan 交於日人作為人質，以換取全族的安全，唯一的條件是，讓 Losin Wadan 接受現代化教育。

一九一〇年，小白馬般年齡的 Losin Wadan 從志繼社經角板山送往改變他一生的新興城市——桃園，展開他三十五年「渡井三郎」與「日野三郎」的歲月。

四、渡井三郎

一九一一年元月，這位英勇地抗拒日人統治的前山總頭目瓦旦．燮促，當他決定將兒子交給日人教育以換取族人安全時，似乎也心力交瘁地只能期待祖靈的恩賜，眼望在山下已成為天皇子民的孩子，瓦旦．燮促終於嚥下最後一口氣，撲倒在曾經誓死保衛的土地上——Slan Bisti（今復興鄉詩朗）的水田上方，死時正好五十歲。國民政府抵臺灣之後，感念他的英勇行為，列名於忠烈祠。

一九一〇年，年方十一歲的 Losin Wadan 已經不是奔跑在山林中放機陷、捕野獸的小泰雅了，而是令人稱羨的桃園尋常高等小學校的學童，喉嚨所發出的聲音是「ㄚ、

一、ㄨ、ㄟ、ㄡ」的標準國語（日語），而他也已由原來的泰雅名字改為日本名字——渡井三郎。為了不使渡井三郎過於孤單寂寞，日人又找來以前志繼社的童伴高啓順陪讀，兩人雙雙於一九二一年三月畢業於臺灣總督府醫學專門學校。日後的泰雅族，並未因 Losin Wadan 入質日政府成為渡井三郎而稍減日帝軍警進襲臺灣原住民的步伐，在日人的眼裡，他畢竟只是一位「蕃人」的孩子，儘管他的父親是個頭目。

在一九一〇這一年，強調不惜以武力「理蕃」的總督佐久間左馬太，籌劃已久的「五年理蕃計畫」開始實施，首先進逼合歡群泰雅族人（散居今復興鄉大嵙崁溪上游與新竹縣尖石鄉交界處），只要攻克的部落一律沒收男人的象徵——鎗枝，焚燬屋舍，而女人織布的機筒，大都被武士刀劈裂，剩下的就成為隘勇線上用來通風報信的傳聲器。南投廳霧社群、臺中廳北勢群、薩拉茂部落、新竹馬閤灣群、金那基群以及日軍警動員人數最多、時間最長的花蓮內、外太魯閣地區泰雅族的攻掠行動，全無倖免。在泰雅族每一條祖先遷移的溪流上，漂蕩著男人的鎗炮盒、女人收藏的兒女的肚臍帶，順著淺淺低吟的溪水流去，焚燒部落的火光宛如血紅色的山櫻花，燦爛地盛開，又迅速地凋落。

一九二一年三月，渡井三郎與友伴高啓順一同畢業於臺灣總督府醫學專門學校，然而，燎原過後的部落景象已經不是十幾年前生氣勃勃的情景了，自從一九一三年日本禁止泰雅族人刺青，族內青年漸漸失去男人的模樣，加上打獵還得到駐在所登記領取鎗枝彈藥，種種的限制，直如山豬被拔掉了銳利的牙齒。

泰雅族的禁忌已經因轟隆隆地砲彈震出了裂痕；遷移到平淺丘陵的族人，曾經是祭祀、釀酒、經濟作物的小米搖曳的身姿，也已換做水稻定耕。當年極力反對將 Losin Wadan 送至平地讀書的三叔——阿豹．爕促十一年前說：「你們相信日本的話、學日本的語言，我們泰雅族就會滅亡！」如今，也已在上溪口臺闢田種稻了！

「時代變了！」發出這種喟嘆的何止是渡井三郎一人，八十年後逃過歲月折磨的林昭光族老（Losin Wadan 的侄子，一九四六年即隨侍在旁），在角板山社寓居的典雅三樓客廳裡，隨著菸草燃過的煙絲，緩緩地發出低沉的聲音：「那時候的先覺者，想的就是如何使族人現代化，能夠享受一個民族所應該得到的生存權利而已。」

一九二一年四月，渡井三郎告別部落，隨即展開日本政府安排的二十四年公醫生涯，只要是哪一個地區發生了流行性傳染病或瘧疾，渡井三郎就一定前往救治，其間共歷任醫療所有麻必浩部落（泰安鄉）、控溪（尖石鄉秀巒）、高崗（復興鄉三光村）及角板山（復興鄉復興臺地）。事實上，日人深懼泰雅族人的反日行動，只要泰雅族發生地區性的疾病，族人一定會循著祖先的脚步以「出草」卜吉凶，而日警常常就成為出草的對象，所以，渡井三郎其實也肩負著「穩定蕃情」的任務前往赴任。

一九三七年北勢群受到流行性感冒之苦，總頭目 Beisu Voher 謀起抗日以慰祖靈，就在渡井三郎的醫治與勸說下，消弭一場戰事。日本政府以一兵解一戰的政策奏效，可免軍車勞頓之苦；對族人而言，也免去了無謂的犧牲吧！

在嚴格的皇民教育下的渡井三郎，自然在十一年的養成教育生涯裡見識到日本高度的文明、壯盛的國力與強烈殖民「高砂族」的企圖心；與其傾全力反撲，不如先求安身立命。這樣的態度除了是教育所賜之外，早在一八九七年 Losin Wadan 的父親瓦旦．燮促，隨日本政府安排的第一次「全島蕃人觀光」裡，在橫濱港就見到了像部落一樣巨大的軍艦、可以塞下一頭兇猛山豬的砲管、水泥洋樓、彬彬有禮的行人，這些都令長年奔馳在山野的族人畏懼與震驚，回臺灣之後，數度掙扎於臣服或抗拒日本的複雜心情，這些，都一一地印記在 Losin Wadan 長髮下的眼睛裡。

一九一〇年，決定將兒子交日人讀書的瓦旦．燮促，已經知道這一個世界是屬於太陽旗幟的天下了，獨木難撐的英雄況味，似也漸漸感染著日後成為「渡井三郎」與「日野三郎」的 Losin Wadan 所走下的每一步路。

五、日野三郎

為爭取狩獵地盤，同族之間互相殘殺。當時同族社會，無一日安寧之生活，如此下去永遠無法開發山地社會，更談不上享受現代化生活。為此必須先求山地社會之安定，首先辦理收繳鎗枝工作[2]，當時同族之間深信槍比生命更重要之觀念下，實屬艱鉅的工作。

——林氏家譜

角板山臺地遙望大嵙崁溪上游時，只見層層山巒阻去視線，左側是插天山，右側遠處是李棟山，十二年前，當渡井三郎辭別部落時，插天山遍野烽火的景象，在四月分前往高崗(今復興鄉三光村，屬後山)的途中，已換妝成一片蒼翠的林木了，也許再過幾個月，插天山、巴陵、嘎拉賀一帶的山頭就會飄下內地一般的細雪囉！

一九二一年四月，渡井三郎握著臺灣總督府的印信前往高崗，前後有四個轎夫扛著高崗醫療所主任的轎子，步履蹣跚地前進在通往山區的羊腸小徑裡，隨著路面時而感覺顛簸的渡井三郎，所想的可能是憐惜著山中物資匱乏、交通困難的族人吧！過了巴陵橋，四月的燥熱依舊未散，還好，再上去一點就是高崗了！這些在日本政府而言，屬於後山的三光「蕃」、南澳「蕃」、秀巒「蕃」、玉峰「蕃」等，一直都屬於桀傲難馴的族群，儘管總督府在一九一〇年進行討伐的工作，仍舊有許多族人不願歸順，而渡井是否知道，任職高崗，正是日本所下的一步棋子呢？

當渡井三郎十一歲換質到桃園，整個後山其實才進入真正的動盪之中，佐久間左馬太總督在一九一〇年五月開始揮軍進入大嵙崁溪上游，整個戰火持續到一九一三年九月二日結束。李棟山堡壘砲臺、太田山砲臺，其實是族人以犧牲血肉身軀的代價所締造出來的，它同時見證著日帝用以制壓族人的證據。但渡井三郎來到高崗的時侯，已經聞不到撲殺過後的血腥味，玉峰溪清澈的流水，早已將血色漂白，此刻，只有潺潺的水聲與乍然撲飛的鳥群在高山中鳴唱。

渡井三郎在醫療所略顯昏暗的房間裡不安地走動著，步出屋外，舉頭就見到午後纏上雲霧的棲蘭山，那是一座令人困擾的山頭。在渡井三郎抵高崗後的八月，高崗（三光

2　原作者註：因鎗枝為紛爭作戰之禍源。

蕃）與大同鄉四季（南澳蕃）的族人發生糾紛互相殘殺，短短十分鐘的戰鬥中，高崗族人死傷十八人，四季族人死傷二十五人，為的就是棲蘭山及其周邊山區的狩獵地盤，而這事已延續了多年。渡井三郎認為，化解族人間無謂的互殺行為，只有採「埋石之約」的和解方式，因此，以政府官員與前山總頭目之子的身分力促高崗與四季兩地的族人準備豬隻和解。

此事報請上級，總督府自然樂做和事佬，因為由日警出面主持和解典禮，即意味著「國家統治」權力的確立，一方面可以勸誘遷移至淺山定耕，一方面藉以收繳鎗枝以斷絕「蕃人」出草的行為；最後一項才是日人和解的重點，因為「蕃人不容易改其凶暴的直接原因是擁有鎗……但鎗枝對於他們的爭鬥、狩獵、結婚上的聘物等，均是屬於生活上最重要的東西，所以愛鎗之心非常之重，要拿走他們的鎗談何容易[3]。」儘管「五年理蕃計畫」在一九一四年完成後，佐久間總督在〈有關維持理蕃事業成果的佐久間總督之訓示〉一文中，認為威權主義時期已過，以後要以撫綏主義對待「高山族[4]」。

但，日後仍然有泰雅族人為了祭祀、恩怨仇恨、表現男子氣概、卜吉凶等，進行大規模的出草行動，造成日警巨大的傷亡；因此，總督府「理蕃」的意志即貫徹沒收鎗枝交由日警統一管理，才是斷絕泰雅族人反抗行為的根本。

當渡井三郎奔走兩地進行祖先傳統的「埋石之約」協定時，總督府卻暗中進行一項更為殘酷的手段。《理蕃誌稿》第五編〈三光蕃擬攻擊南澳蕃〉一文中即見端倪：

大正十年（一九二一年）九月初，三光蕃計畫去攻擊仇敵南澳蕃，三光蕃意甚堅，但日警當局不願意兩社蕃發生爭鬥。如果三光蕃攻擊南澳蕃，兩社蕃必加深仇恨，如此一來三光蕃勢必要秀巒蕃來增援，增加他們的戰力。剛好此時秀巒蕃和玉峰蕃已經疲於爭鬥，雙方呈現和解之際，如果三光蕃出面仲裁講和，有和議成立之虞，所以有必要制止三光蕃和南澳蕃的爭鬥。又說雖要制止三光與南澳兩社蕃的爭鬥，但要繼續使其維持從前一樣的仇敵關係。

在族人的習俗裡，三光社族人有求於秀巒社，秀巒社族人就有權利要求三光社做出

3 《理蕃誌稿》第五編。

4 高山族：一九二三年，日人將「蕃人」、「生蕃」改為「高砂族」以示攏絡之意。

適當的回報，而此刻最好的回報就是充當仲裁，以解除秀巒社與玉峰社長年的爭戰。日本當局為了不願見到秀巒與玉峰兩社族人的和解，因此力促三光社與南澳四季社族人的和解，也就是說，促使日本當局同意渡井三郎的和解計畫，其實是建立在拉長秀巒與玉峰兩社的爭戰，以期作為早年反抗日本的懲罰，日後再以「仲裁者」的姿態完成統治兩社的心願。一九二二年，日人入澤滲在其所著的《生蕃界的今昔》一書裡，對「五年理蕃政策」提出了他的看法，他說：「綏撫方策是施於物品或教導他們各種生活技能，上以使他們產生恩義感，因此服從官命；威壓是對不服官命者，用武力去征服，待他們屈服之後，再採用前者的綏撫方策。上述二種方策是否成功，還是大有疑問。」因此，入澤滲露骨地寫出他認為理蕃政策的修改案：

那麼如何去修改理蕃政策呢？沒有別途可行，只有「獎勵蕃人間的鬥手」是矣！頑劣的生蕃，常常為了狩獵地被侵犯，耕地的相爭，或由迷信上的紛爭等等，蕃與蕃的紛爭不斷，紛爭終成爭鬥，造成死山血河般的慘劇。我所主張的新理蕃政策，就是利用這種方法。

日後，總督府就趁族人發生糾紛之際，插入雙方部落間提供兩方武器彈藥，助長爭鬥與加劇同族間殺戮，直到雙方人數銳減，才哀求日警出面調停。一九二六年七月五日，日警在玉峰、秀巒兩社發生饑荒的時候，出面調解，地點在大溪郡高臺駐在所(今玉峰與秀巒交界處)。九月三十日，舉行竹東郡上坪前後山群，石加鹿、南庄、鹿場、汶水等社的和解典禮，地點位於竹東郡井上駐在所。一九二七年十一月十一日，在日警主持下，三光與四季兩社在高臺埋下象徵和平的石頭，完成和解式。只是這幾處部落，都在爭鬥殘殺延長了五到十年以後，才完成和解，誰也不知道，主持和解的日警竟也是主持戰鬥的影武者。

年輕的渡井三郎自然也參加了這幾次的儀式，看見雙方的豬隻投擲到河裡，族老撒下一杯酒敬祖靈，口中唱道：「大家的恩怨，就如豬隻一般，付諸流水吧！」渡井三郎的心中一定也為族人間的和解而竊喜吧！可是，誰也沒有想到，族人的和解，暗藏著日帝洶湧激越的「懲罰意識」。同時間，北部泰雅族收繳鎗枝的工作全告完成，收繳鎗枝在一千五百枝以上，日總督府認為是「前所未有的成功行動」，功臣之一就是派至偏遠部落進行遊說、醫療與調解的渡井三郎。自此之後，泰雅族已少有使用鎗枝互相殘殺的事件發生，相對地，日人在「高砂族」地區所進行的「皇民化運動」，也因為少有武力反抗而推動的更為澈底與全面。由於渡井三郎八年任內的優異功績，使得總督府決意提拔這位由「蕃人」成為完全效忠日本皇民的「渡井三郎」。一九二九年一月，在日人蓄意的安排下，渡井三郎與高啟順一同完成總督府安排的「政治婚姻」，渡井三郎入贅日本四國愛媛縣伊豫郡日野家，正式啟用「日野三郎」的新姓名展開更璀璨的前途。

結婚一年，日野三郎與妻子生下長子林茂成後，陸續又生下三男一女。隨著公醫工作的流動性，日野三郎與家眷數度遷移在各山區之間，由於日漸安定的局勢，日野三郎得以專注於山區醫療與部落建設工作，一心一意改善族人的衛生環境、撲滅流行病、農業改良，其間又配合總督府移住計畫，數次建議專案撥款集體移住到良好環境的地方開田定居，實踐「使族人獲致現代化生活」的一貫理想。唯一的小波折是一九三〇年發生的「霧社事件」，日野三郎認為事件的起因來自日警指導族人方法不當所致，為免日本當局擴大報復行動，日野三郎奔走臺灣總督府與臺中州廳之間，建議日本政府勿採嚴重的制裁。然而，事與願違。

不論如何，日野三郎的行動與意志正好與總督府所推動的移住計畫、殖產授產、消除蕃人不良風俗等「皇民化」政策不謀而合，加以日野三郎成功地化解北勢群泰雅族人的抗日行動（一九三七年），終於使日野三郎在一九四〇年「紀元二六〇〇年式典」中，成為代表臺灣高砂族前往日本奉朝參列的唯一一人，並獲授勳紀念章。當日野三郎隨著巨輪航回臺灣時，日野的旅程一如四十三年前的父親——Wadan Shetsu 一樣，命運的輪迴，使他們在太平洋西端的海域上驚鴻交錯，所不同的是，父親帶回來的是泰雅的族名，兒子卻領著日本的名字歸來！

一九四五年四月，日野三郎被拔擢為臺灣總督府評議員，使他登上政治事業的最高峰。更重要的是，在這幾年期間，日野三郎默默地培植優秀的族人，預備穩固高砂族的政治實力。

六、林瑞昌

當然，臺灣是蓬萊嘛、高砂嘛、臺灣嘛，至少一個是我們的名字，這都是臺灣的意思，什麼是「山地同胞」？民族的名稱本來就是我們自己決定的嘛！為什麼不講呢！所以有了基本上的觀念，就不會用異樣的眼光看我們，所以我們要批評那個政策啊！你們是人，我們也是人啊！為什麼不能講？所以那個時候，我們的思想是比較前面。

我跟伯父到省議會要經費時，我們絕對不講說：「我們落伍，請給我們經費，」這個我們不講。我們說的是高砂族是怎樣貢獻臺灣，以正正當當的理由，省議會應該要撥經費，不是講我們落伍給我們一點錢。

——泰雅族角板山社林瑞昌侄子林昭光口述

一九四五年八月十五日，日本天皇昭和裕仁的「玉音」放送到臺灣每一個角落，整個島嶼彷如一隻沉睡太久的地牛突然打一個呵欠，震得島嶼喧嘩良久。在角板山平臺，沉黑色木箱中經常傳送日本演歌的電唱機，此時換上略顯低沉的聲音，日野三郎走到窗邊俯瞰著午後靜謐的大嵙崁溪，卻聽到了自己的聲音：「還是來了！」只有一旁顯眼的乳白色巨碑——「佐久間左馬太紀念碑」，在已然變色的風雲裡渾然不覺地矗立著。幾天以後，日野在駐在所的告示欄裡看見安藤大將的文告，才確定了終戰的念頭。他快步走回家中，知道自己有一些事該做了。

十月底，角板山平臺入口處已經布置了「臺灣光復」與「歡迎祖國」的牌樓，日野與前後山族老一列人等早已靜候多時，前方路口開始有一些人影，應該是祖國的軍隊吧！這樣想的時候，眼前的景象卻令人大失所望，破褸的黃衫、雨傘、鍋子、牙刷與便當的組合，就是打敗日本的「國軍」面貌？當時還在新竹工業學校的角板山林昭明族老，回憶初見國軍的第一印象是「就像傭兵一樣，一個地方惡霸的傭兵」。

這個傭兵其實還不只是阿兵哥而已，緊接著派來的接收官員，行事作風與日本完全不同，原有公家機關的物品完全充為私用，醫療所的藥品賣到平地，使山區部落族人缺乏醫藥救治。整個角板山社宛如遭到了洗劫一般。林昭明族老接著說：「後來，很多事情出來啦！比如以前日本住的地方是榻榻米，中國兵不脫鞋就上去，到處吐痰，平地人就開始講話啦！他們還要搶東西，金子也拿走，孩子都被他們拐走了，電燈是什麼也不知道，在牆壁打一個洞看水沒有出來，就把那個房東打一頓……原來是歡迎祖國的軍隊都變成強盜了，從今以後，我們也由日本人變成了中國人了。」

日野三郎，終於也在新發的戶籍裡找到一個全然陌生的字體——林瑞昌，而這個名字一直陪伴著他走到人生的盡頭。

從終戰一直到十月，角板山下的大溪鎮有了混亂的變化，高漲的物資、膨脹的通貨，以及揉合著憤怒的情緒，就像山中突然奔來的雷陣雨，誰也不知道會發生什麼事情！往來在臺北與角板山，目睹人群緊張的神色與官員腐肉般貪婪的面目，林瑞昌直截地反應是：「戰事來了！」但是，臺灣高砂族還能夠再承受一場戰爭的洗禮嗎？

當蹦蹦車經過三峽時，四十年前族人被戰火趕往志繼社的紛亂景象，一一地躍上Losin Wadan 記憶的螢幕裡，一如昨日。「當時，先覺者的想法是，我們要用自己的力量保護自己，不要亂動。」一九四六年終戰後，由日本航空學校趕回臺灣的林昭光回憶著，「那個時候頭目有自治會啊(日領時期)，我伯父就聯絡他們，不要亂動，保住族人的生命是第一重要的事！」

一九四七年「二二八事變」蔓延到全島，北部泰雅族因為有「先覺者」的預警，故未受波及，林瑞昌並獲頒縣府二二八事變維持地方秩序有功人員的獎狀。然而，林瑞昌以及族人念茲在茲的理想是，取回日領時期被侵占的族人土地，使族人致力開發良田，早日進入現代生活的門檻，這些土地至少就包括日領前原居地、日人移住的花運吉安、壽豐、萬榮等平原地帶。在協助政府穩定山區社會有功以及挾前臺灣總督府諮議委員的身分下，一九四七年六月十八日，林瑞昌大膽地向層峰遞交「臺北縣海山區三峽鎮大豹社復歸陳情書」一文，慨言大豹社主權的確立，歸復大豹社土地，以達成族人「再度會面父母兄弟之靈之願望」。請願書上寫著：

> 脫離日本之壓政，今日還歸自由平等，光復了臺灣。被日本追放後山之我們，應

復歸祖先墳墓之地，祭拜祖靈是理所當然之事。光復臺灣，我們也應該光復故鄉，否則，光復祖國之善何在？我們必須歸復墳墓之地，自失地以來，一天也不忘過故鄉，滿懷戀慕之情，四十年之間，祖先以寡勢流血抗日，臺灣光復如能帶來復歸故鄉以慰祖靈，實為感激不盡。我們盼望復歸故鄉，懇請體恤實情惠予復歸故鄉，如能復歸墳墓之地，在平地同樣課稅亦忍痛接受。

——原文日文，依林茂成族老譯文

譯文裡的確充滿著「戀慕之情」，讀來令人動容。除了上陳情書，林瑞昌更以行動親自帶領族人走回故居辨認祖居地，並劃妥分配族人應有的土地區域，因此，陳情書上就附有「日本領有時原居住者名單及地圖各一份」以資證明，擬「造成事實」收回土地。「那個時候，大家真的好像回到了大豹社，大約有三個月，每個人的心情都很興奮！」參與「探視」大豹社故居的黃族老說著。

國民政府沒有接受請願的事項，自然也沒能體會出族人對土地的「戀慕之情」，只在一九四八年象徵性地延攬林瑞昌納入臺灣省政府諮議的行列，認為這是對「山地同胞」最大的恩典了！「是不是還沒取得政府的信任呢？」林瑞昌的心中一定也有這種疑問吧！此時山中仍留有一些鎗枝，林瑞昌再次扮演「渡井三郎」時期的工作——辦理鎗枝收繳，以期獲致國民政府的信任。一九四七年「二二八事變」中，自國軍部隊搶回大砲、鎗械的鄒族阿里山地區，就成為首要的工作，也因為勸說阿里山鄒族勢力者而認識了湯守仁、高一生、杜孝生等鄒族精英分子，他們的命運就宿命地聯結在阿里山上。

一九四九年，參加省參議員選舉，國民政府規劃由排灣族代表出任，選舉前將所有山地鄉鄉長（鄉長有投票權，當時採間接直選制），帶到澎湖「遊覽」，最後，林瑞昌仍以一票險勝，粉碎了當局意欲封殺這位在山地社會擁有影響力的「異議分子」。這時，林瑞昌已經明顯地感受到自己的政治生命將在這個新的政權下殞落，而現實上改革山地社會的理想似乎也愈來愈遠了。心急如焚的林瑞昌只能一次再一次地努力表現，可是他的處境畢竟已經遠離了「渡井三郎」或「日野三郎」的時代，當政者，也已經不是替他安排政治生命的臺灣總督府了！

儘管在省參議員任職期間，林瑞昌再一次成功地勸誘和平鄉梨山、環山、佳陽等地繳交鎗械，但是仍然不獲青睞。其實，早在兩年前遞出的請願書上，文詞內主旨「光復臺灣，我們也應該光復故鄉，否則，光復祖國之喜何在？」就已觸犯了當局的禁忌，也為自己編織了死亡的彩虹橋（彩虹，泰雅族稱「魔鬼的路」）。日後，林瑞昌積極地在省參議會中表達「還我土地」的意念與批評「山地行政」，更加速使他通往「魔鬼的路」。

一九五〇年六月二十五日韓戰爆發，美國基於全球反共戰略的考量，支持退敗臺灣的國民政府，並且默許進行持續而廣泛地政治撲殺行動。在這一段謂之「白色恐怖」的時期，以林瑞昌、高一生等為首的泰雅族、鄒族精英，在「山地工作委員會案」（一九五〇年四月二十五日）中，成為首度遭到撲殺的族人，而由林瑞昌所培育的精英，包括高澤照（三光村）、李秀山（宜蘭寒溪）、林昭光、李奎吾（臺北烏來）……等，也全數被撲殺，分別遭到槍決、入獄。這個行動一直持續到一九七四年的「山地青年團案」為止，使得中、北部泰雅族、賽夏族、鄒族精英幾乎完全被剷除，使未來的山地行政領導人轉由阿美族、排灣族所取代。

林瑞昌在臺北「山地會館」內一九五二年某個夜晚被押走，消失在偌大的臺北城裡。因案被波及的林昭光，日後在軍法處景美看守所遙遙望見伯父最後一眼，那一天是一九五四年四月十七日下午，正是執行槍決的日子：「我在西所二樓，他們在東所，我看到他們被抓出去槍斃。他們出來的時候，我很清楚地看到他們上卡車……」一直到今天，頭髮已經翻成蘆葦白的林昭光族老提起這一段經歷時，每每以沉重的音調渲染出滿室悠悠地悵惘之情，「沒有話講，心裡沒有辦法講出來而已啊！」

當林瑞昌被送往刑場，目睹著第一顆子彈迅速地切進心臟地帶時，一定沒有想到，自己摯愛的日本妻子——日野サカノ（漢名林玉華），在丈夫被抓走不到一年，已因承受不住打擊，失心而死了！四月中旬，由「臺灣省保安司令部桃園山地治安指揮所」發布的「為林匪瑞昌高匪澤照執行死刑告角板山胞書」一紙，就張貼在復興鄉每一處角落，他們被羅織的罪名為：一、參加匪黨，陰謀顛覆政府。二、營私舞弊，侵吞農場公款。而「匪諜」的罪名，就像一張魔咒緊緊地跟隨著族人的記憶。也是在這一年，復興臺地上矗立的「佐久間左馬太紀念碑」原址，為了興建復興行館而被剷平，它也象徵地向泰雅族以及臺灣原住民宣告著，「蔣中正時代」的來臨。今日，我們前往復興臺地時，只見原來的紀念碑基座已成為涼亭，而歷史的記憶，似乎就深埋在幽黯的底層，一直未蒙陽光照拂。

七、想念族人

一九九四年，羅浮村持續安靜地蹲在大嵙崁溪左岸，林瑞昌的長子林茂成族老，正興奮地期待著來自日本的朋友歸來，這位朋友也是族老童年的友伴，在一張張已然泛黃的老照片上，族老戴上老花眼鏡吃力地辨認模糊的人影，以及那個時代的親痛仇快，只是，陳跡的歷史顯然比發黃的照片更難辨析吧！

當然，族老的父親林瑞昌槍決的消息，還是情治人員請他到公告欄才看到的。「他指著牆壁說，你看啊！我一看到，糟糕了！是我父親槍斃、判死刑的公告，我才曉得我爸爸不在人世了！」族老來到臺北殯儀館散落幾十具屍首的停屍池旁找到了父親，規定不得帶回，只好就地焚化。攜著父親的骨灰回部落，卻因為親族與族人的畏懼，族老也沒辦法替父親安葬，只好每天安放在家中佛櫃中一起睡覺，直到一九九三年十月三日安葬於林家祠堂，族老陪著父親的骨灰將近四十年的歲月，我一直沒有忘記族老說的一句話：「我期望以後不要再有這種事情，應該要民主，不要用權力來壓人！」

林家祠堂就像羅浮村，靜靜地坐落羅馬公路左側山坡，這裡埋葬 Losin Wadan、他的妻子、父親、叔叔與孩子，我想，大豹社的靈魂也都在這裡眷顧祂的族民吧！

每次經過羅浮的時候，我總要繞到 Losin Wadan 的銅像前，望著 Losin Wadan 手指的方向，安靜地，想念族人。

後記：

在這一年關於族人「白色恐怖」的田野調查，往返中、北部與花東，南部的旅程中，爬梳那些族人最不忍訴說的心靈與歲月時，我知道，這對我是一段啟蒙與成長的歷程。

我一直沒有忘記，當年二十出頭、一心想要護衛族群尊嚴而被捕入獄的族老，四十多年以後的今日，頭上的白髮依然不肯蟄伏而顯現飛揚的意志，族老說：「我們是從Pinshungang[5]（泰雅神話起源地，漢語：賓斯博干，原意為「使石頭破裂」）來的，祖先就是穿越困難，突破石頭而來到這個世界的。你要記住，我們泰雅是個突破石頭的孩子！」

寫完〈Losin Wadan ——殖民、族群與個人〉，我清楚地知道，這只是突破石頭的第一步，學習與追懷祖先的精神，一直是我與這一代的族人努力的目標。

---

5 Pinshungang：泰雅神話起源地，漢語：賓斯博干，原意為「使石頭破裂」。

「白色」追憶錄

一、白

白ㄅㄞˊ，素色。潔淨。無所有。無端。徒然。率直。《國語大辭典》

二、白色思想

一九八三年，自軍中退役，逕往花東谷地一所小學任教。東海岸的朝陽一露山頭就逼人滑入游泳池，只有傍晚六時後閒閒的風雲掃蕩地表的燥熱。九月開校前，山村小學正式老師明顯不足，恆常待八月的代課教師甄試補足名額，有一名自稱在種西瓜的中年人帶領一位女子應考，知道我住大安溪畔隨口就問：「有沒有人在那邊種西瓜？」我說沒有，小時候倒是游過對岸到客家庄採黃色小西瓜。後來知道他是一位詩人，在金門站哨時，我還曾經一手荷槍一手閱讀詩人的作品——《澳南悲歌》。我一直納悶著，詩人為何去種西瓜？再次見到詩人時，他已放棄了種西瓜的念頭，勤奮地在故鄉大安寫他的小說，一部關於五〇年代動盪的風雲，起頭就是泰源監獄，這所監獄正好在我任教小學的山頂上，是一處絕美的谷地。八〇年代我曾經奮力地跨上野狼直奔泰源，一路上只殘留遙遠而撲朔迷離的人間傳奇。

我知道詩人在白鴿一般的青年時期進出過臺東泰源監獄，這是一座為堅信某種信仰而設的思想牢獄，一九六二年落成啟用，一九七〇年發生暴動事件，國防部隨即在綠島蓋一座「國防部綠島感訓監獄」，七一年四月二十五日，泰源監獄刑期較長的政治犯一百七十人及五月二日景美看守所判刑確定的一百三十一人被送到綠島，那是隨著名為「東安一號演習」移監的。假如我們的記憶翻回到日領時代，綠島原來是個流放臺灣流氓的離島。

三、紅色的對面是白色

一八七〇年，法國正式進入法蘭西第三共和國時代。一八七一年二月，法國梯也爾政府與普魯曼首相簽訂賣國的〈凡爾賽初步和約〉，巴黎人民面對普魯士軍隊包圍及政府賣國行為而毅然武裝救國，三月十八日至五月二十八日「五月流血週」的戰鬥終了為止，人民救國武力終被鎮壓。正當梯也爾反動軍隊在普軍幫助下攻入巴黎人民公社時，一名女工撕下身穿紅裙一塊作為公社旗幟，從此以後，「紅色」便被引用為人民熱情、進步、反抗不公、挑戰不義的階級解放符號，與此相對的「白色」，成為反動與保守勢力的象徵。這些事遠在一個世紀以前發生，過了七、八十年，紅色的思想飄洋過海來到西懸太平洋的臺灣島嶼。

四、白色的孩子

他一直都被關在牢裡沒有出來，他的膚色白白亮亮的，已經不像是我的兒子了，連我看了都以為是一具白色的死屍。我這個兒子，就算國家給他一千萬元付醫藥費，再也換不回一個強壯的兒子來。

——泰雅族 Dumai Ali（都邁．阿力）回憶第一次面會兒子的口述

復興鄉羅馬公路兩側盡是水綠的竹林群，路旁倒臥的竹枝，正安靜地等待貨運卡車運送加工。羅馬公路上的「美腿山」，就是因為冒長巨美的竹筍而命名的。還未到美腿山前一站的部落，我循線找到已經六十四歲的族老。四十三年前，二十一歲的李姓族老才只是剛自臺中師範畢業的原住民精英，結婚一年有兩個孩子，小的尚未滿月。他懷抱著熱情與理想在部落小學剛上完「民教班」，踩著輕盈滿足的步伐回家，當日半夜十點後被人誘至大溪，再回來，已是七年以後的事情了。長成八、九歲的兒子幾乎對父親沒有可資回憶的片段，只有在上學的時候，有人在他們面前或背後大聲嘲弄地喊出：「匪諜的孩子！」

李姓族老從獄中帶回來的是肉體的病痛與不斷潰爛的臀骨盆，「老師好！」的聲音，早已換成獄中不時吶喊、哀號的節拍。由於許多行業棄絕他身分，族老只能在石門水庫撈魚過活。那一天下午，我們在餐桌上吃著族老酒燉的石門烏鰡，一邊慢慢回溯四十年前陳舊的回憶，族老明顯地希望藉幾分酒意傾吐傷痛，「我的自白書，他們早就寫好了。」族老的父親 Dumai Ali 放開八十幾歲的喉頭，「眞的有罪的話，我們泰雅族的祖靈一定讓我的孩子死掉，不會讓他留下來！」這是一句很嚴厲的誓言。

「前幾年，我因為長久浸在水裡捕魚，臀骨盆加速潰爛，不得不到醫院開刀，現在我的臀骨是鐵做的，是假的啦！」族老戲謔地說著，還起身一瘸一瘸地駝著走，不知道是愚弄自己，還是現代老萊娛親的翻版？但可以確定的是，此刻，我們所吃下的鯔魚，彷彿都沾滿了辛酸的魚刺。

兩個月後，帶著訪問草稿希望讓族老親自校正，族老彼時酒醉地癱瘓在屋外空地上，模糊的眼睛再也認不得他們了。草草離開後，天幕隨即降了下來，我看見，「白色的孩子」逐漸隱沒在時間的黑幕裡。

五、毒樹上摘下來的果實

蒐集證據最容易的辦法是「自白」，但是也最容易忽略被告的權利。日本憲法限制長期不當的羈押或拘禁所得到的自白不得採為證據。在英美法上，非法方式採得的證據，猶如「毒樹上摘下來的果實」，不能採為證據。

政治犯是良心的囚犯，他們相信自己的抱負與理想，肯定自己的方向和行為，他們不輕易逃避現實而「自白」，因此，政治犯的自白幾乎都是以非法的方式得到的。正如洩密、刑求、背叛同志、出賣、線民、謊言、羅織罪名等等。

六、白色的遺忘

白色的雪鐵龍馳騁在北橫曲折窄小的柏油路面上，新闢的紅色羅浮大橋遠遠地被拋到翠綠的山後。過了高坡，就是復興鄉的「後山」，左側雄峙的插天山在黑夜中宛如一頭巨獅。

日領時期，「插天山戰役」之後，反抗的泰雅族部落悉數打散，被迫遷移到較低矮的大嵙崁溪左岸窄瘦的低地，今日我們所走的北橫公路，其實是百年前族人的步道、獵徑、婚嫁的姻緣路，之後成為日本攻伐族人的戰備道。更早以前，清末將領因害怕瘴氣不敢進入崇山峻嶺間，只得驅軍溯溪而上，在高義受到族人痛擊，大敗而歸，是役為「大嵙崁戰爭」。車行數里，我們終於來到高義部落。

前一個月到李族老家中時，是由他在外地做板模的兒子帶領的，慶幸能夠找到李族老是因為延續著 Losin Wadan（羅幸．瓦旦，漢名林瑞昌）以降的原住民白色恐怖案件裡，這是最後一案，時間是一九六七年「山地青年團案」，當時，他們共七人被認為是山地青年武裝部隊的領導人，李族老就是其中的「隊長」，當時他已是一位山地少見的代理校長。他們分別被處五年至十二年不等的徒刑。

李族老憤慨地說：「那些抓我的人要我承認我是隊長，武器跟同志都說在阿里山待命，其實我這一生中最遠只到過桃園、臺北，阿里山長什麼樣子我都不知道，找一天，我一定要我孩子帶我到阿里山，看看我的武器、同志有沒有在那裡？」這明顯地又是一樁莫須有的白色案件，牆上一幀黨小組長榮膺證書突兀地飛進眼簾。

這一天其實是李族老的生日，我私下希望給他一個驚喜，所以來之前並沒有聯絡，拎著一瓶日本清酒慢慢走下步道，原來以為會是兒孫滿堂的慶生宴會，不料居處無動靜，室內僅只一盞微弱的燈泡，我喚了一聲，看見室內族老的身影孤寂地晃動著，道明來意，李族老只淺淺地應著：「小孩子外面工作忙！」我想，今晚不要做什麼採訪了，喝酒吧！

往後約半年的採訪裡，慢慢地釐清原住民白色恐怖案件的脈絡。當一九五二年「山地工作委員會案」逮捕了泰雅族與鄒族的精英、領袖後，更大批的情警人員進駐山區，展開了為期至少十七年的恐怖活動，包括利用線民羅織罪名。

「當時進到復興鄉的教員、警員，大都是東北來的流亡學生，他們通曉日語，在山上活動比較容易，」同樣涉案的復興臺地林族老感慨地說：「我們的族人也有當線民的，因為抓匪諜的獎金很高，但是，他們的下場更慘，沒有利用價值就被關進去了，就是最後一批的族人。」

我想到孤寂的李族老。再一次前往採訪時，我們約在海拔一千三百公尺的上高義，這是「副隊長」王族老家中，我們儘管已經證實李族老其實是擔任線民的工作，但我們不願開口，解鈴還得繫鈴人吧！隱忍多時的夢魘，也許只有在黯夜中才能窺見吧！離開上高義，李族老果然什麼都沒說，那些白色的記憶，眞的全忘了？

七、基因

Terrorism（恐怖主義）下所施行的政策，本身就是社會病理現象之一，縱能或長或短的壓抑直接的反抗行為，卻從來無法消除人們內心反抗的基因。「白色恐怖」，也是如此。

八、還給我們清白

我不後悔，我沒有做錯啊！我是為了我們山地人要自救，我又沒有做過殺人的事情，我絕不後悔。我乾脆跟你講，國民黨不要我，我就去做共產黨。我們組一個「蓬萊自救青年同盟」是一個正當的事情，不是犯法，我也沒殺過人，我們被關了十五年，應該要還給我們清白。

——賽夏族趙族老口述

竹東，是一座族群互動頻仍的山城小鎮，閩客原漢互通聲息之所。竹東以東，就是泰雅族領域，往南是泰雅與賽夏的居地。根據族老們流傳下來的口傳歷史，賽夏族早年的領域包括今日的大安溪以北到大嵙崁溪（大漢溪）以南的丘陵與山林，日後因為泰雅族急速地遷移、擴張，賽夏族因人口稀少而漸居劣勢，最後只剩下今日的苗栗縣南庄鄉與新竹縣五峰鄉，直到現在，我們還可以在新竹前山油羅溪上游的Mekarang（美卡蘭），發現相傳是泰雅族與賽夏族的古戰場，泰雅族遷居於此的時候，發現許多大臼齒，便稱此地為Mekarang（大臼齒之意）。

竹東往南，沿著上坪溪越過五峰檢查哨，迎面是奇偉的鵝公髻山，再上去就是蓬萊村。一九五二年，保密局破獲所謂的「蓬萊民族自救鬥爭青年同盟」案中，三位年輕的原住民青年，其中一個就是賽夏族趙族老，另兩位是烏來與復興鄉的泰雅族青年，當時，他們也不過是二十四歲以下初出茅廬的小夥子，卻因為同時感受到時代巨輪的碾壓，使他們捐棄歷史的親痛仇快，形成跨族群的命運共同體。

見到高族老時，他已是六十幾歲的「老人」了，時間的鑿痕刀剝下他上下的門牙、討索他豐盈的肌面，討不回的仍是那胸中一寸的熱情，「我們山地人沒有文字，我們到綠島的時候，有想要自己發明，我跟高建勝兩個人去做。」假如當時就有了羅馬拼音的文字——我暗自夢想著。一回到現實，面對著曾經遠赴綠島、生命已近黃昏的族老，夢破了！教人憾恨的，倒不只是發明文字也成為「匪諜」的罪名，更在於族人智慧的積累毀於政治鬥爭中。

至於高族老口中提到的高建勝，烏來鄉泰雅族人，在同輩中腦筋至為聰明，一九八一年以後，因不耐臺灣情治人員的干擾，由日本往大陸，任教福州師範大學外語系，一九八三年八月四日因遭臺灣牢獄期間刑求的後遺病症不治死亡，中共當局將其葬於北京，並立紀念碑視為「愛國人士」。當我唐突地問及「他愛的是那一國？」我們都不禁緘默了許久。

離開山村，我想起忘了問一件事，「蓬萊民族自救鬥爭青年同盟」跟「蓬萊村」有沒有關係？六月底，再度前往竹東想要與趙族老訪談時，同為政治犯的賽夏高族老說：「一時聯絡不上，幾日前，他已到關東橋眷村替長年患病的外省老兵做看護的工作。」

歷史，的確是嘲弄的能手，高族老在綠島時，為患有肺病的南澳泰雅族良心犯李秀山抓山羌治補，也為他博得「俠義」的名聲，四十年以後，卻因生活困境，必須前往他曾經反對的陣營裡擔任看護的工作。

九、白色統計

據保守的估計，五〇年代以降的「白色恐怖」至少使得五千人喪命，以及八千人以上本省與外省的「共匪」、愛國主義知識分子、文化人、工人和農民受到十年以上到無期徒刑的牢獄之災。一直要到一九八四年十二月，最後兩個五〇年代的政治終身監禁犯坐滿了三十四年又七個月以上，才終告完結。

十、白色的願望

他指著牆壁說：「你看啊！」我一看到，糟糕了！是我父親被槍斃、判死刑的公告，我才曉我爸爸不在人世了！

帶回我爸爸的骨灰以後，連一個親戚朋友都不敢靠近我們，因為是公告上面有寫罪名、最惡劣的罪（匪諜罪），所以不敢接近，怕連累到自己身上，所以也沒辦法舉行葬禮啦！只好放在家裡的佛櫃裡一起睡覺，一睡就是四十年，沒有辦法舉行葬禮、沒有辦法做墳墓。

——泰雅族 Losin Wadan（林瑞昌）之子林茂成口述

在復興鄉羅浮初見林茂成族老時，他剛剛才自屋舍旁整理田園回來，削瘦的身影摘下斗笠，就看見幾乎禿盡的前額冒著汗珠，客廳壁上掛著幾張相片，一幅赫然是蔣介石出巡復興鄉時，Losin Wadan 隨侍在旁的照片，當時他已是省臨時議員，因為提出「臺灣光復，理應歸還日領時期被占領的高砂族地，否則，只是國民政府光復臺灣，高砂族並沒有解放」的言論不見容於當世，一九五二年被捕入獄，一九五四年十一月遇害。

客廳壁上還有兩幅大霸尖山的圖片，顏色已泛黃，林族老指著照片說：「我們是大霸尖山的孩子，這是我爸爸講的，永遠不要忘記自己是個泰雅族人。」

林族老的家譜記載著所能追溯的祖先是七代以前的 Mahong（馬衡），原籍清楚地記錄是南投仁愛鄉的 Tashak（達下庫），生時約公元一七七二年至一八一二年間。在上四代的 Shetsu Kainu（燮促．喀義怒）時，已移居至今日三峽地區喚作大豹社的地方，次男與肆男為保衛部落分別與清兵、日軍作戰而死。Losin Wadan 也秉持著先祖的遺訓，行事處處以族人利益為重，擔任省臨時議員所提出的「諫言」，終於使他招致禍患，入獄死時，年約五十五歲。

林族老後來在臺北市立殯儀館已散落數十人的停屍池中找回父親，他的骨灰遲至一九九三年才安葬於羅浮村一處山角下，取名「林家祠堂」。林族老說：「現在我安定了，所以給爸爸做一個墳墓，做一個林家祠，家父子孫永遠在一起，這是我一生的願望。」

離去的時候，林族老並沒有遞送名片，雖然他已是復興鄉農會理事長，家族長年被監視的經驗，使他養成了不做名片不留證物的習慣，族老說：「不能害朋友啊！」

幾次往返山區部落與寓所，我總是很難忘記林族老口述時的情緒變化，並且深以族群命運為憂。幾次與族老對話，總是不忍再讓族老親揭傷口，我一直記得族老說的一句話：「我期望以後不要再有這種事情，應該要民主，不要再用權力來壓人。」

○、以父之名

根據資料顯示，臺灣原住民族受到「白色恐怖」牽連的至少有四十五名，其中已執行槍決的有六名。他們的第二代、第三代已超過二百人以上，他們都曾經有一個「匪諜」的童年，沒有人告訴這些孩子他們的父祖輩是無辜的，甚至是民族的鬥士。假如長此以往，「白色」的陰影將一直隨伺在身，直到又有新的一代產生，再由新生代承接歷史的名字。